加藤周一 青春ノート

1937-1942

鷲巣 力 半田侑子 編

Washizu Tsutomu Handa Yuko

人文書院

もくじ

Index

INDEX

ノートⅠ（1937年〜1938年□月）　7

〔若い菊地寛は芥川龍之介に似ている…〕　8／〔寒い風景〕　10／石川達三「生きている兵隊」覚書　17

ノートⅡ（1938年3月〔あるいは4月〕〜193□）　21

私の見た惇二君　22／分譲地　27／インテリ　32／追分にて　或る日　34／軽井沢にて　38

ノートⅢ（1938年9月〜1939年1月）　43

旅の日記　44／故郷と伝統と　48／断片　52／〝似ている！〟　55／マルキシズム　57／化粧する自由主義者　61

ノートⅣ（1939年1月〜1939年5月）　63

戦争と文学に就いて　64／続・戦争と文学に就いて　66／フェミニスト　71

／危検思想　73／抒情精神　75／小林秀雄　78／国家と文化（下田講師の問題に対する草稿）　82／出征する人々　85

ノートⅤ（1939年6月〜9月）　89

藤澤正自選詩集　一九三八　90／人生は一行のボードレールにも若かない　96／O氏に関するノート　97／人物記　104／山日記（〔山の家のテラスで…〕／神に感ずるノート。／浅間山とのDIALOGUE／〔御無沙汰していました〕／〔最も俗悪なものは…〕／〔湧きあがる雲は…〕）　109／音楽に就いて　121／戦争に関する断想　124／その後に来るもの　126／中原中也論　129／健康行進曲　131

ノートⅥ（1939年10月〜1940年）　133

AUTOBIOGRAPHIE　134／覚書　135／ナルシスの手帖　138／二葉亭四迷　142／青山脳病院　147／日記――14・11・21（火）　150／日記――14・11・24（金）　152／日記――14・11・28（火）　154／日記――14・12・1（金）　158／日記――14・12・5（火）　161／日記――14・12・18（月）　162／日記――14・12・22（金）　164／小林秀雄論序　166／私が生物学教室で学んだことは…　170／立原道造論序　173／立原道造論覚書　180

ノートⅦ（1940年5月〜1941年5月）　187
音楽会の断想　188／覚書　193／純粋の一句を繞りて　199／ジョルオジュ・ガボリイの詩集「女たちだけのための詩」から。　204
ノートⅧ（1941年5月〜1942年4月）　209
一九四一年　210／「学生と時局」と云う目下流行の問題に関連して　213／FRAGMENTS（生存競争／嘗て金槐集の余白に／東京）　224／鷗外・ブロック・ポール・ヴァレリー　245／或る音楽会　253／一九 四年夏　260／一九四一年十二月八日　266／UN FILM RETROUVÉ　270／絶望的なヨーロッパの話、ヒューマニズムの運命に就いて。　275／岩下師の言葉　277／二月十八日の日記　282／教育　288／青春　294／春　298／断片　303／ルネ・ラルウが仏蘭西心理小説の系譜　307
解説　鷲巣力　309
あとがき　335
「青春ノート」関連年譜　半田侑子　338
ノートの全容　340

✳ ★ ✳ ★ ✳ ★ ✳ ★ ✳ ★ ✳ ★ ✳ ★ ✳ ★

凡　例

（1）本書は加藤周一の歿後、書庫から発見された全八冊のノート（これを「青春ノート」と名づけた）の抄録である。これらのノートは旧制高校時代から大学時代、一九三七年から一九四二年にかけて書かれたものである。ノートは、蔵書・資料とともに、加藤の御遺族から寄贈を受け、立命館大学図書館が「加藤周一文庫」の一部として保存・公開する。本書中、同文庫は「加藤文庫」と略記する。

（2）ノートの全容については目次リストを作成した。ノートは八冊すべてインターネット上で公開されており、自由に閲覧できる（TRC-ADEAC「立命館大学図書館／加藤周一デジタルアーカイブ」https://trc-adeac.trc.co.jp/WJ11C0/WJJS02U/2671055100）。

（3）本書の表記は以下の方針に基づく。

1　配列はノートに従って年月日順とした。

2　ノートには横書き、縦書きが混在するが、本書ではすべて縦書きに改めた。

3　旧漢字は現行の新漢字に改めた。また旧仮名遣いは現代仮名遣いに改めた。

4　送り仮名は原文通りとする。

5　難読と思われる漢字の読みは適宜〔　〕を付して示した。また、欧文の単語や人名等は、その意味や読みを初出箇所に〔　〕を付して示した。その際、初出に付すことを原則とした。

6　明らかな誤字脱字は編者が適宜補った。判断できない箇所は〔ママ〕とした。原文の文字が明瞭でないなどの場合、類推語句を〔　〕を付して示した。

7　文中、斜線を入れて削除された文章は原則として起こしていない。

8　本ノートには加藤が表題を付した記事とそうでない記事が混在する。無題の記事は、文章の冒頭一行目を引用し〔　〕を付して、表題とした。

9　加藤による原註は〔原註〕として、各文章末の註釈欄に示した。

10　判読不能文字は□□で示した。

11　編者による註記は、短い場合は［　］を付し、本文中に挿入した。また、長い場合は著者のテクストの行間に番号（1）（2）を付し、各文章末に挿入した。

（4）本ノートには今日からみると差別表現ととられかねない箇所があるが、加藤が故人であることと当時の時代背景を考慮し原文のままとした。

（5）本書の翻刻・註記と関連年譜作成は半田侑子が、解説・監修は鷲巣力が行った。

8冊の青春ノート（立命館大学加藤周一文庫蔵）

ノートI

（1937年〜1938年□月）

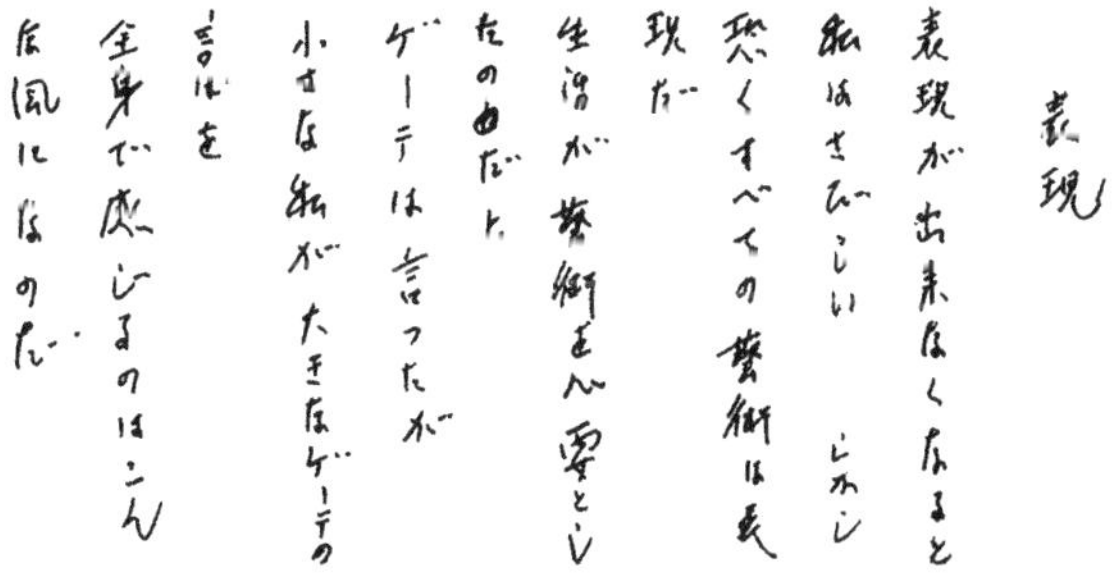
表現

表現が出来なくなると
私はさびしい　しかし
恐くすべての芸術は表
現だ
生活が芸術を必要とし
たのもだと
ゲーテは言ったが
小さな私が大きなゲーテの
言葉を
全身で感じるのはこん
な風になのだ・

ノートIにつづられた詩

〔若い菊地寛は芥川龍之介に似ている…[1]〕

若い菊池寛[2]は芥川龍之介に似ている。
老いた菊池寛は豚に似ている。
勿論豚は芥川龍之介よりも肥えている。
そして自殺をする心配はない。

(1) ノートI見返し頁の走り書き。アフォリズムのような文章は、芥川の『侏儒の言葉』を彷彿とさせる。このノートを書いた一九三七年、一八歳の加藤は旧制第一高等学校の生徒であった。中村真一郎によれば、彼らの世代は『侏儒の言葉』によって芥川の崇拝者となったものが多かった(『芥川・堀・立原の文学と生』新潮社、一九八〇)。加藤も例外でなく、芥川の名前はノートⅧ以外の全てのノートに言及がある。またノートⅤには「アフォリズム」が書かれる。

中学生の頃、「或る女友だち」が加藤に芥川を教えたという挿話は「芥川龍之介小論」(一九四九)や『羊の歌』「反抗の兆」(岩波新書、一九六八)に見られる。「「軍人は小児に似ている…」」と芥川が書いたのは、一九二〇年代である。しかし私はそれを三〇年代の半ばに、同時代人の言葉として読んだのである。学校でも、家庭でも、世間でも、それまで神聖とされていた価値のすべてが、眼のまえで、芥川の一撃のもとに忽ち崩れおちた。それまでの英雄はただの人間に変り、愛国心は利己主義に、絶対服従は無責任に、美徳は臆病か無知に変った。私は同じ社会現象に、新聞や中学校や世間の全体がほどこしていた解釈とは、全く反対の解釈をほどこすことができるという可能性に、眼をみはり、よろこびのあまりほとんど手の舞い足の踏むところを知らなかった」(『羊の歌』「反抗の兆」)(ただし、『侏儒の言葉』「小児」は「軍人は小児に近いものである」が正しい)。加藤よりひとつ年長の中村真一郎も、やはり開成中学時代に芥川の「小児」に鼓舞されているような気になったという(前掲『芥川・堀・立原の文学と生』)。

(2) 菊池寛は芥川と旧制第一高等学校の同級生であり、ともに第三次、第四次『新思潮』の同人である。菊池は大衆小説で成功を収めたのち、一九二三年『文藝春秋』を創刊、芥川も執筆陣に名を連ねた。また「対談」や「座談」、「文芸講座」などの画期的な企画を生んだ。この頃(一九三七年)芸術院会員となる。一九四〇年には文芸銃後運動を発案し、文学者の翼賛運動を牽引した。敗戦後、公職追放指定を受ける。

〔寒い風景（1）〕

一、四月と言うのにひどく寒い。雪もよいの空は低く、鉛色で、真近に迫った映画館の裏壁に広告の旗がばたばた音をたてている。バラック停車場のベンチは吹きさらしだ。佐野啓明は思わず外套の襟をたて、マッチを三本無駄にしてやっとバット［タバコの銘柄］に火をつけた。煙をすうーっと吐き出す。その煙の遙《ゆ》れながら消えて行くのを眺めるのは退屈なときの彼のくせである。コーヒー店のボックスで、——都会人なら大抵経験のあるだろうあの行きなれた片すみのボックスを彼も持っていた——レコードを聞きながらよくやるのだが、からっ風は口から出た煙を忽ち奪っていった。仕方がないから、——と彼は思ったにちがいない。ぼんやりと前を行来する二三人の客を眺めた。彼はぼんやりと眺めてぼんやりと考えた。何を考えたか？　しかしその前に私は彼自身について語らねばならない。諸君にとっては彼は未だ何もしらない男である。何もしらない男が考えた——しかもぼんやりと考えた内容等は知って見た所で仕方がないであろう。

二、佐野啓明は中学生である。もう少しくわしく言えばA中学の五年生である。母親に早く死に別れたために祖母の手で育てられて来た。現に彼が学校へ通っているのは祖父の家で父の家ではない。父はつとめの都合で大阪に居るし、東京には外に大した親類もないので、之より外に仕方がないのである。しかし父と祖父との関係はなかなか簡単ではなかった。祖父は大戦で一もうけして、地震で打撃を受けた実業家の一人であった。大戦景気当時何でもほしいものは買ってくれるおじいさんだった祖父も彼の父には子供に物を買ってやりさえすれば子供を可愛がる所以だと思っている厄介な成金としてうつっていたかもしれない。(2) そうかと言って養子の彼の父としては手離さないと言うものを無理に大阪へ連れて行くわけにも行かなかった。手離さないというのは勿論祖母の方である。祖母が子供を愛していたことはたしかだが、その愛故に彼女のむこは「あれは盲愛だ」と口ぐせのように言っていた。祖父の方は第一それほど子供を愛していたかどうかは疑わしい。他所の女なんかに対すると似た気持ち――金によって関心を買おうとする気持ちの習慣が子供を通してその父の方へ向けられていたとも言えるようなふしがあった。それが先方に通じないはずはなかった。とにかく町内で佐野さんと言えば知る人ぞ知るで、何かの催し等には一番はずみ方も盛んだった時から彼の教育問題に関して父と祖父の感情は頗るデリケートであった。

その後地震がやって来て、祖父の事務所は焼きつくされ、金庫の中の莫大な証券は蒸焼になってしまった。その損害は相当なものであったが、再起の出来ない程ではなかった。佐野事務所はまもなくバラックとなって復活した。東京は復興の意気込みで緊張した活動を始めていた。それまでの頽廃的な気風が一掃され、風俗も一変し、一種晴朗の気概が澎湃として頽廃の潮流を蔽うて起ったあの時代である。しかしその清朗の気概――質実剛健の気風が一年とたたぬうちにどう変っていったかは人の知る通りである。頽廃の潮流凭たのではなかった、正に蔽われていたのである。祖父自身の歴史も又之に似ていた。彼は不断の事業欲で退を一気に挽回しようと試みた。しかしそう巧くばかりはゆかなかった。巧くばかりは行かなかったが、町内では相不変「佐野さん、佐野さん」であった。そしてお祭のときのはずみ方は前の通りであった。お祭りのときのはずみ方なら多くても少なくても大したことはないが、この簡単なことのうちに彼の性格の悲劇的要素が完全に含まれているのである。元来私は精い心理描写に趣味はないのだが、老実業家のお祭の寄付金をはずむときの気持ちにはどうしても言及しないわけには行かない。それは勿論大学生が高利貸のばあさんを殺すときのような詩的なものでもなければ、劇的なものでもない。[3] もっとも複雑さと言う点から言えば存外同じようなものかも知れないが、生憎私は大学生の人殺しを書いた作家ほど偉くはないから縷々数万言を費して詳説してお目にかけるわけには行かない。とにかく佐野氏がお祭りに金をはずむのは第一に豪胆で気前がよいからである。何故豪胆で気前がよいかと言えばそれによって心身頗る爽快となるからである。「なに三十円？　きりがわるいぞ、きりが。」と言った調子で五十円ほうり出す。相手が例によって遠慮したいようなしたくないような遠慮をはじめると「ワッハッハッハ」と笑殺してしまう。そうすると身心頗る爽快で客が帰ったあとでも自ら快心の微笑を禁じ得ない位である。ここまではっきり意識してのことであるが、ではなぜ身心頗る爽快であるかと言うことになると恐く無意識であったにちがいない。若し人がそれを彼にただしたならばやはり「ワッハッハッハ」で片づけられてしまったであろう。之が彼の人殺しの大学生輩とちがう所であり、彼の孫佐野啓明とちがう所である。佐野啓明ならばその先を追究するにちがいない。追究するにちがいないのではない、現に追究したのである。彼は、先ず事務所の机に一日へばりついている老体にとって「ワッハッハ」と大き〔な〕声を出し、思い切り体をゆすぶるのは生理的に好影響があるのだろうと思った。又佐野さんは気前がよいというので皆からおだてられているうちに自分でも何かえらいような気がしてくるのだろうと考えた。之はたしかに祖父さんの虚栄心には快適なのにちがいない。そう言えば威勢のよい所を見せたあとで応接まの西郷隆盛の額を眺めているお祖父さんの表情には親友の親みがあらわれている――西郷隆盛と友達になったような気分はさぞや痛快な気分でもあろうなどと勝手な憶そくさえもした。私も佐野老が西郷隆盛と友達のような気分に浸ったかどうかは知らない。が恐くそうではなかったろうと思う。何故なら佐野老は昔の士の出(4)で大に平民を軽蔑していたから「西郷はえらい！」と言って力み返ってはいるものの平民的なこの豪傑との間には或るへだてがあったように思われるからである。とにかく一見して誰でもこの老人が封建思想に固った――貴族を崇拝して、平民を軽蔑する豪傑肌であることが分かった。しかし彼の行動を実際に支配しているのは虚栄心であった。封建思想は頭の一隅に概念化して収まっていたにすぎない。勿論その概念で色々のポーズもつくって見るのだが、真に行動の規範として引合に出されることは殆どなかったのである。之を真の封建人と言う可きではあるまい。何時何んな冠を被ても同様な一個の虚栄心の強い個人主義者である。彼にとって冠が封建思想だろうとリベラリズムだろうとマルキシズムだろうとそんなことはどうでもよいのである。佐野老と西郷隆盛のちがう点は之だけではない。それは西郷隆盛は上野の銅像によっても明かなように余り綺麗な格好はしていなかったらしいが、佐野氏は何から何まではく来づくめのしょうしゃたる紳士であったということである。彼も又すれちがうとかすかに香水の匂いの鼻に残るダンディーの一人であった。西洋には二度行ったらしい。濠洲(5)とエジプトだから西洋も大分辺ぴだが、得意のまきじたで「西洋の…」と話し出すときには荘重な威厳に満ちていたと嘗て佐野啓明は皮肉な調子で私に語ったことがある。さて彼がお祭のかねをはずむのは単に身心が爽快となるばかりではない。神さまのことはできるだけ丁ねいにしないと祟りが恐しいと考えていたのである。こんなことは実業家の間で至極当り前のことであるが、彼の場合には特にそれが真剣であった。その神さまが何であるかはどうでもいい。とにかく神がかりで商売の没落だの繁生だのを考えるということは、科学的精神の欠如を物語るものである。天下に唯物論位安全な思想はない。そして神秘主義や精神主義位物騒なものもない。こういうものは迷信や山気と切っても切れない様につながれているのである。佐野老はその物騒さを遺憾なく体現していると言ってよい。話は元へもどる。震災の損害の挽回はこの非科学的な方法を以ってしては、徒に失敗を重ねるばかりであった。それにもかかわらずその豪傑ぶりは変らなかったから浪費はどんどん食い込んで行った[6]。そうして彼のむことの間に面倒な問題を起した。それは経済上のことであるが、ここに内容を説明する必要はない。必要のあるのは佐野啓明の祖父と父との間には隠秘なる、しかし非常に根強いみぞが掘られたと言うことである。祖母はこの間で徹底的に武士の妻であった。換言すれば人間的存在としてはいてもいなくても同じことであった。それを既に佐野啓明自身が知っていたのである。彼はむしろ冷然としていた。祖父にも祖母にも同情を持ってはいたが、彼の心のうちで彼等は既にカリカチュアであった。そのためには大阪に帰省する度に彼の信頼する父が猛烈な批判を祖父や祖母に加えたことがあずかって力あったことは言うまでもない。少年の時代には誰でも若干理想主義者である。父の批判が誤っていたら、彼はむしろ父に対する信頼の方を割引したかもしれない。が、それはあくまでも理路整然たるものであった。彼を納得させるに十分なものであった。で、その言葉の激烈さも却て何か毅然としたたくましさを彼に感じさせさえもしたのである。彼が成長すると共に、理性の訓練と知識の獲得とを進めるにつれて、急角度に父に近づいていったのは当然である。祖父の家で祖母の手に育ちながら彼は父の科学的精神を受けついでいるように思われる。センチメンタルな所もあるし、理想主義的な所もあるのだが、彼の科学的、現実的精神は一方からそれを嘲笑する。かくの如き、言わば板ばさみとも言う可き境遇におかれたので嘲笑的態度は彼の生活感情を支配しているのである。[7]内気で優しい言ばを使うおとなしいやつだと心得ていた友達が痛烈な皮肉とふてぶてしい嘲笑に会ってびっくりすることがよくある。それはけんか以上に友達を隔てるものである。

自分から欲しさえすれば、話相手に困るわけではない。彼のかい謔に富んだ早口は面白いものであるし、何でも遊びごとなら大抵心得ているから一しょにいて退屈することがないので、友達の間ではむしろ人気のある方かもしれない。唯親友が一人もないのである。「君子ノ交ハ水ノ如シ」と言ってうそぶいているが、それは自分でも淋しいと思うことがある。しかし真面目な話でも茶化してしまい、無理に迫れば忽ち嘲笑し去るのでは親友の出来るはずもない。佐野啓明とはざっとこんな男である。之では何のことだか分らないかもしれないが、実は無理に分ってもらう必要もないのである。佐野啓明は受け持ちの教員から「正体が分からない生徒[8]」の一人に数えられたとき「フン、正体の分かるのは幽霊だけだろう」と言った。［未完］

（1）この未完の小説の表題は、塗りつぶすようにして消されているが、加藤がノートの冒頭に作成した目次には「〝寒い風景〟——放棄」と記される。この小説の主人公、佐野啓明の「祖父」は、加藤の母方の祖父、増田熊六（一八六六－一九三九）をモデルにしたと思われる。また、『羊の歌』「祖父の家」に描かれる祖父との類似点も多く見られる。

（2）鷲巣力の指摘によれば、増田熊六は、はじめ軍人であり、陸軍省軍馬補充部に配属され、軍馬の調達にあたった経験を持つ。日露戦争の折には、軍馬の不足を懸念した帝国陸軍の要請により、オーストラリアで一万頭の軍馬を調達する。彼が貿易商に転身したのは退役後のことだったという（鷲巣力『加藤周一はいかにして「加藤周一」となったか――『羊の歌』を読みなおす』岩波書店、二〇一八、以下、『加藤周一はいかにして…』と略記する）。

また一高時代の加藤が学内誌『校友会雑誌』第三六三号（一九三八）へ寄稿した「従兄弟たち」の主題は主人公の祖父の死である。「従兄弟たち」には「死んだ彼等の祖父と云うのはもと騎兵大佐で、青山の家には代々相当な資産があったのだが、現役を退くとブローカーの仕事をはじめ、派手に儲けたり損をしたりした」「現役時代種馬の買入れ等をやっていた」などの記述があり、やはり祖父・熊六をモデルにしたと推測される。

（3）ドストエフスキー『罪と罰』の主人公、大学生ラスコーリニコフは、高利貸しの老婆を殺害する。

（4）「昔の士の出」も熊六との共通点である。熊六の父、つまり加藤の曽祖父、増田明道（一八三六－一八八一）は鍋島藩士の家の出であった。箱館戦争において新政府軍の艦隊を指揮、榎本武揚との講和交渉にも臨んだ（前掲『加藤周一はいかにして…』）。

（5）先述の通り、熊六は帝国陸軍によってオーストラリアに派遣されている（同上書）。

（6）『羊の歌』「美竹町の家」にも加藤の祖父の事業が逼迫している様子が描かれている。また、そのような状況でも「その生活様式を容易に変えようとする人ではなかった」という点でもこの小説の祖父と同じである。

（7）『羊の歌』「祖父の家」にも父による祖父への批判が描写されている。例えば、「私の父は祖父を好まず、その「放蕩」を非難していた」等である。

（8）ノートⅢ「断片」（本書五二ページ）にも、一高において加藤の周囲にいた一高生が「正体がわからぬと云う科《カド》で私を排斥した」という記述がある。

石川達三「生きている兵隊」覚書(1)

戦争のルポルタージュ

結局ヒューマニティ——知性と感性とに発現するヒューマニティのデフォルメーションとしての戦争観。或いは作品のテーマから云えば戦争によってデフォルメーションを行われたヒューマニティを、その前後とコントラストして描き、ヒューマニティをデフォルメーションの側面から捉えようとしていると云った方が適当かもしれぬ。

中央公論にして100 pages 大作であるし、作者として恐く力作なのだろうが文章は例によって上手ではない。第一センスが余りデリケートに働いていないのだから仕方がない。しかし文学的センスが戦争に直面して下手な感傷と人道主義に転化して行くならば、一そ鈍感な方がよろしいわけだが、その場合高度の知性が維持されるのでなければ、あらわれる文学作品の高さは何んなものだろうか。作者の知性と云うものは「ふてぶてしく」はあっても、さして高度のものだとは思われないのだが……

登場人物は類型化されている。そして説明が多過ぎる。人物に関して描写が不足しているのは小説として十分でないこととシノニムだろう。

西沢部隊長

平尾一等兵

近藤医学士
倉田少尉
笠原伍長
片山従軍僧

が登場するが、之等の人物を一色に勇敢にして了う戦争と云う現象は、チャンバラの場面が「描写」である様に、「描写」されている所が人物によりその「勇敢」の種類がちがうと云うことが何うも「説明」されすぎている様だ。ただ割に「説明」の要領がいいから読んでいて分り易く大に助かる。

各人物について云うことは沢山ある。作者としても無論あるのが当り前だ。今は作者と私と両方に一番興味のある二人のインテリをとりあげて見ると、平尾と近藤と倉田である。

平尾は新聞の校正係りのロマンティストであり、近藤は医学士でサイエンティストである。倉田は若い少尉であるが、要領を云うとこうである。平尾のロマンティシズムは war で錯乱する。そして彼の勇気はサディズムの色彩を帯びたヒステリー的自棄的発作に基づいている。所が近藤は自分のインテリジェンスの途惑いを体験しながらも、戦争の「世界」を客観化し、その客観化された「世界」と妥協して、そこに勇気を見出しているのである。

倉田は之に対して要するに度を喪っている。元来人道主義的な温情家なのだが、彼自身の感情を見失ってその結果勇敢になっている――つまり戦争と妥協するのではなくて敢えて戦争を是認していると云うことになる。

この状況は戦場に永く居り、又一度上海に帰って歓楽し、或は戦場の色々のアンフェアに遭うと変ってくるのだが、面倒だからそれをかくのはやめる。

カット〔編集長・雨宮庸蔵による検閲対策の削除〕が多くて正確な（勿論 subjective〔主観的〕な意味で）批評の出来ないのは至極残念である。若しそうでなければ面倒だ等とは云わないで、大に論じるのだが。

カットしなければどうだか分からぬが、カットした結果は反戦的であるとは受けとれない。発売禁止にするのにそう云う理由ですするのは不思議である。勿論ここには色々の意味に於ける日本軍の欠点らしきものが書いてある。それだって欠点だかどうだか一概に云えないのだが、作者は批難の意味を持ってそれ等を描いているかもしれない。——でそう云うことが国策上都合が悪ければ発売禁止にしてもいいであろう。(2)

しかしだからと云って反戦的と云うのは不可解である。何故なら欠点を欠点として攻めるのには、その人がそのものを憎んでいる場合と熱愛している場合と二つあるからである。若し他の圧迫がないものとすれば欠点を欠点として改めないのはその人の無関心をあらわしているのである。日本軍は恐く天下一品の優秀な軍隊であろう。しかし欠点が全然ないと云うことは人間のつくったものである以上考えられぬことであろう。その場合欠点を欠点として攻めるのは日本軍を更に完全なものとしたい衷情から出たものでないと誰が断じられようか。勿論積極的なこう云う考えを作者はもってはいなかったろうが、少くともだから反戦的だと断ずるのは早計だろうと思うのである。

（1）『生きてゐる兵隊』は日中戦争のただなか、一九三七年十二月の南京陥落からまもない三八年の年明けに上海・

南京の日本兵を取材し書かれた。『中央公論』三月号に発表され、二月十七日に配本されていたが、発売前日の二月十八日に、反軍的内容の作品として発売禁止処分になる。したがってほとんどが書店に並ぶことはなかったが、石川は日記の中で「差押もれの雑誌は心がけている人々の手から手へ廻覧されて、大きな賞讃を得つつある」(河原理子『戦争と検閲――石川達三を読み返す』岩波新書、二〇一五)と記したという。半藤一利によれば一九三八年当時の『生きてゐる兵隊』は「一般読書人の目に触れることなくあっという間に消え去り、戦前の日本では幻の名作の如くひそかに、その存在が囁かれていた」(『生きている兵隊――(伏字復元版)』中公文庫、一九九九)。加藤のこの覚書は、「青春ノート」Iの日付の記載によると一九三八年三月二十一日以降に書かれた。ノートの表紙には(一九三七‐一九三八年三月)と記載されているため、この覚書の執筆時期は一九三八年三月二十一日から三月末日までの間であると推測できる。加藤は発禁処分になった「幻」の作品を当時読むことのできた少数の人間のひとりであったのだろう。

(2)『生きてゐる兵隊』には南京大虐殺を示唆する描写があった。虐殺の事実は東京裁判によって明らかにされるまで国民に知らされていなかった。また、雨宮によって伏字とされた箇所には、南京に設置された慰安所の様子や、「生肉の徴発」(現地女性を探しに行くこと)や、性暴力の示唆、捕虜や民間人の殺害、掠奪などの描写があった。

ノートII

（1938年3月〔あるいは4月〕〜193〔ママ〕
余り気の利かない覚書）

ノートII、スケッチ

私の見た惇二君

惇二君(1)の死をきいたときに私は勿論ショックを受けた。がそのショックは何かちぐはぐな感じで、一方には死を信じながら一方には信じきれない妙にやり場にこまった感情の有様であった。それはやがて空虚なさびしさに移つって行ったのだが、今それを言葉にしようと云う気にはなれない。私は自分の言葉に信用がおけぬので、又私は表現しようとするとどうもポーズをとりたがるので、それを言葉にあらわしたならたかだかセンチメンタルな哀悼の辞か乾からびた文字の行列になって、私の感情は崩されて了うだろうと考えるからである。

それよりも私は私の惇二君を描こう。ひとは各々の眼に映じた惇二君を持っているにちがいない。そしてそれは或いは一致し、或いは矛盾しているだろうが、残されたものはその中から或程度に惇二君自身の惇二君を想像出来るにちがいない。それは何よりの記念である。私がそのために一役を買えるならば、私にとってもこの位うれしい仕事はないのである。

私は中学の一年のときに惇二君と知り合った。同級生で席がとなりだったからで他に理由はない。が、知り合ってからはテニスのボールで野球のまねごとをして遊んだ。惇二君は勝負に熱心でよく議論をした。私は目をとじると口角あわをとばして今のはボールである、いやストライクである等と云って力んでいるその顔をほうふつと想い浮かべることができる。或る時、私が君はよく議論をするね、と云った所、議論のないような野球はつまらないと云って惇二君は笑っていた。

その頃今はやめられた図画の高城先生が平行線は無限の彼方で交わる(2)〔非ユークリッド幾何学〕と云うようなことを云われた所が、帰り途で惇二君は〃あれはまちがいだ〃と云っていた。高城先生を淳二君も私もその頃から尊敬していただけに、惇二君の〃まちがいだ〃は断固としていいのだと思う。

議論と云えば私とよく神様とか幽霊とか云うものについて議論した。私は何時も否定し、惇二君は何時も肯定した。そのためにけんかをしたこともあったと思う。私はこの頃になっても無論天の一角にヒゲの生えた西洋人の神様が控えている等と思ったためしはないが、Ding an sich(3)〔物自体〕とか何とかドイツ語で表現された理念はあるかもしれないと思っている。しかしその頃の私は浅薄な合理主義者で、素朴唯物論者であったから、皮肉な調子で否定しつづけたのである。否定は肯定よりも常にたやすいものなので、肯定する方から見るとやり切れない。惇二君のやりきれない気持ちを私はあとになってから色々の場合に知った。がとにかく当年の惇二君は冷笑的な異教徒に全力をつくして戦った。私は幼にして洗礼を受けたと云う惇二君の宗教生活を葬儀の日にききながらこんなことを想出し、今更のように君は知っているか?と云う気持ちで惇二君の写真と牧師の顔とを見較べたのである。

その後、私はテニスに熱中して野球はやめてしまった。そうして又私の一方の興味は文学や映画に向った。藤田君と私とが又よく会うようになったのは私が一年おくれて一高に入ってからである(4)。

私が一高に入ったとき、まっ先に知らせてくれたのは惇二君で、私はそのときはじめて成程入ったかと想ったのである。惇二君はかけこんで来て、いきを切らしながら〃おめでとう〃と云った。私はこのことを想出すと涙を浮かべずにはいられない。惇二君の所へとんで行って何でもよいから君よ、君よ、とよんでみたい。しかし私のことはやめよう。やめようがただ私のように余りに人好きもしないらしい男——そう云う友人の入学等に之程心からよろこべる人格も珍しいではないか。

それから未だ学校のはじまらぬ頃、ヒビヤで何とか云うColbert[5]の映画に私を誘いに来た。〝僕はColbertの映画は好きだから〟とそんなことを彼は云った。〝Colbertの映画は大抵見ている。或る夜の出来事[6]〟は大変よかった〟とも云った。それは丸で女学生のように無邪気な科白であった。

その後大学へ入ってから銀座で会った私は何かの話の序に、映画の好きなことがわかっていたから、〝向稜時報〟の批評をよむかと聞いた。それまでの半年間私はペンネームで毎号のように新劇や映画の評を時報にかいていたので一寸きいてみたのであるが、答えは読まないであった[7]。そのときに私は映画の話をやめた。何時だったか春休みに小説なんかよんでると云うから何だいときいたら〝痴人の告白〟か何かであった。私は今更Strindberg[8]でもと云う気がしたので〝どうして?〟ときいてみた。そのときに彼は理由なぞあるものかと云う表情でそこにあったからさと答えた。で私は小説の話をやめたこともある。

私の友人にはtranscendent〔超越的〕とtranscendental〔超越論的〕との区別も知らないでKantがどうだとか云ってえばっている男がある。その点で惇二君は徹底していた。彼はtranscendentalの訳語も知らなかったかもしれない。事情は文学についても全く同じ、好きな映画についてはColbertの名を知っているので、アイゼンシュタインやプドフキンの名を知っているのではなかった。それはそれで一つの立場である。そして、実生活に於ては、——つまり学校のこと、その他実生活的なことにかけては、彼は快刀乱麻の驚くべき切れ味を示した。それは衆人の見る所である。ただその間に惇二君も一つの芸術を愛していた。音楽である。私は音楽がわからないが音楽が好きである。私が彼と共に過した最後の時間は銀座ウラの茶房Mで、音楽をききながらであった。どんなものが好きだったか？　そう云うことには私よりもよく知っている友が友人の中にも多い。又そう云う方は私等より自分でよく音楽のことをしっていられるのだから私はもうこれ以上ふれない。

無口だが気のおけなかった君、久しぶりにあっても毎日会っているみたいだった君、そういう何にか親しみ易い惇二君の〝人情〟をおもい浮かべながら私のだらしのない話は之で打切りとする。

(1)　藤田惇二のこと。『羊の歌』「空白五年」に描かれた友人。新教徒の家庭に育ち「ゴリラ」というあだ名であった。「私は「ゴリラ」を尊敬し、しかし、彼との間にうちとけたつき合いを育てることには遂に成功しなかったと思う。彼は高等学校に私よりも一年先に入り、そこでも忽ち頭角をあらわしていたらしいが、間もなくその頑丈な体格にも拘らず、夜誰も知らない間に、急病で死んでしまった」。加藤は「青春ノート」Ⅳにも「AN ELEGY　亡友Fの一周忌に」と題した詩を綴っている。
(2)　同じく『羊の歌』「空白五年」に描かれる「ネギ」とよばれていた「図画の高木先生」のことである。
(3)　カント『純粋理性批判』において、カント哲学において根本的な意義を持つ問題とされる。物自体とは「我々が認識することができないものとされながらも、同時に、現象の根底に存するもの、ないし、現象の根拠とされるという矛盾した性格を本質的に担っている」(『岩波哲学・思想事典』岩波書店、一九九八)。

（4）当時の旧制中学校は五年制であったが、第四学年時に受験し飛び級で高校に進学することもできた。加藤は第四学年時に飛び級入学試験に失敗し、第五学年を経て一高へ入学した（『羊の歌』「反抗の兆」）。一高へ入学することは、ほとんど東京帝国大学入学が約束されたようなものであり、一高は必然的に日本の要職を担うエリート養成機関の様相を呈していた。

（5）クローデット・コルベール（一九〇三－一九九六）は一九三〇年代から四〇年代に活躍した女優である。

（6）『或る夜の出来事』は一九三四年公開のアメリカ映画。コルベールがヒロイン役を演じた。

（7）加藤は藤澤正の筆名でたびたび一高の寄宿寮紙『向陵時報』へ映画評を寄稿した。

（8）ストリンドベリ（一八四九－一九一二）はスウェーデンの作家、劇作家。『痴人の告白』は一八八七年に発表された自伝的小説である。

分譲地

しーんと死んだような瞬間があるものである。死んだと云ってはあたらない、何時もは勢よく呼吸をして活動をつづけている街がふと吐息をついて緊張を一寸弛めた様な瞬間である。午前に多い。午一寸前の頃に一番多いのである。

そう云う静けさが喧々囂々とした街に急に思い出したように訪れる――そんな瞬間に私は何度も遭遇したことがあるが、その時も風が吹いているのに何かしーんとした静けさが荒涼とした風景をつらぬいている様に思われた。

私はついでがあったので、取払われた渋谷の親戚の跡を何んなになっているだろうかと思って見に行ったのである。荒涼としていると云うのは如何にも大げさな言い方だが、小ぢんまりとした荒涼さと云ったものがまず感じられた。

庭も建物も純日本風の可なり広い屋敷であったが、それがとりはらわれたあとは思ったより小さな空地にならされている。材木や土台石の残りが所々に積んであって、庭にあった妙にくねった松と手洗いの庭石だけが以前の配置を想像させるようにぽつねんと残っている。乾いた土の表面から三月の風が時々弾力のある黄色い塊の様な埃りを丸めて飛ぶように押し流して行く。そこで十位の子供がひとり季節はずれの凧をあげていた。M信託分譲地、と横に書いた立看板が非常に事務的な表情をして何かセンチメンタルな懐古を一切拒絶する様にたっていた。

元来私の幼年時代の思い出の大半は殆どここに結びつけられていると云ってもよい。主人は――それがつまり私の伯父に当るのだが――ブローカーの様な仕事をしていて大分儲かった時代もあり、そう云う時には町内でもなかなか派手な方だった(1)。私の小学下級生時代である。稲荷様に凝って(2)お祭りの時等には私も必ず朝から出かけて夜まで遊んで来たものである。その頃は自分の家から小学校へ通っていたが幼稚園の最後の一年はここの家から通ったので、親類の子供のうちでは私が一番伯父一家に親しかったはずである。伯母があんた、あんたと言って私を可愛がってくれた。

伯母はその頃大変顔だちのきりりとした関西の女で、大変美しかったと思う。伯父は家にいることが珍しかったが、稲荷様のお祭等にはきっと赤い顔をしていて馬鹿に気げんがよく、何かねだって断わられた記憶がない。だからいい伯父さんだったのである。尤も家で私の父が余り香しくない批評を加えたから尊敬には大いに割引きをしていたつもりだが。一人娘のちいちゃんはもう結婚して了ったが私の親友であった。幼稚園の一年は手をつないで通った。別々の小学校へ行くようになったときには悲しくって松の木の所でながい間泣いていたのを今でも覚えている。何でも夕方で私の母があっさり連れて帰ったのだと思うが、肝心のちいちゃんがいあわせたかどうか覚えていないのは不思議である。

幼年時代の記憶にはよくこう云うことがある。何かの断片だけをはっきりと覚えていて前後がぼんやりしているのである。例えば震災の時に私は母の背中に負われて、青山学院の広場へ逃げた。（私の家も未だ渋谷にあったので、(3)その時に当時赤煉瓦だった学院の塀が甚だながかったことを私はよく覚えている。そうして他に誰がいたのだか、何時頃だったのか、その他一切のことを殆ど綺麗に忘れているのである。

念のためにつけ加えるが、ちいちゃんの本名は千穂子である。(無論今では私も千穂子さんと呼んでいる。)(4)

でとにかくそう云うわけで幼年時代の想い出はここに来てみれば湧然と湧きあがって尽きないはずである。所が懐かしいと云う感情さえ痛烈に胸に来ないのである。之はM信託の看板の責任ばかりではなかろうと私は考えた。余りに多過ぎる想い出を抱いて、余りに変った姿にぶつかって私の感情がとまどいしているのかも知れない……

そこへあのしーんとした静けさがこの風景を貫いて走ったのである。それは勿論瞬間である。私にはそれが妙に心にひびいて、感情以前の感情と云ったものをかみしめる様に味わった。懐しいと云う感情さえ痛烈に胸に来ないと言ったが、何か懐しさ以前の感情と云うか感動と云うかそう云ったものに私は憑かれてしまったのである。ふと目を挙げると、国境の山々には雪が輝いている。高台で、その上崖の上である。風のふく空気の澄んだ日にはもとから山がよく見えたのである。丁度色彩を失った原野のように灰色の瓦屋根が層々と連らなり、やがて沁みるような冴えた青空に接する所に、藍色の山々は丸で質量を失った物質の様に浮びあがっている。その輝いている残雪が何かうその様な美しさで私の心を打った。それもただ瞬間のことである。

山の手線のガードを横切る音がひびくと、続いて街の騒音が湧きあがり、あの瞬間の静けさは忽ち破られてしまった。私は急にばつが悪そうに体の廻りを見廻した。それから私は一と廻りしてみよう、そして一つ思い切って感傷的な想い出を楽しもう、等と考えた。と、その時、隣りにある白い洋館——そんなものは私が最後に来る時まではなかった——の二階の窓にちらっとこちらを見下している女の顔が見えた様に思われた。若い、美しい、細面で、突差のことで見えたと云うことにさえ自信がない位なのだが、何だか伯母さんの若い時の顔に似ている様な気がして仕方がなかった。しかしそれから私の想い出の糸は毛糸の毬をほぐすようにするすると流れ出して行った。私はポケットから手を出して、マントを風にとられない様に押えながら、丸で分譲地の下見にでも来た様にゆっくりとそこを廻りはじめた。

その時白い洋館の二階に見えた女の顔が幻覚であったかなかったか、私には今でも決断のつかないことである。(了)

1938年3月21日一晩で。

(1)「青春ノート」I「〈寒い風景〉」同様、祖父・熊六をモデルにしたと考えられる。

(2)『羊の歌』「祖父の家」において、祖父は庭の片隅に稲荷を祀り熱心に信仰していたと描かれる。

(3)『羊の歌』「渋谷金王町」に描かれるように、加藤は子供時代を渋谷で過ごした(前掲『加藤周一はいかにして…』を参照)。

(4)千穂子さんとは、『羊の歌』に登場する「船長の娘」山田千穂子のことか(前掲『加藤周一はいかにして…』)。「青春ノート」Ⅳには「千穂子さんへ／千穂子さんの写真をみたら／僕はドイツ語を想出した　hübsch（かわいい）と云うあの言葉を／ドイツ語の出来ない男が　ドイツ語を想出すのは／よっぱらった時だと云う話だが」という短文がある。

インテリ(1)

この国の言論が今日程「インテリ」を尊重したことはない。何故なら今日程「インテリ」の攻撃されたことはないからである。

×　×　×

私は渋谷の喫茶店で女給にストラヴィンスキーの芸術的なる所以を力説している「インテリ」を発見した。

×　×　×

私は銀座の喫茶店でドイツクラシシズムの音楽に傾聴している無慮五十人の「インテリ」を眺めたが、彼らの表情は皆厳粛と沈痛とに溢れて見えた。

×　×　×

「インテリ」は評判に反して戦場では勇敢だそうである。しかし「インテリ」が嘗て評判に反しなかったためしはない。何故ならインテリジェンスとは評判に反することが正にそのことだからである。(2)

(七月八日夜)

（1）「インテリ」とは、丸山眞男の定義によれば「高等教育を現に受けているか、または高等教育の学歴を経た人々」のことを指す。第二次世界大戦前までは、高等学校、専門学校以上が高等教育である（「近代日本の知識人」『後衛の位置から――『現代政治の思想と行動』追補』未來社、一九八二）。「インテリ」は「知識人」と同義ではない。丸山は加藤、石田雄との座談「日本の知識人」（一九六七年）において「だいたい知識人というのを、なんと訳すか問題があると思うのですね、第一に。ぼくは、英語でいうとエデュケーテッドクラス〔知識階級〕と訳したい。インテレクチュアルズ〔知識人〕ではなくて。つまり大学卒業者なんだな」と述べる。丸山によれば、戦前には一般的に「インテリ」というと作家などを指すのではなく、知識階級一般を意味していた（『丸山眞男集別集』第三巻、東京女子大学丸山眞男文庫編、岩波書店、二〇一五）。

（2）加藤は一九三九年二月、『向陵時報』に「戦争と文学とに関する断想」を寄稿したが、この冒頭部分に「のみならずインテリは又「評判に反して」戦場に於ける勇敢な兵士であった」という文章がある。

追分にて(1)

或る日

1.

或る日私は友人のKと乾いた中仙道を歩いていた。乾いた中仙道は白く、うす陽のかげには蟬が悲鳴をあげていた。すると追分の本陣の前で子供が泣いているのに出会った。地べたにうつむきに伏して足をばたばたさせて、それは丁度クロール、ストロークのようであった。

十四五の娘が一人その先きからしかめ面をふりむけた。子供は駄々をこねているらしい。それにしてもその有様は壮烈だと私は思った。

あれはニヒリズムだと私は云った。

いや、コンヴェンショナリズム〔慣例尊重〕だ、とKは答えた。

私達は笑い合いながらお互いに子供の性格を一本の線のように感じていた。

2.

それから私たちは私の家へ行くために中仙道を浅間の方へ折れた。又それから近道をするために墓地へ抜けた。墓地は凝然と冷い空気をはらんで静まっていた。

浅間は樹の茂みのなかへかくれた。

元ろくとKの声がした。

私が振りかえるとKは苔に包まれた墓石に手をかけていた。苔は蒼々として石の肌を蔽い、しだもきのこのように生えて、墓石の上のKの指は繊細な白さで浮き出ていた。

彼はしずかに墓石をなでた。

元ろく、と又彼が云った。

私は突差に時間を愛撫しているKを感じた。[2] その指は鍵盤の上のピアニストのそれのように何か生々とした舞踏をおどっていた。

彼の顔がにやにやと私の方をむいた。

君もニヒリストだと私は云った。

Kは墓石をはなれると口をあけて哄然と笑った。その笑いの後ろに時間が忽ち退きはじめた。

私は思い出したように笑いなおしてKのあとに従った。

3.

墓地のそとには一面の草原がうす陽の下《もと》に戦《そよ》いでいた。

女郎花と甘草がしなやかに揺らいだ。風がひょうひょうと渡った。その風は秋を湛えて、私の皮膚に吹きつけた。

そこからそこはかとない、しかし無量の情緒が流れ出した。すすきの穂が寂びた赤さで光っていた。その光をみつめていると、ここにも意外なちかさに時間のあるのが感じられた。その時間の流れは晴朗であるが故にさびしさを含んで思われた。

私はKを見た。Kは先程の笑いを口もとにとどめながら、まぶしそうに眼をしばたたいていた。

明朗だね、私は思わぬことを口に出した。

墓石は温いねと彼は答えた。

墓場は家庭的だ。

そうさニヒリズムなんかじゃないとKは云った。

そうして彼は笑った。

私達は口笛を吹いて草原を抜けた。

消灯後の部屋には短いローソクが一本ジリジリと音をたてていた。私はその音に刻々とすぎて行く時間を感じた。そうして寝なければならないと思った。——それでいて私は寝るのが面倒なのである。消灯と共にねればよかった。その時にねないともうねるきっかけがなくなって了うのだと私はそんなことを考えた。

私と同じ考えのものが二人いたらしい。NとHとはやはり呆然とした表情をしてとりとめのない話をやめなかったのである。

そのとりとめのない話は何時か恋愛の話になった。

Nは「一目ぼれ」の体験を滔々と弁じていた。

（1）加藤が信濃追分を初めて訪れたのは、一九三五年、中学生最後の夏だという。そのときはまだ別荘がなく、妹の久子氏とふたり、油屋に宿をとった（『羊の歌』「反抗の兆」）。それ以降、加藤は夏を追分で過ごすことを習慣とする。中村真一郎によれば「医者である父親が患者である風間〔道太郎〕さんから、加藤の高校受験勉強に最適の場所として、油屋を推薦され、そしてそのために夏休みを妹と一緒に過したのが縁となって、加藤家も追分に避暑用の小屋を持つに至った」そうだ（中村真一郎『火の山の物語――わが回想の軽井沢』筑摩書房、一九八八）。

（2）加藤が藤澤正の筆名で『向陵時報』に寄稿した「こんな男」という小説に「彼女はしずかに墓石を撫でた。／――元禄／と又彼女が云った。／前山周三郎は突差に時間を愛撫している彼女を感じた」という一節がある（『向陵時報』一九三八年九月二十日号）。

軽井沢にて

1.

晴れ間を見た私達は思い切って碓氷へ登った。軽井沢の町からはから松の立木の間につづいたプロムナードがある。

火山灰地だねとKが云った。

下を見ると赤い小砂利が濡れていた。曇っていて見晴らしは少しもきかない。

外国人の女が二人、一人は傘をもって、一人はレインコートを着て降りてくるのに出会った、上では降っているかどうか、訊こうと思っているうちに行きすぎてしまった。

又降りてくるのに出会うかも知れない。だから私達は英作文を合作した。

Is it rainy on the top?〔山頂は雨ですか?〕

Have you had a rain on the sunsetpoint?〔サンセット・ポイントでは雨が降っていましたか?〕

……………

Kはヒットラーユーゲント(1)にサンセット・ポイントを説明するには何と云うだろうかと彼の下宿で話題になったと云って話した。

Sonnen-untergang Punkt〔サンセット・ポイント〕

とうとう辞引きを引いたよと云って彼は笑った。

所々で霧が林の中から道をたちこめて流れた。流れたと思うと又はれた。いくら登っても眺望は少しもきかなかった。

霧の中に聞えるKの口笛は大変美しく思われた。

外国人には逢わずにしまった。

サンセット・ポイントでは平坦な頂上だけが、真白で雄大な空間の真中に浮かんでいた。飄々と吹きかける霧の冷さに堪えられなかったから、私達は熊野神社の方へ急いで廻った。

そば屋のお主婦《かみ》は私達のために眼の前でそばをうった。

粉は更科
　味は江戸まえ
峠自まんの
　手うちそば

読みながら何の気なしに「江戸前が字余りだな」と私は云った。するとお主婦みがうちじゃ自慢なんかしないだけどお客さんがかいてったんですよと急きこんで怒鳴った。

私は苦笑する他なかった。そばの味はよかった。

ラジオは騒然と野球の実況放送か何かをやっていた。

2.

学生はブリッジにたって、片手をのばすナチスの敬礼を真ねる。

女学生は大げさにハンケチを振る。

若夫婦でも帽子位はあげる。

それでいて彼等の別れている間は一週間とあるかどうか、大抵は東京でじきに顔をあわせる仲間なのだ。

日の丸をもってきて、万歳とやればよかった
いくら何でも東京へ出征じゃあるまいし
そんな会話もある位である。
八月の末から一しきり軽井沢あたりの降り列車にはこんな避暑客同しの「お送り」が盛んになる。一と夏を遊び呆けた彼等は最後の瞬間まで「遊び」を忘れない。そのデリケートなセンスと云うものは、見ていて、むしろ感服する程のものなのだ。
或る八月も末の一日、霧雨の煙むる軽井沢のフォームはこのような芝居を自ら楽しもうと云う連中で一ぱいであった。
私はそのとき、「降り」をおりて改札を出かけたが、ふと振り返えった拍子にフォームにうずくまる沈鬱な一団を感づいた。よく見ると日の丸の顔がその沈鬱なグループの間にチラチラと覗いていた。更によく見ると、その日の丸はわずかに打ち振られていた。

歓呼の声に送くられて…
　今ぞ出でたつ父母の国…(2)〔軍歌「日本陸軍」の第一番「出征」の歌詞〕
しかしこの絶え入らんとするメロディーが歓呼であろうか？
プラットフォームの片すみに悄然とゆらいでいる日の丸が歓呼であろうか？
列車の窓に半白のいがぐり頭が凝然と下を向いていた。
歌は消えんとして綿々とつづいていた。
全プラットフォームは吸いつけられたようにこの光景を見つめていた。
私は出征兵士の恐らくは苦境にたつのであろう家族を想った。そうしてこの歌に歓呼とは反語ではないかと思った。それから最後にこの風景を貫く二つのコントラストに思い到った。
と、拡声機が怒鳴りはじめ、汽笛が霧雨の中に高く鳴った。汽車は動き出した。
あの半白のいがぐり頭の中で
この汽車の車輪は(3)
恐い運命の
壮大な意志であったろう
窓にはハンケチがふられなかった。アムブレラもカンカン帽もあがらなかった。
その代り、突然、半白のいがぐり頭が昂然とあげられた。
万歳と彼が叫んだ。
万歳　万歳　万歳……

憑かれたように叫びつづける彼の万歳を霧雨の中へまっしぐらにとびこむ列車が曼然と引きちぎって行った。

(1) ヒトラー・ユーゲントは一九三八年八月に来日、大歓迎を受ける。ヒトラー・ユーゲントの軽井沢訪問は、一九三八年八月二十五日付『東京朝日新聞』に「日独弓合戦」の見出しで報じられる。また同年九月の『向陵時報』にも、ヒトラー・ユーゲントの一高来校が報じられる。ドイツ語の歓迎文も掲載され、「彼等を歓迎するに当り世間の馬鹿騒ぎを排して、彼等をして真の日本とは如何なるものか、一高とは如何なる処かを正しく認識せしめ、(…)正しい日本の姿を知らしむべきであろう」と呼びかける。前掲『加藤周一はいかにして…』によれば、加藤は『羊の歌』「縮図」に一高訪問を回想して「ヒトラー・ユーゲントの一隊は招かれざる客であった」「白眼をもって応じ、相手にもしなかった」と周囲の学生のほとんど無視に近い反応を記す。加藤曰く「私たちは彼らとの係り合いを拒絶していた」。一方で長谷川泉は、当時の学生の反応について「「バカヤロー」の連呼」と「薄笑いを浮かべた敝衣破帽の一群」があったと証言する(『嗚呼玉杯　わが一高の青春』至文堂、一九八九)。

ヒトラーについて、またナチスドイツについて、「青春ノート」に当時の加藤の考えを知る手がかりは少い。「青春ノート」Ⅱに「銀座」と題し「銀座を歩いている人間は大抵何者かに似ていることが多い。(…)我々はそのつもりにさえなれば十分の散歩に忽ち数人のヒットラーを発見することさえ不可能ではない」と書くが、ナポレオンと書いて消し、ヒットラーと書き直した跡がある。

(2)『羊の歌』「渋谷金王町」において、加藤は高熱にうなされた悪夢にあらわれる「巨大な車輪のようなもの」についてふれている。その「車輪」はゆっくりと確実に近づいてきて、圧しつぶそうとする。

ノートⅢ
（1938年9月～1939年1月）

ノートⅢ、伊豆大島三原山スケッチ

旅の日記

十月十七日

今年は雨が多かった。休暇になると雨が降る――我々はそう云ってこぼしながら何時も空を仰いだものだ。昨日も雨の日曜に私は仕方なく銀座へ行った。銀座へ行ってコーヒーをのみながらショパンのバラードとシューベルトのウィンターライゼ〔冬の旅〕を聞いた。そうして出てみると降りしきっていた雨はやんで、雲の途切れに青空がほそく覗いて見えた。

夕べともなれば、夕陽に雲があかあかと美しく映え、私は大に感動した。いや、誰でも雨あがりには感動するものだ。少くとも銀座で可愛い女の子に会った位には。――しかし私はその感動を丁寧に描こうとは思わない。と云うのはそう云う描写は平凡であり、人は平凡な風景に感動しても、平凡な風景には退屈するものだからだ。

がとにかく空は晴れた。私は旅に出ようと思った。ウィンターライゼに旅情をそそられたのではない。元来あの音楽はそんな情緒とはとおいものである。私の旅はもっと前からの計画なのだ。碓氷へ紅葉を見に行こうと云うことは私が夏村にいたときから、私とその頃私の所へ遊びに来ていた私の友人Hとの間で何べんも話された。さぞ美しいであろうと。

勿論美しいのは紅葉が美しいだろうと云う意味だけではない。秋になって人のいなくなった避暑地へ行ってみたら、嘗ては華かだっただけに感傷の美しさがあるだろうと云うつもりであった。そう云う計画を実行するのだ。防寒用のマントとセーター。その他には一冊のノートとペンを持って。

Hと私とは上野で汽車にのった。その汽車は思ったより空いていたが、私達のとなりでは五人組の兵士たちが賑かだった。

その中で彼等の一人はしきりに「非常識極わまる」と云う言葉を使った。如何にも自信のありそうな口振で。又彼等の一人は電信塔を眺めて「エムパイヤステートビルよりも高かんべ」と云った。他の連中は「ふーん」と云って感心した。如何にも愉快そうな一座であった。私は彼等を見ていながら明るい気持ちになった。

休暇で遠足でもするらしい。たのしさが表情にあらわれて、殆どあどけなくさえ思われた。

「非常識極わまる」は、後ろにひとりで新聞をよんでいた紳士からマッチを借りた。そのときに彼は正しい挙手の礼をしたのである。紳士は無論快よくマッチを貸した。しかし彼はその次に紳士がよみ了ってかたわらにおいた新聞をだまってとりあげて、仲まに配った。「どうしたんだ？」と仲間の一人が訊いた。「借りたんだ」「断ってか？」「うん」と「非常識極わまる」は云った。そしてその新聞は彼等の間で面白そうによまれた。紳士はその新聞を之からよむつもりだったのかも知れない。不快そうに眉をひそめたが黙っていた。

私はこの一部始終を眺めていた。「非常識極わまる」の云った「うん」は頗るあいまいであった。「断ってか？」と聞いた相手は恐らくその「うん」を信用しなかったにちがいない。しかし彼にとっ

ては自分の不作法ではない、仲間の不作法だ。とがめる程のこともないと思って読みたいと思ってい
た新聞をよんだのであろう。「非常識極わまる」は一寸後悔したかもしれない。しかし彼もその不作
法をかるく考えていたし、謝ると云うことはテレ臭かった。だから彼はあいまいな返事を仲間に返え
したのである。

――私には彼の心理がよく見えた。そればかりではない、紳士に煙草のマッチを借りた彼は何とな
い気安さを紳士に感じ出したのである。そうしてその気安さが彼に仲間のよみさしの新聞をひったく
るように紳士の傍らの新聞をとらせたので、兵隊屋敷ではそれは当り前のことにちがいないのだと私
は考えた。そう考えては私はこの無邪気な「非常識極わまる」を非難する気にはなれなかった。

しかし紳士の住む社会にはそんな習慣はない。彼としては不快な顔をしても仕方がないのである。
私は之は単にエティケットの相違がつくった些細なフリクション〔摩擦〕であると考えた。そして
紳士がこの無邪気な無作法を傲慢にもとづくものと解しなければいいと願った。

窓外にはいらか雲が美しく、その雲の間にのぞいた空が、汽車の進行につれて青さを深かめた。紅
葉もチラホラと見え出した。兵士たちの一団はとっくに降りて車内にはしずかに車輪のリズムが一ぱ
いになってゆれた。碓氷にかかると汽車の速さが急におそくなる。と車輪のリズムも面白くきこえて
くる。同行のHはこのリズムをもとにして作曲を考えるのだと云う。私はその計画を面白いと思った。

丹羽文雄の短編とラディゲをよむ。「肉体の悪魔」は面白いけれども、カットが多すぎるのはかな
わない。小説の「ぼく」はぜい沢だ。マルトと云う彼の恋人はボオドレエルやヴェルレイヌをよんで
いて、しかも他人の妻君である。こんな恋人を十六歳のときに得るなんて、うらやましい身上だと思

う。之を云いかえると馬鹿々々しいとも云える。その馬鹿々々しさの面白い小説なのである。恋愛の出来ない十六歳の自意識はどう考えたって恋愛の出来た十六歳の自意識より深刻だ。遊びがない、余裕がない、ラディゲは天才であるとしても、二十歳のぼくはかくもすばらしい恋愛をした十六才のラディゲの自意識を軽蔑したって差し支えないのである。と云うようなことを空を見ながら、畑を見ながら、更に車の真中に光る金色のたんつぼを見ながら私は考えた。

　碓氷の紅葉は早やすぎた。そのうえ空がくもって来て山の色も十分美しいとは云われない。

故郷と伝統と

伝統のない故郷はない。故郷が故郷であるのはその伝統を人が抱いているからである。伝統が現在を規定し、規定された現在が伝統を規定する。この弁証法に参加する現在は伝統の一部分ではない。伝統の一部分としての現在はより始原的に存在して、その存在の心情が故郷への心情となるのである。

私は故郷を有しない。生れて二十年間住みつづけた渋谷(1)は呼吸すべき何等の伝統をも既に失って了っていた。そして私たちのジェネレーションは丁度精神の故郷を喪失した放浪のジェネレーションである。芥川龍之介の時代までは精神に故郷があった。しかし西欧的教養を身につけながら、江戸の伝統を呼吸して東洋の心情をしっかり抱いた文学者と云う者は芥川のジェネレーションをもって終りとする。そのあとに来たあらゆる知識階級は混とんとした時代の中で故郷を見失ったのだ。(2)——新開の渋谷に住み、伝統の影も薄い家庭に育って、チャチなインテリジェンスに教育された私はその極端であるとしても、精神の故郷を失った文化は何かその底に一抹の空虚をしのばせて思われる。近来の日本主義は或る意味で新しい角度からの日本を故郷として再発見しようとする努力とも見えるのである(3)。

一高と云う所が先ず第一にそうである。私の一高へ入ったとき(4)、一高は本郷を捨てていた。そして駒場は正に私の幼年時代の渋谷のように場末の新開地であった。私は本郷を知らないのだから何も云えないが、本郷にはきっと何か伝統の影が強く漂っていたに相違ない。急転する時代がその影をまし頽廃の影と見せようとも、私はその美しさを多分愛することが出来たろう。そして愛しながら幾人かの先輩達のように激しく反抗することも或いは可能であったかも知れない。所が駒場の一高には伝統らしい何物もなかった。始めから積極的意義を一高の伝統に期待した私ではなかったが、せめて多少の美しさは残されているだろうと私は考えていた。しかしほお歯[5]とマントの出でたちもうす汚く、百貨店の女給にからかうのではなくからかわれている一高精神、対校戦に往年の意気も失せて一度は廃止したものをすったもんだのあげく復活してよにも下手くそな技りょうを展開する一高精神、又それをひやかし半分に騒ぎたてるうそ寒い一高精神に私は馬鹿々々しさ以外の何を発見出来たろうか。私は伝統に反抗する代りに、愚にもつかぬその形骸を無視するより他はなかった[6]。

一高が何時か私の故郷となることも恐くはないであろう。そして一高を出ればもう社会は私達にあたたかい故郷を用意してなどはくれない。

しかしだからと云って私は歎きはしない。歎いたってはじまらぬからだ。私は勇しくジェネレーションの宿命を背負ってすすむ。故郷のないと云うこと、それがはるかな意味で精神の故郷となるように。——思えば果しなき精神の放浪は恐らくこのような仕方で、暗澹としたうたをうたう他はないであろう。

13.11.7[7]　〔一九三八年十一月七日〕

（1）加藤の出生地は本郷だが、生後まもなく渋谷に転居した。（前掲『加藤周一はいかにして…』）渋谷金王町の思い出は『羊の歌』に詳しい。

（2）加藤はこの時期の東京について次のように回想する。「両大戦間の東京は、思えば不思議な街であった。そこには沢山の翻訳文学と、印象派以後の絵画の複製と、ドイツ浪漫派の器楽があり、それは日本の伝統的な文化を忘れさせるには充分で、西洋の文化を理解させるには不充分であった。私は多くの翻訳文学を読み、印象派とそれ以後のフランスの画家の名まえを覚え、不完全な再生装置と不充分な演奏技術とを通じて浪漫派の音楽を聞き、しかも印象派以後の絵画が西洋美術の小さな部分にすぎず、浪漫派の音楽が到底西洋音楽の全体を代表するものではないということさえも知らずに暮していた。また神道や儒仏の事については、ほとんど何の知識もなく、日本人の精神を長い間養ってきた観念の体系について全く無知でありながら、長い間祖先の身体を養ってきたみそや米や豆腐をたべ、長い間日本人が歩いてきたあのぬかるみの道を長靴か足駄で歩いていた」（『羊の歌』「戯画」）。「西欧的教養を身につけながら江戸の伝統を呼吸」した芥川に対する加藤の眼差しは、フランス留学を終え帰国した直後に発表した「日本文化の雑種性」（一九五五）と無関係ではないだろう。

（3）小林秀雄は一九三三年五月に発表した「故郷を失った文学」のなかで、当時の日本文学を故郷を失った文学であると捉え、日本文学における西洋文学の影響の重大さについて論じる。「何事につけ近代的という言葉と西洋的という言葉が同じ意味を持っているわが国の近代文学が西洋の影響なしには生きて来られなかったのは言うまでもないが、重要な事は私達はもう西洋の影響を受けるのになれて、それが西洋の影響だかどうか判然しなくなっているところまで来ているという事だ」「私達は生れた国の性格的なものを失い個性的なものを失い、もうこれ以上何を奪われる心配があろう。一時代前には西洋的なものと東洋的なものとの争いが作家制作上重要な関心事となっていた、彼等がまだ失い損なったものを持っていたと思えば、私達はいっそさっぱりしたものではないか。私達が故郷を失った文学を抱いた、青春を失った青年達である事に間違いはないが、又、私達はこういう代償を払って、今日やっと西洋文学の伝統的性格を歪曲する事なく理解しはじめたのだ。西洋文学は私達の手によってはじめて正当に忠実に輸入されはじめたのだ、と言えると思う。こういう時に、徒らに日本精神だとか東洋精神だとか言ってみても始まりはしない」(『小林秀雄全集第二巻――Xへの手紙』新潮社、一九五六)

(4) 長谷川泉『嗚呼玉杯　わが一高の青春』(前掲)によると、一高の本郷から駒場への移転は、文部省の告示が一九三五年七月、実際に移転を実行したのは夏休み明けの九月十四日であった。駒場への移転は、帯剣、ゲートル巻き、執銃の軍事教練姿という、いわゆる武装行進であった、と長谷川は記憶している。加藤が一高へ入学したのはそのおよそ半年後、一九三六年春である。

(5) 朴歯。ホオノキから作られた下駄の歯や、その歯をつけた下駄のこと。

(6) 加藤によると、本郷の寮から駒場の寮へ移ったことによって、一高の学生たちは「ながい間に本郷で先輩がつくりあげた慣習を、新しい土地と建物のなかにもちこもうとしていた」という。「もし学校気質というものがあるとすれば、一高の寄宿寮が、そのときほど一高気質とその「伝統」に意識的であったことはなかったかもしれない。意識的に主張され、擁護され、維持されようとする「伝統」または慣習の体系は、第三者の眼には、いくらか滑稽にみえるものである。本郷の生活を知らず、駒場の寮へ入ったばかりの私は、そこで多くの尊敬すべきものと同時に、また滑稽で真面目に相手にすることの困難なものも見出した」(『羊の歌』「駒場」)。

(7) この三日後に発行された一九三八年十一月十一日付『向陵時報』に、当時の一高校長、橋田邦彦の「伝統」という論考が掲載された。橋田はこの時、文部省思想視学委員もつとめていた人物であり、こののち文部大臣をつとめた(一九四〇-四三年)が、敗戦後東京裁判へ出頭を求められ服毒自殺する。この「伝統」という論考は「伝統とは集団生活の指導原理である」という一文から始まり、「全体主義」をやむを得ないとし、個を「脱落」させ、犠牲となることを喜ぶのではなく「犠牲と云う私心的態度を離れることの喜び」を説く。

断片

私は近頃勉強をしようと思っている。理由は勿論成績をあげるためである。又その成績をあげる理由は人に軽蔑されないためである。しかしそれは軽蔑されて憤慨したからではない。そう云う憤慨に私は稚気以外の何物を感じてはいないのだが、適度に尊敬されることの便利を近頃感じはじめたからである。

之は私の世間への出発の一つである。私の知っている男は娘を若い医者の所へやるのにその医者が博士になれるかどうかを第一の問題とした。〝成績〟とはつまり〝博士〟である。

一高生のなかには色々の連中がいる。そのなかで一番始末に終えないのは、従って又一番こっけいに見えるのは、小説を読んでいる秀才である。ドストエフスキイ等の翻訳物しかよまない秀才である。私は勿論一高オンチであった。一高オンチでなければ一高で小説などかけるものではない。(1) しかるに私は一高オンチでないと云う科《カド》で運動部の人々から排斥された。私は馬鹿々々しさと共に多少の感慨を禁じ得ない。

私の周囲を一《ヒ》と頃とりまいていた一高生は frank〔率直〕になれと云うことをしきりに提唱した。そうして矢張私の正体がわからぬと云う科《カド》で私を排斥した。しかし人間の正体等と云うものはそう手っとり早くわかるものではない。(2) のみならずわかったとすれば、少くともその交友のわからぬ以前よりも不快になることはたしかである。

一高的な文芸とは何であるか？　文芸は遂いに文芸であって宣伝文ではない。嘗てはマルキシズムの宣伝文であった小説が文芸でない如く、護国族の精神の宣伝文は文芸でない。(3)一高的な文芸と云うことが一高で発表され文芸の共通点を出来るだけ強く現した文芸であると云うことだとすれば、――私にとってこの位やさしい仕事はない。出来るだけ下手くそな文芸をつくればよいのである。

一高とは何う云う所であるか？――矢張それは何よりも学校である。日本のお役人共がこしらえた官立学校である。

私は一高のキ章にわずかばかりの誇を感じている。しかしそのキ章がCaféの女給(4)にとって何のミ力でもないことには、矢張わずかばかり残念である。

私は寮歌を知らない。それは私が一高を愛しているせめてもの記録である。

一高生は最も学生らしい学生である。下手くそな遊ギと飲みこめない読書とにひどく熱心である――と云うのはつまり我々は実に純真だと云うことである。

(1)　加藤は一九三八年一月『向陵時報』に藤澤正の筆名で「小酒宴」という小説を発表したのを皮切りに、『向陵時報』や『校友会雑誌』に度々小説を寄稿した。また『校友会雑誌』の編集委員や文芸部委員をつとめた。
(2)　「青春ノート」Iに書かれた小説の草稿「〔寒い風景〕」に、「受け持ちの教員から「正体のわからない生徒」の一人に数えられた」という叙述が見られる。

（3） 一九三八年四月には国家総動員法が公布される。三〇年代の末「その頃の政府は、「国民精神総動員」と称して、むやみに多くの標語をつくり出していた」（『羊の歌』「縮図」）。

（4） 一九三〇年代半ば頃、バーやカフェーが盛んだった。カフェーの女給は現在のホステスに当たる。

〝似ている！〟

私の友人Mは何時か云った、〝自分と誰とかが似ていると云われる位不愉快な話はない。何処か場末の女にあんたと誰とかさんが似ていると、云われたとき位軽蔑を感じることはない。〟と。

〝あら　この方××さんとそっくりねえ〟

と女が云う。

〝兄弟だよ〟

と私が答える。

〝うそよ〟

〝そんなら従兄だ〟

と私は面倒くさくなってどなることが多い。軽蔑を感じるよりも女の芸無しが馬鹿々々しくなるのだ。がそれはとにかく或るときMは私たちの先輩である詩人Tさん［立原道造か］に私が似ていると云う話を聞いて来て、私にきかせた。そして〝よろこべ〟と冗談を云った。Tさんは有名な詩人だし、私は下手な小説を雑誌にかいているからなのだが、私はMの前に憤慨したことから考えて妙な気がした。

そしてTさんが彼の一世を風ビした才人A氏［芥川龍之介か］に似ていることを想いうかべた。

A氏の弟子にはH氏［堀辰雄か］がいる。又そのHさんの弟子と云ってもよい、その影響を強くうけた人がTさんである。A氏――（H氏）――Tさん――私と私は三人の作品を愛しているだけに、オメデタいうれしさをも感じないわけにはいかなかった[1]。

が私がTさんに似ていると云った人はTさんへのやゆのつもりであったかも知れない。私が〝よろこべ〟と云われて、うれしそうな顔をしたとすれば、その顔は世にも愚かな道化の顔にちがいなかった。

丹羽文雄氏は〝私は人々の相似よりも相違に着目して人間を描く、その方が都合がよい〟と云った。之を人々の風貌に適用すれば逆説として面白い。

〝似ている！〟――思えば人の顔を見て放つこの言葉はいろいろの場合に如何にさまざまの悲喜劇を描いて来たことか！　例えば〝ピエールとジャン[2]〟等――等と云うには及ばぬ、マリアの赤ん坊を見よ。マリアの赤ん坊が誰かに似ていたが故に人類二千年の歴史はあのような光彩を以て飾られたのである。

（1）長谷川泉は堀辰雄夫人である掘多恵子との対談（一九八三年）のなかで「芥川竜之介がいて、それから堀辰雄、立原道造がいて、という一つの文学上の流れのようなものが、当時の一高の文芸部にはありました」と回想する（『自分の著作について語る21人の大家　上』明治書院、一九九七）。芥川・堀・立原の系譜は中村真一郎『芥川・堀・立原の文学と生』（新潮社、一九八〇）に詳しい。中村はこの三人の文学者の系譜を、芥川と立原が堀を中間項として繋がる「東京下町知識人の系譜」と表現する。

（2）モーパッサンの小説『ピエールとジャン』（一八八八）か。ピエールとジャンは兄弟だが、あるとき弟のジャンにだけ、両親の亡くなった友人から遺産を譲渡される。弟のジャンは亡くなった友人に似ており、兄は母の姦通を疑う。

マルキシズム(1)

戦争が始まって無数のマルキストが転向した。転向して転向の所以を説く者があり、説かない者がある。説かない者はしばらくおく。自ら転向の所以を説く者の言葉をきけば、とにかくみっともない光景である。マルキシズムは実に壮麗な論理の殿堂であるが、転向者は彼らが嘗つて奉仕したこの複雑な体系を〝我々は日本人である〟と云う甚だ単純な体験でおき代えている。彼等がマルキストであったときにもそれ位の体験でマルキシズムがくつがえるかくつがえらぬかを考慮しなかったはずはない。つまり〝我々は日本人である〟と云うことの先にマルキシズムがあると信じていたであろう。所が今彼等はマルキシズムの先に〝我々は日本人である〟と云う体験があるのだと信じている。この矛盾がみっともないのではない。みっともないのは一方が終わった所に一方がはじまるのだと信じることそのことである(3)。

マルキシズムが日本のインテリを捉えたのは、日本には哲学的伝統がなかったからである。マルキシズムが日本のインテリから離れたのは、日本には論理的伝統がなかったからである(4)。形而上学などはどこを探しても見当らぬのに〝ああ形而上学よ〟と云って見た所で仕方がない。体験のない言葉で論理をくみたてて見た所で、腹がへってくれば馬鹿馬鹿しくなるのが当り前である(5)。

14.1.6 〔一九三九年一月六日〕

（1）タイトルを「戦争、その他」と書いて消した跡がある。

（2）「転向」とは、政治的、思想的立場を変えることをいい、特に共産主義者や社会主義者が、弾圧によってその思想を放棄することを指す。鶴見俊輔は「「転向」という言葉は、司法当局のつくったものであり、当局が正しいと思う方向に個人の思想のむきをかえることを意味した。ここには、個人の側からすれば屈服の語感がこもっている」という（『共同研究　転向一――戦前篇　上』思想の科学研究会編、平凡社東洋文庫、二〇一二）。また鶴見によれば「転向」という言葉は日本で一九二〇年に使われ始め、一九三〇年代に入って広く使われるようになった。これはヨーロッパ語に起源をもつ言葉ではなく、日本の戦時中の政治的雰囲気のなかで醸成された言葉であり、概念である（鶴見俊輔『戦時期日本の精神史』岩波現代文庫、二〇〇一）。

（3）一九三三年六月に当時の共産党の二大巨頭、佐野学と鍋山貞親が発表した転向声明「共同被告同志に告ぐる書」からいわゆる転向の時代が始まった。この二人の転向ののち、多くの転向者があとに続き、又、同年の滝川事件（京大事件）以降も弾圧があり、加藤が一高に入学した一九三六年には「学内にもはや左翼の組織はなかった」（『羊の歌』）。「共同被告同志に告ぐる書」には「日本民族が古代より現代に至るまで、人類社会の発達段階を順当に充当的に且つ外敵による中断なしに経過してきたことは、我々の民族の異常に強い内的発展力を証明している」とか「日本民族の強固な統一性が日本における社会主義を優秀づける最大条件の一つであるのを把握できないものは革命家でない」（『近代日本思想大系　三五――昭和思想集Ⅰ』松田道雄編、筑摩書房、一九七四）といった記述がある。その後、盧溝橋事件を契機として日中戦争が全面化した一九三七年には、人民戦線事件があり、翌三八年には大内兵衛など労農派学者グループの一斉検挙があった。一九三七年九月には国民精神総動員運動が、三八年七月には国家総動員法が制定された。鶴見俊輔は三〇年代、四〇年代の転向を比較して「一九三〇年代が急進主義者の転向を中心とするのにたいして一九四〇年前後は自由主義者の転向を中心とする。かれらの転向は、前の時代にくらべて、集団的、なしくずし的、無自覚的であり、同時代の大衆の転向にインテリとしての歩度を合わせようとする努力を示す」（『共同研究　転向三——戦中篇　上』平凡社東洋文庫、二〇一二）と分析する。

（4）マルキシズムと日本の伝統に関して、小林秀雄が一九三三年に発表した「文学時評に就いて」のなかで触れている。「わが国の文学批評に、科学的な、社会的な批評方法を導入したのは、言うまでもなく今日のマルクシスムの思想である。（…）当然その反響は、その実質より大きかった。そして又この過大な反響によって、この方法を導入した人々も、これを受取った人々も、等しくこの方法の伝統らしい伝統が、わが国にはなかったという事を忘却して了った。／伝統のない思想は常に観念的である。伝統を忘れた言葉は常に空言である」（『小林秀雄全集第二巻——Xへの手紙』新潮社、一九五六）。加藤は後年『日本文学史序説』下巻（筑摩書房、一九八〇、以下『序説』と表記する）において「小林秀雄は、自己周辺のマルクス主義者たちを、理論と人間との結びつきという一点において、攻撃した。その結びつきは、浅い。理論は借りものであり、次々に外国から輸入される流行であって、要するに「様々なる意匠」（一九二九）の一つにすぎない。この考え方は、小林自身が渦中にあった両大戦間の日本の文化的状況を、——少くともその一面において、深く洞察していた。果して多くのマルクス主義者は、軍国主義の時代が来ると軍国主義に同調し、敗戦後には平和主義者になったのである」と書く。

（5）戦後に加藤は、加藤自身と戦中のマルクス主義との距離と受けた影響について以下のように述べる。「私はいくさの前にマルクス主義の本を少しばかりよんだ事がある。たしかにこれは「洗礼」というほどのものではない。現に私は共産党とどういう関係ももたなかったばかりでなく、日本共産党の指導者の名前さえ知らなかった。（…）しかし当時〔一高〕の学内にマルクス主義に影響された学生運動は全くなかった。それでも私が少しばかりよんだマルクス主義の本は、日本の中国侵略戦争が「王道をひろめる」とか何とかいう偉そうなことではなく、要するに植民地獲得のためのいくさであり、「資本主義最後の段階としての帝国主義」のいくさの典型的なものだということを理解するためには、充分に役立った」(「文学的自伝のための断片――Arma virumque cano」『現代日本文學大系 八二』筑摩書房、一九七二)。『羊の歌』「縮図」には一高に「弾圧の時代に生きのびてきた少数のマルクス主義者がいた」と書かれる。加藤文庫におさめられた蔵書のうち、マルクスの『資本論』(長谷部文雄訳、日本評論社、一九四六)の第五刷版(一九四九年八月発行)には書き込みやアンダーラインが多く丁寧に読んだと思われるが、戦前に加藤がどの程度マルクスを読んでいたかを示す詳細な資料はない。丸山眞男は、加藤が「マルクス主義の方法をくぐった」と評す。「というのは、イデオロギー批判に基づく日本思想史にしても日本文学史にしても、戦前のマルクス主義の高潮期に、思想史でいえば唯研の永田広志ら、また文学史でいえば近藤忠義とか岩上順一とかいう人たちによってすでに試みられ、そのプラス面と同時にそのマイナス面や限界も十分明らかになったうえで、それをふまえて加藤君が取り入れているからです」(「文学史と思想史について」「加藤周一著作集」月報十五(第五巻附録)、平凡社、一九八〇、以後「著作集」と表記する)。

化粧する自由主義者

憲政の神と謳われた自由主義者(1)、八十の老大議士は毎朝彼の書斎で化粧をすると云う。彼は家を建てたが家具を買う金を持たない、彼の書斎のソファーは余り坐り心地のよいものではなかろうが、そのソファーに腰かけてただ丹念な化粧だけは忘れぬと云う。女中がそのとき部屋へ入ると、彼は議会の演壇から時の大臣等をにらむあの有名な自由主義者の眼光を以て、女中をにらみつけるそうである。

私は憲政の神の化粧品がどんなレッテルだか知るよしもない。又そんなことは資生堂の番頭にでも任かせておけばよい知識である。しかし私には化粧中にその部屋へ入って来た女中をにらみつける老自由主義者の心境は、歴々として明かにわかるような気がするのである。

私は憲政の神も単なるモダンボーイに過ぎなかったと云う観察に彼《カ》の卑小なる自然主義者のように酔うているのではない。トルストイの家出の原因は山の神〔妻〕のヒステリーだと云うことのつまらなさ加げんは小林秀雄の夙に明かにしたとおりである(2)。化粧する老自由主義者は山の神のヒステリー信奉家から見れば甚だ悲惨な光景であろう。しかし少くとも私には実に颯爽として荘厳な風景である。

このエピソードは老自由主義者の心底に燃えている青春の証左に他ならぬ。よしそれか幾分の焦燥を含むにもせよ、その颯爽さを減じるものではない。更にその青春が彼の自由主義者としての宿命を帯びた青春であるからには、益々荘厳な風景なのである。

（1）「憲政の神様」と呼ばれた尾崎行雄（一八五八－一九五四）のこと。号は咢堂。尾崎は一九三七年、第七十議会において、辞世の句を懐にして国防費の増大を批判する演説を行うなど、軍部に屈服しなかった数少い政治家のひとり。

（2）トルストイの死の直前の家出について正宗白鳥が「人生救済の本家のように世界の識者に信頼されていたトルストイが、山の神を恐れ、世を恐れ、おどおどと家を抜け出て、孤往独邁の旅に出て、ついに野垂れ死した径路を日記で熟読すると、悲壮でもあり滑稽でもあり、人生の真相を鏡に掛けて見る如くである。ああ、我が敬愛するトルストイ翁！」（「トルストイについて」「読売新聞」一九三六年一月十一、十二日）と書いたことに対し、小林秀雄は同年発表の「作家の顔」に「ああ、我が敬愛するトルストイ翁！　貴方は果して山の神なんかを怖れたか。僕は信じない」と書き、論争に発展した。

ノートⅣ（1939年1月～1939年5月）

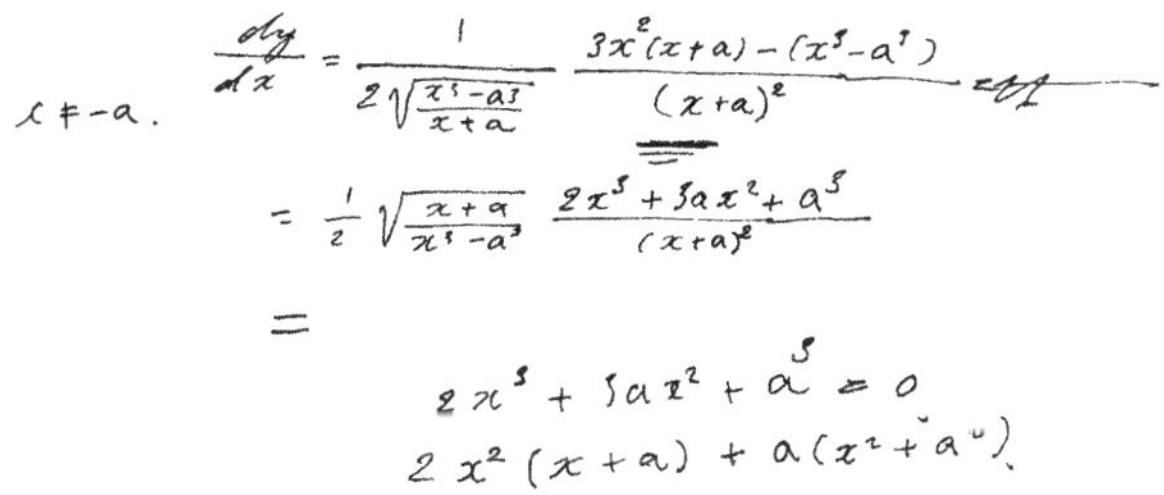

$c \neq -a.$

$$\frac{dy}{dx} = \frac{1}{2\sqrt{\frac{x^3-a^3}{x+a}}} \frac{3x^2(x+a)-(x^3-a^3)}{(x+a)^2}$$

$$= \frac{1}{2}\sqrt{\frac{x+a}{x^3-a^3}} \frac{2x^3+3ax^2+a^3}{(x+a)^2}$$

$$=$$

$$2x^3+3ax^2+a^3=0$$

$$2x^2(x+a)+a(x^2+a^2).$$

ノートⅣに書かれた数式（部分）

戦争と文学に就いて(1)

“André Walter”〔『アンドレ・ワルテルの手記』〕に出発して転向に至るGide〔ジッド〕の生涯は個人主義者としての熱烈な生活の探求以外の何ものでもない。之は直ちに彼がモラリストであることの簡明な理由である。日本のインテリゲンチャは勿論Gide程個人主義者ではなかったし、又彼程熱烈な生活探求者でもなかった。従って日本のインテリゲンチャはGide程深いモラリストではないと云うだけのことである。

戦争と共にジャーナリスムはインテリを攻撃するに急であった。そして勿論ジャーナリスムの舞台にインテリを攻撃する者はインテリに他ならなかった。——こう云う現象を何と形容すべきか私は知らない。しかしこう云う現象の下らないことは知っている。インテリは〝評判に反して〟前に述べたような生活への積極性を従って文化への積極性を示した。のみならずインテリは又〝評判に反して〟戦場に於ける勇敢な兵士であった。之はちっとも驚く可きことではない。インテリジェンスと云うものは昔から〝評判に反する〟こと正にそのことだからである。インテリの青白い顔色を心配することが一時流行して、女子大の生徒が某処で一群の大学生を〝青白きインテリよ〟とからかい、大学生がフンガイして寄宿舎にストーム(2)をやる等と云う喜劇さえ生じた。しかしインテリゲンチャに就いて心配すべきことは顔色なんかでないことは解り切った話で、心配すべきことは彼等のインテリジェンス以外にはないのだ。インテリを退治したインテリはインテリの中で一番下らないインテリだったと云うことになる。

戦争がインテリをきたえた、(3)インテリは実に立派で力強い等と云って感服していたって何にもならない。つまりこの位不経済な思想はない。日本のインテリの力強いことは解かった。少くとも今までのインテリ不信用論者の考えていたよりも力強いことは明かになった。しかしそれは日本のインテリがとにかく或程度インテリだったと云うことの証明を出でない。インテリジェンスと云うものは実に力強いものである。力強くなければ〝評判に反して〟等いられるものではない。第一〝戦争がインテリをきたえた〟と云う云い方が尤もつまらない。〝きたえつつある〟と云う認識の方が〝きたえた〟と云う認識よりも余程大切である。

(1)『向陵時報』一九三九年二月一日号に「藤澤正」の筆名で発表された「戦争と文学とに関する断想」の草稿。掲載された原稿と比較すると、加藤が大幅に手をいれたことがわかる。翌年の一九四〇年八月には小林秀雄が『文學界』に「事変の新しさ」と題する文章を発表、その冒頭で「わが国は、只今、歴史始って以来の大戦争をやっております。大戦争たる事に間違いはないが、御承知のように宣戦を布告しておりませんから、戦争と呼んではいけない、事変と言います」と、一九三七年の盧溝橋事件を発端に開戦した日中戦争を「日支事変」と呼んでいた事情を説明する。当時は、加藤のように「戦争」と表記するより「事変」とするほうが一般的であった。

(2)旧制高校でしばしば行われた、学生が寮や街頭で集団で騒いだり気勢をあげる行為。

(3)「戦争がインテリを鍛えた」とは、発表された「戦争と文学とに関する断想」にも使われた表現である。

続・戦争と文学に就いて

戦争が我々をきたえつつある[1]と云う認識は、戦争による我々の緊張感によって具体性を帯びる。日本の知性にとってこの緊張感を深く感じること、そのことだけが課せられた最大の課題である。戦争文学は何時生れる可きか等と云って見たって仕様がない。その記録には結論が現在と出ようと未来と出ようと、事実は勝手にあるのである。若しお望みとあれば之こそ〝歴史の必然性〟であって、預言者には関係がない。

戦争文学は戦争の真最中にざんごうの中から出る。ざんごう文学は時間的に最初の戦争文学であるのみならず、様式的にも初期的な形式をとる。今度の戦争では日本軍のざんごうから様々の文学が生れた。無数の和歌と新体詩[2]と火野葦平[3]の〝麦と兵隊[4]〟と。このなかで何とか部隊長のつくった新体詩は文学として問題ではない。藤村や晩翠が之等〝詩人部隊長〟の間にもつ伝統は、戦争と云う現実に対してただ抽象的な観念と甘ったるい感傷とでせいぜい私製軍歌をらん造したにすぎない。しかし日本の民衆に行きわたった和歌の伝統は日本のざんごうが生んだ詩を十分代表するにたえた。〝麦と兵隊〟は日記であるし、軍医のCarossa[5]はざんごうではなく病院のなかでさえ〝ルーマニヤ日記〟を書いた。ざんごうからFiction〔フィクション〕は生れない。生れるのは日記か詩なのだが、日本のざんごうには勿論Apollinaire〔アポリネール〕はいない。日本にはその代りに無数の人麿がいて無数の歌を書いた。
ざんごうから Fiction は生れないし、又生れる必要もない。ざんごうで人は彼等の緊張を記録すりゃいいのだ。戦争は匆論複雑極わまるものだが、戦場の緊張感と云うものはそれが緊張の極致であるが故に恐しく単純なものにちがいない。そして捉える必要のあるのはこの単純さだけなのだ。近代小説の方法は解析的に精密を極わめる、だからこの単純さを捉えるに適しない等と云うのはうそだ。ざんごうから Fiction の生れない理由は時間以外にはない。ざんごうの知性も感性も時間を信用しないのだと思う。所が小説はそれ自身の時間を現実に向って主張する。だから人は詩によって時間を超克するか、日記によって現実に同化するか――ざんごう文学の様式はこの二つよりないのだ。

優れた古典精神は常にこの緊張の単純さと向きあっている。〝ボヴァリイ夫人〟が古典であるのは Flaubert〔フロベール〕が〝人生の従軍記者〟であったからではない。〝ボヴァリイ夫人は私だ〟と云うあの有名な言葉が物語る Flaubert 自身の自我との対決が〝ボヴァリイ夫人〟を古典にしたのだ(6)。そのときに厳しい対決を体験する Flaubert は立派な古典精神の一例である。成程マダム・ボヴァリイの心理は複雑だ。しかし優れた古典精神はマダム・ボヴァリイの心理の底に彼女のアビーム(7)の驚くべき単純さを凝視していた。

ざんごうは色々のものを生む。Apollinaire は死んだけれども Jean Cocteau〔ジャン・コクトー〕は、Zarer(8)は、もろもろのシュールレアリストは生きのこった。そして Raymond Radiguet〔レイモン・ラディゲ〕は古典主義最後の閃光として老 France の空に輝いた。日本の知性はシュールレアリストを生むには若い。況や Radiguet の閃光をやであろうか?

戦争文学へ興奮する民衆の心理は事実探究の心理だと前に云った。しかしそれは実話小説の要求となってあらわれるより古典への希求となってあらわれる。最近出版されたドイツ戦歿学生の手紙[9]はざんごうの中でGoethe〔ゲーテ〕が何処よりもよくよまれたと云うことを語っている。問題はこうしてざんごう文学から戦争文学へ、戦争文学から戦争のきたえた古典精神の成果へと移らざるを得ない。既に事変は若干のFictionを生み、それは可なり広く読まれたらしい。しかしそれ等を検討することは現在大した意味をもたない。〝麦と兵隊〟〝土と兵隊〟[10]に成功した火野葦平も彼のFiction的意図を蔵すると云われる小説〝花と兵隊〟ではつまらない。記録的なIchroman〔一人称小説〕であるにも拘らずだ。

時代は混とんとしているし、民衆は戦争の事実へ関心している。しかし私がはじめに書いたとおり今日小説の大衆性を支えている事実とモラルとへの関心はやがて本物となるだろう。そうして際物を歓迎した民衆が際物作家を黙殺する日もちかいかも知れない。日本の知的民衆に対するこのような楽観説は本当だと思う。私は私共のかくごや小説の運命について之以上とやかく云わない。云えることは当り前のことであり、今まで書いて来たことからでもわかることである。そうでないことは私には云えないし、云えるようになりたいとも考えない。

〔ノート上部〕
ざんごう文学　麦と兵隊・ルーマニヤ日記・アポリネエル・将校兵士等の和歌と新体詩　西部戦線異状なし

Fiction 武漢作戦、還らぬ中隊、林フミ子等
戦争の影響　Radiguet

（1）「著作集」第八巻（平凡社、一九七九）に収録された際の追記には「たとえば文中に「戦争が……我々の人間を鍛えつつある」という文句があるのは、当時の文学者の多くが戦争支持のために使った言葉を、そのまま採ったのであり、たとい学生新聞に書くにしても、おそらくその程度の安全装置は必要だと考えた」とある。

（2）明治初期に興った詩の一形態。外山正一、矢田部良吉、井上哲次郎『新体詩抄』（一八八二）に始まった新体詩は、旧来の和歌、俳諧、漢詩などに対して、西洋詩の形式を取り入れた七五調ないし五七調の新しい詩形であった。島崎藤村、土井晩翠は共に新体詩の詩人。

（3）火野葦平（一九〇七－一九六〇）は、日中戦争に兵士として従軍中の一九三七年『糞尿譚』で芥川賞を受賞する。翌一九三八年に軍報道部員として徐州会戦に従軍し戦闘体験を記した「麦と兵隊」は、神西清によると、一二〇万部を印刷したが、一二七箇所の削除をへて公表されたという。この作品は日本大衆の熱狂的な支持を受け「土と兵隊」（一九三八）『花と兵隊』（一九三九）などを発表したが、敗戦後、公職追放指定を受ける（五〇年解除）。神西清は戦時中の火野文学について、「麦と兵隊」の最後の場面や『花と兵隊』の中国人に対する記述を例に「要するに火野さんが反戦文学を書かなかったことが明瞭であると同様に、好戦文学もミリタリズム宣伝文も書いたのでないことも明瞭である。彼は庶民出身の一兵士として、同じく庶民出の兵隊の労苦や哀歓を、素朴なロマンティシズムのレンズをとおして、丹念に描き出したに過ぎなかった」とする（『現代日本文学大系　七五』筑摩書房、一九七二）。

（4）加藤は「青春ノート」Ⅲの「火野葦平論の草稿」において、火野文学について「作家は思想をかくので事実を

かくのではない。糞尿タンは本格小説であり、麦と兵隊は報告小説である」と評する。また小林秀雄は加藤がこの文章を『向陵時報』に発表した同年の七月に「事変と文学」を『新女苑』に発表し、「日支事変」が文学に与えたとされる影響を検討し戦争文学について触れ、その例としてやはり「麦と兵隊」を挙げている。

（5）ハンス・カロッサ（一八七八－一九五六）はドイツの詩人、作家、結核専門の開業医。第一次世界大戦時、軍医として東部戦線に従軍。その体験から従軍日記『ルーマニア日記』（一九二七）を執筆する。

（6）フロベールの言葉として非常に有名だが、フロベールの著作や書簡、メモ等に出典はなく、エピソードとして語り継がれているようだ。

（7）〈abîme〉、アビームはフランス語で深淵の意。

（8）アポリネールやコクトー、またシュルレアリストの文脈からダダイスム運動を始めたTristan Tzaraトリスタン・ツァラのスペルミスと考えられる。

（9）ヴィットコップ編『ドイツ戦歿学生の手紙』は髙橋健二の翻訳によって一九三八年に岩波書店から刊行された。

（10）「青春ノート」Ⅵには「土と兵隊」の映画（一九三九年公開）の感想が書かれる。そこには「映画〃土と兵隊〃を見て感じたことがひとつある。それはこの映画の綺麗さだ。（…）映画の中からは云わば言外の劇しさを感じたけれども、尚別のものがあることを、又その別のものを映画が避けていることを感じたのである」「〃土と兵隊〃は泥だらけの兵隊に限りない美しさを発見した。（…）がしかし泥だらけの戦場は常に美しいものではあるまい。美しさが本当ならみにくさも本当であろう」「私は〃土と兵隊〃を美事だと思う。しかし綺麗事だとも考える」とある。実際、当時の原作『土と兵隊』には、火野のいた部隊が捕虜を処刑したこと等書かれていない。火野は捕虜の処刑を手紙に記し、また戦後出版された『土と兵隊』に当時の体験を詳しく描いた（渡辺考『戦場で書く――火野葦平と従軍作家たち』ＮＨＫ出版、二〇一五）。

フェミニスト(1)

Goethe はフェミニストではなかった。“Wir lieben nicht ihren Verstand”〔我々は女性の知性を愛するわけではない。エッカーマン『ゲーテとの対話』(一八二四年一月二日)〕と云って沢山の女を愛したGoethe は。Werther〔ウェルテル〕をかいたGoethe は彼がドンファンでない証拠だと云う人がいる。之なぞは実に無邪気な意見で、彼等も別の所では世の助〔井原西鶴『好色一代男』の主人公〕にWerther を発見してよろこんでいるのである。

世之助とWerther との恋は世間の希望する程ちがってはいない。ちがっているのはむしろStrindberg とGoethe だ。Strindberg はフェミニストだったから“父”を書いたのだ。Goethe はフェミニストでないから“das ewig-Weibliche”〔永遠なる女性〕を書いた。

勿論Lotte〔ロッテ〕は女ではない。Goethe は女を信用しないからLotte の小説をかいて、女とは恋愛をするのである。(2)（世之助とGoethte との相違は要するに小説をかくとかかぬのと相違以外にはない。）そして女は、恐らく“Wir lieben nicht ihren Verstand”とうそぶいているGoethe に、男の異常なおそろしさを見たにちがいない。女は作品の中でむきになって女を叩くStrindberg がフェミニストである位のことは大抵感づくものだ。

近頃フェミニストが多くなったと云う意見は間の抜けているうちでも間の抜けた意見だ。そんなべらぼうなことはない、エティケットが変っただけだ。そしてエティケットの複雑化は所詮心理的現象を支配するだけであって信仰を支配はしない。例えば教会のエティケットは西欧のキリスト教を宗教から心理的手品に移行させたのである。フェミニストとは女の信仰者であって、尊重者ではない。〝雪国〟の駒子は女ではない。男の女性的なものをおしつめた極致、つまりは我々日本の伝統的男性にとっての das ewig-Weibliche なのだ。川端康成氏はフェミニストでないこと勿論である。

女にとってフェミニストは甚だ物そうだ。従って女がフェミニストを相手に恋愛したと云う話は聞かない。Goethe は沢山の恋人をもち、Strindberg はもたないのである。(3)

14.1.20〔一九三九年一月二十日〕

(1)「青春ノート」全体を通して、「フェミニスト」に言及はあるが、「フェミニズム」という言葉は使われない。
(2) ロッテとは『若きウェルテルの悩み』のヒロイン、シャルロッテの愛称である。モデルはシャルロッテ・ブッフというゲーテの友人の婚約者であり、叶わぬ恋の相手だった。
(3) 加藤は「青春ノート」Ⅵ「様々なる言葉」にも、女性と文学に触れる。「フランスにはフェミナ賞と云うものがあるらしい。女性を最もよく描いた作者に与えられるんだから、愉快じゃないかと誰かが云った。確かに愉快だ、例えば女性を人生と云う言葉に代えてみるがよい、人生を最もよく描くとは何う云うことか？　女性を最もよく描いたと云う条件は即ち無条件に他ならぬ。／僕等は二十世紀に生れたおかげで、ファウストの女性に接すると共に、ストリンドベリイの女性に接した。しかし僕等の日常生活に接する女性は、恐らく前世紀に生きたワイマールの、或いはストックホルムの女性と別の生きものではない。勿論前世紀ばかりではなく、十四世紀の都市国家に住んでいたベアトリーチェも、ムッソリーニの娘とどれだけちがっていたか知れたものではない」。

危検思想(1)

危検思想とはよく云われることだが、未だ嘗て思想が危検であった試めしは一度もない。と同時にあらゆる思想はそれを実行しようとするとき危検であった。――この位当り前な話はないにも拘らず、危検思想と云うことばはしきりに流布されている。しかしこの流布していることも本当は不思議ではないのだ。人は思想よりも思想の衛生法を愛するものである。(2)

(1) 芥川『侏儒の言葉』にも「危険思想」が書かれる(「危険思想とは常識を実行に移そうとする思想である」)。中村真一郎は、中学時代に『侏儒の言葉』を愛読したことを振り返り、「私たち昭和の初めの中学生たちにとっては、年々強まってくる軍の圧力と戦争賛美教育の拡大とは、頭からのしかかってくる、やりきれない厭なものであったから、それを著名な作家が私たちの代弁をしてくれていると感じられるのは、心踊るような嬉しさであった」と回想する。だが昭和十年代にさしかかると、「到底、あの芥川の気のきいた諷刺などで押さえきれないほど時代の悲劇は進行してきていた」(前掲『芥川・堀・立原の文学と生――一つの系譜』)。

(2) 加藤はこの「危検思想」の書かれた「青春ノート」Ⅳに六九連勝した後に敗れた横綱・双葉山と、それに対する大衆の反応について「双葉山の敗戦」という文章を書き、そのなかで「衛生的」という言葉を用いる。新聞は双葉山の敗戦のために一面を埋めたが、そうさせたのは読者であり「こう云う読者は大衆心理の一番くだらぬ部分を、従って一番衛生的な部分を丸出しにしている」と指摘する。

抒情精神

日本が日本の文学を建設しなければならぬとはわかり切った話だ。——と同時に日本の小説が今までの日本的舞台に止まっていられぬと云うことも明かだ。

日本の小説は戦争をきっかけとして広くなるだろう。芸者と文学青年との代りにモウ古人と大陸の花ヨメ〔国策として満洲開拓移民に嫁いだ女性〕とが小説の主人公となるであろう。——一口に云えば外国作家の広大な地理的視野を獲得する。

しかしそんなことは文学にとって大したことじゃない。問題は地理が作家の目の構造を変える変え方だ。

日本文学は西洋の伝統的方法で日本の伝統的題材を捉えようとして来た。Zola〔ゾラ〕の方法でルウゴン家[1]をかく代わりに文学者の心境に低徊しようとしたのである。勿論そんなべらぼうなことは出来ない。即ち花袋白鳥の方法はZola、Maupassant〔モーパッサン〕の方法とちがう所以であるが、作家の意識は西洋の伝統の上に方法論をきずこうとしていたのだ[2]。しかし題材は変わり、我々は André Marlaux と共に支那の動乱を描く次第となれば、Marlaux の方法を踏襲する限り、我々は Marlaux になる他はない[3]。

日本文学の伝統は抒情精神である。——と云うことは何も珍しいことではないし、第一文学の伝統とは抒情精神の伝統以外の何者でもない。では日本の抒情精神はどう云うものかと云うと、リアリスティックな抒情である。自然の写生によって抒情した国は日本以外にはない。西欧の作家たちは人間を抒情しても決して自然を抒情しないのである。Björnson〔ビョルンソン〕の“Arne”〔『アルネ』〕巻頭の自然描写はよい例である。“Ode to Skylark”(4)は甚だ人間臭い。人間臭くない詩と云うものは西洋にはないのである。“古池や”と云うことばと“Oh, Pond !”と云う言葉をくらべて見たまえ。東西の詩精神の相違はこの相違である。（リアリスティックな抒情と云ったのは勿論比喩である。）

この抒情精神が、広大な舞台にひろげられ近代小説としてどのように開花するかはわからない。そんなことを予想して見たってどうにもならないので、例えばうらないのようなものだ。作家が作品によってそれを模索するより他はない。創作の Trieb〔衝動〕と云うものは実に単純なものである。こう云うわけだからこう云う小説を書こうと云うような計画から小説は出て来やしないのだ。その意味で Sainte-Beuve〔サント＝ブーヴ（一八〇四－一八六九）批評家〕や Brandes(5)と雖も作家を導きはしない。しかし彼等によって小説の性格は変わる。何故変わるかと云うことは分り切った話だから云わないが。

日本の抒情精神は開花すると私は思う。苟しくも民族の気質に根ざす深かい文学的伝統と云うものは、行灯がネオン・ランプになった位のことで眼がくらむものではないのだ。パーマネント・ウェーヴ〔ママ〕につつまれた頭は勿論束髪につつまれた頭とはちがう。歌舞伎の見物から映画になって方法も対称も精神のメカニズムがすべて変っている。しかし芸術による感動の核心は歌舞伎でも映画でも同じである。

若き André Gide がそれを別ったように、esprit〔精神〕と âme〔魂〕とを別けるならば、民族の芸術は限りなく発展する esprit の底に永遠の âme を蔵しているのである！

（1）「ルーゴン＝マッカール」叢書（一八七一－一八九三）とは、エミール・ゾラ（一八四〇－一九〇二）がルーゴン家とマッカール家の血を引く人々を登場人物にして、第二帝政下のフランス社会に生きる一家族の系譜を、当時の遺伝法則や決定論を取り入れて描いたフランス自然主義文学の作品群をさす。ゾラの代表作である『居酒屋』や『ナナ』などはこの「ルーゴン＝マッカール」叢書のなかの一作品。

（2）加藤は後に『序説』下巻に、ゾラと日本の「自然主義」文学にふれて「ゾラの小説は、第一に、生物学的方法をふまえ、第二に、広大な社会的視野をそなえ、したがって作者その人を主人公とせず、第三に、市民社会を対象とする。この第一点は、彼の《naturalism》〔自然主義〕の特徴だが、第二点は早くもバルザックの行ったところであり、第三点は一般に十八世紀以来の多くの小説に共通である。しかるに藤村や白鳥等の仕事は、以上の三点を全く欠く」とし、日本の小説家はゾラの小説に「自然主義」の特徴（例えば科学主義）ではなく「人生の「真相」の「露骨な描写」を発見した」と指摘する。

（3）アンドレ・マルロー（一九〇一－一九七六）による、一九二七年の「上海クーデタ」を題材とした小説『人間の条件』（一九三三）を指しているのであろう。

（4）パーシー・ビッシュ・シェリー（一七九二－一八二二）の詩、To a Sky-lark「ひばりに」か。

（5）ブランデス（一八四二－一九二七）は批評家。加藤文庫には一九三三年発行の『獨逸浪漫派』（吹田順助訳、春秋社）が収められる。同書の裏白のページには加藤の字で「一九〇九年二月三日、Paris で Rilke は Rodin へ Kopenhagen の Brandes を描き出している。（ロダンへの手紙、祖川孝氏訳）」と書かれ、その部分が抜粋される。また別のページには「Index」として作家名と、登場ページ数を記そうとした跡がある。

小林秀雄

小林秀雄が再びしゃべった。再びと云うのは勿論我々を前にしてである。以前には、戦争に就いて発禁になるようなものは書く価値のないものだと云うことを云った。今度は——今度は色々のことを云ったから、一口には云えない。皆、覚えているからだ。覚えている限り人の云ったことをそれより簡単に等云えるものではない。小林秀雄の一時間しゃべったことを云うには最小限一時間はかかる。この位当り前な話はない。以前に云ったことを一口で云うのは、その一口以外を忘れただけのことである。

〝小林秀雄氏をかこむ坐談会〟だ。何を聞こうと勝手だが、彼がRimbaud〔ランボー〕のことを一寸云った時にRimbaudの話をしてくれと誰かが云った。Rimbaudをよまないからそんな馬鹿な質問が出来る、評論家に作家の紹介を要求したって仕様がない。仕様がないから勿論返事はしなかったが、好きな作家があったら全集をよまなくちゃだめだと云うことを話した。Baudelaire〔ボードレール〕の作品は一面的であるけれども、彼の日記は大詩人Baudelaireがすべてのことを一応考えた事実を語るのだと[1]。

彼は問題に対してかように応答する。女流作家に就いて、志賀直哉について、その他何とかについて、小林秀雄は問題を自分のものにする。自分のものにすることは何でもないことだ。何でもあるのは、自分のものにしてしゃべることである。

反省によっては決して自我はわからない。自我とは自信である。雪の如く音もなく降りつんだ自信であるとは彼の云う所だ。もうひとつ引用すれば、思想は知識ではない。知識としての方法は何者でもない。方法はヒューマンな人間にむすばれ、生活にしん透して始めてスタイルとなり思想となると。

従って彼の云う所はすべて当り前である。しかし〝本当〟と〝当り前〟とは何処がちがうか。Eckermann[2]〔エッカーマン〕と語るGoethe は実に素朴に実に当り前なことをしゃべっているのである。[3]私は論語を習っているときに論語は退屈だと思い、孟子の方がましだと思った。何故そう思うかと云うことを私は反省し、論語は当り前のことを云っているからだと考えていた。しかしそうではない。論語はちっとも当り前じゃないのだ。当り前でなければ面白いはずがないのである。

小林秀雄のしゃべるのを聞いていると不思議に酒が飲みたくなる——と云うことは何も不思議じゃないので、彼は当り前のことをしゃべるし、当り前のことは勿論健康と云うことだから、酒が飲みたくなるのだ。いや愉快である、飲まにゃならぬ気持ちになったと云うのは、恐ろしく健康な精神状態である。やけ酒と云うものは要するに自慰以外の何ものでもない。生活を信仰するのはセンチメンタリズムである。

小林秀雄の偉いのは彼に自信があるからではない。自信を実証するからだ。——実証と云うことは実際生まやさしいものではない。日本には未だ実証精神がないと云うのは彼自身の語る所である。[4]日本の自然主義の romantique〔ロマン派的〕であるのはこの故に他ならない。実証精神は思想であるし、自然主義を自然主義にするものは思想以外にないわけで、その意味で realists〔リアリスト〕のあらわれたのは文学史的に云えば自然主義のはるか後である。小林秀雄のrealism〔リアリズム〕が大したものだとは思わないが、小林秀雄をのりこえなければrealismなどは生じない。自我との対決が思想になるために小林秀雄は苦しむ。苦しむのは彼が文学者だと云う美しい証拠である。

14.1.17〔一九三九年一月十七日〕

（1）小林秀雄は「作家志願者への助言」（一九三三）において「4　若し或る名作家を選んだら彼の全集を読め」と書いている。「或る名作家の作品全部を読む、彼の書簡、彼の日記の隅々までさぐる。そして初めて私達は、彼がたった一つの思想を表現するのに、どんなに沢山なものを書かずに捨て去ったかを合点する」（『小林秀雄全集第二巻――Xへの手紙』新潮社、一九五六）。

（2）ヨハン・ペーター・エッカーマン（一七九二－一八五四）は一八二三年よりゲーテの秘書。晩年のゲーテに献身的に仕え、その談話を記録し『ゲーテとの対話』三巻を著した。またゲーテの遺稿や全集を編集した。

（3）小林はこの坐談会の後の一九四一年『改造』（三月号、四月号）に寄稿した「歴史と文学」において、日本の現代文学に言及し英雄崇拝を論じて「（…）尊敬や同情や共感や愛情によって人間を掴むより、観察によって人間を掴む方が、もちろん鋭敏な事でもあるし確実な事でもあるという考えが、そもそも愚かな独断ではありませんか。／ゲエテが、エッケルマンにこんな事を言っていた。実に当り前な事で、ゲエテが言っているなどと言うのが滑稽な様なものですが、僕は、まあ、あの有名な「対話」を、精神の養生訓の様な本だと思っているから（…）」と述べる。

（4）小林秀雄は一九四一年、三木清との対談で実証精神に言及する。「（…）福沢諭吉は『文明論之概略』の序文でこういう事を言っている。現代の日本文明というものは、一人にして両身あるごとき文明だ、つまり過去の文明と新しい文明を一つの身にもっておる、一生にして二生を持つが如き事をやっている、そういう経験は西洋人にはわからん、現代の日本人だけがもっている実際の経験だというのだよ。そういう経験をもったということは、われわれのチャンスであるというのだ。そういうチャン人は利用しなくちゃいかん。だから、俺はそれを利用し、文明論を書く、と言うのだ。（…）実証精神というのは、そういうものだと思うのだがね。何もある対象に向かって実証的方法を使うということが実証精神でないよ。自分が現に生きている立場、自分の特殊の立場が学問をやる場合に先ず見えていなくちゃならぬ。俺は現にこういう特殊な立場に立っているんだということが学問の切掛けにならなければいけないのじゃないか。そういうふうな処が今の学者にないことが駄目なのだ。日本の今の現状というようなものをある方法で照明する。そうでないのだ。西洋人にはできないある経験を現に僕等しているわけだろう。そういう西洋人ができない経験、僕等でなければやれない経験をしているという、そういう実際の生活の切掛けから学問が起こらなければいけないのだよ。そういうものが土台になって学問が起こらなければいけない。そういうものを僕は実証的方法というのだよ」（「實験的精神」『小林秀雄全集第七巻』新潮社、二〇〇一）。

国家と文化（下田講師(1)の問題に対する草稿）

文化に就いて。人間が自然に於てあたえられているものを材料として一定の価値又は理想を実現せんとする過程を文化とよび、それによって生産されたものを文化財とよぶ。西南ドイツ学派によれば文化と文化財とはかように規定される。〔Rickert〔リッケルト〕〕文化哲学は Herder〔ヘルダー〕、Hegel〔ヘーゲル〕に胚胎し、Dilthey〔ディルタイ〕、Spengler〔シュペングラー〕に及ぶが、Windelband〔ウィンデルバント〕に依れば、文化哲学は未来の文化の理想を示し、現実の文化状態を評価する普遍妥当的規範の基礎づけすることを使命とする。Max Scheler〔マックス・シェーラー〕の文化社会学に於ける文化は精神的又は理想的目標に向けられた人間の存在と行為である。

之等文化の概念は明かに理想主義的色彩を帯びる。一般に文化主義と云われるものはその理想主義的自覚であって、Herder の浪漫的個性が展開した如く、Hegel の歴史的弁証法的基礎づけを行った如く、様々の形で人生観となり思想体系となったものである。

Lessing〔レッシング〕及び Herder は人間精神の開発を文化と呼び、世界文化の開発を人生窮局の目的とした。この思想は Kant〔カント〕、Fichte〔フィヒテ〕、Schiller〔シラー〕、Hegel によって深められ、Hegel は人生を全文化の歴史的発展であると見た。

之等の文化に関する概念と文化主義の思想を一々論評することは出来ない。出来ないが文化と云う概念に就いて我々の注意すべきことは、その理想主義的な点と社会的な点とである。その社会的な点からそれは国家に関連し、人類に関連し、当然の帰結として歴史的見方に結合する。国家と文化の問題が文化自体から要請される所以はこの他にはない。之は文化の自意識である。

文化の概念が社会的・歴史的概念であること。社会機構・生活との関係、文化と文化財との混同を廃す。

文化の理想主義的なること。しかし理想主義的な性格を有つ文化を理想主義的に見ることも出来るし、非理想主義的に見ることも出来る。——二つの史観。Hegel と Marx.〔マルクス〕Idée〔観念〕と Idéologie.〔イデオロギー〕

で結局文化を国家を単位としてみるか、階級を単位としてみるかと云うことは一般に史観の中に解消される。

そこで史観の問題だが階級的見方よりも国家的見方をとる。その証明。日本の特殊性格（階級性の弱さと民族の問題）。

国家と文化。日本に於ける問題の展開。独・仏との比較。（主として文学を媒介とする）文学の文化としての意味

〔ノート上部〕

方法の借用

明治以来日本は実証主義を移入した。しかし実証精神を自分のものとはしていないと云われる。つ

まり方法を覚えて現実を測ったが、方法をヒューメンなものに結合して現実を知ろうとはしなかった。だからマルキストは今になって自分が日本人であったと云うことに驚いている！　西洋の方法もそれがヒューメンなものに結合されれば、自然国家的なもの民族的なものとしてあることになる。そのプロセスがらん熟したとき、自意識の対称となり、国家的なものが表面に出るのだ。（源氏の例）

文化と自意識

Hegel 哲学は一つの文化財であり、哲学する存在者 Hegel は文化の一様相である。所が Hegel は文化を哲学し、Hegel 哲学はその記録である。――文化とは根源的に自意識である。自己批判を行うものである。国家と文化との連結は自意識によって計算されても、自意識によって生産はされない。オリジナリティを目指してオリジナルになったものはないのである。文化のオリジナリティはもともと国家に根ざす。しかし文化はユニヴァーサルなものを追求することによって真にオリジナルなもの即ち国家的なものとなる。国家は文化を包摂するし、文化は国家を包摂する。自意識とは批判者であるから、或る者の否定的契機となり得ても生産的契機とはなり得ない。ゲーテは芸術に於てこのことを語っている。

（1）下田弘か。下田弘は『第一高等学校一覧――自昭和一三年至十四年』にドイツ語、修身の講師として名前があり、戦後は哲学者として『哲学総論』全五巻を著す。

出征する人々

I

洋服屋のYさんは、私の親類の親類の三十過ぎてむこを選んだ一人娘の養子である。一人娘は私の家に来て、Yが応召しましたと云った時、大きな腹をしていた。裁ほうの上手な人で内職していた。又その母親は――父親は死んだのだが――H製薬の女工頭であった。往年マルキシズム華かなりし時代にはひとかどの闘士だったと云う話だが、婿の出征はすべてを変えた。と云うよりは今になってすべてが変っていたのだ。子供は生れた。しかし生活は前よりもたしからしい。Yさんは私の家に挨拶をしに来たときに、もみ手をしながら、落着いて云ったものだ。戦争って滅多に死ぬものじゃありませんと。そう云って彼は複雑な微笑を浮かべた。その微笑は丁度事変のもっとも激しい最中に浮かべられたのだ。私は今思出している。彼は帰って来ない、しかし有名なK部隊の激戦又激戦の間をよく生き永らえて奮闘をつづけている。一ぺん貫通銃創もうけたが、再度戦線に返えり咲いていると云う、何か不抗な彼の運命を私は今想出しているのだ。それは時代が混乱し、苦しみ、もだえている中に、何か象徴的な背光を荷って一本の輝線のようにつきぬけている運命だ。

Ⅱ

私は応召の報らせをうけて、Y兄の応接間に座っていた。彼は東大の独文教室にいる人で私の先輩だ。私が漫然と並べられた書物の棚に目をさらしていると、彼は入って来て〝やあ〟と云った。頭をきれいに刈って、その坊主頭に髪を分けていた跡がすうーっと線を引いていた。〝よく来てくれました。〟家の中は存外ひっそりとしている。窓の外には祝出征ののぼりがくもり日の空にはためいていた。彼は元気よく色々の話をした。卒業論文であった。Herder のことに就いて、——彼は何時ものように話したし、私も何時ものように話した。しかし話題は当然目前の事実の前に戻らねばならなかった。

〝突然ですね。〟と私は云った。

〝別に変った気持ちにはなりませんね。〟と彼は答えた。〝しかし朝眼をさましたときに感じます。今までの自分ではないのだと。朝は、それが実にはっきりと頭に来ます。〟

彼はそれから戦争を出来るだけ記録するつもりだと云うようなことを語ったが、それらのことを一々書きつけるには及ぶまい。しかし私は出発の前日彼と語った一時間ほど傑れた会話を未だ嘗て経験したことがない。Herder と戦争とに就いて私達は冗《くだ》らないことを何ひとつしゃべらなかった。私は之を不思議に思う。そうして何かまざまざとY兄の寝醒の感じを感じることが出来る。

之はひとから聞いた話。ひとと云うのは私の知っている或るお嬢さんである。お嬢さんは先日仲のよい友達の兄さんを見送くりにいったそうである。出発の前に兵営に会いに行ったのだ。勿論出征する人の、つまり友達の家族と一しょにである。すると兄さんは云ったそうである、家族ばかりだとどうもしけていけない、誰か他の人がいないといけない、と。

――それは勿論それだけの話である。がお嬢さんはその友達の兄さんから結婚の申込みをうけたと云う。お嬢さんは返事をしなかった。と云うわけではないが、申し込みはその人の母親を通じてだったので、とやかくしているうちに御本人は発って了ったのだそうである。

この話は面白い話ではない。殊に之だけは少しも面白い□□はない。しかし話のつづきはどうつづけても面白くなりそうである。お嬢さんとお嬢さんの友達の兄さんとは勿論もとから知っていたし、友達の兄さんがお嬢さんに恋をしたことは云うまでもない。私はこの話を発端にとどめる。とどめる必要があるからだ。そして勿論現在の事実は発端にとどまっているとお嬢さんは云うのである。

ノートV
（1939年6月〜9月）

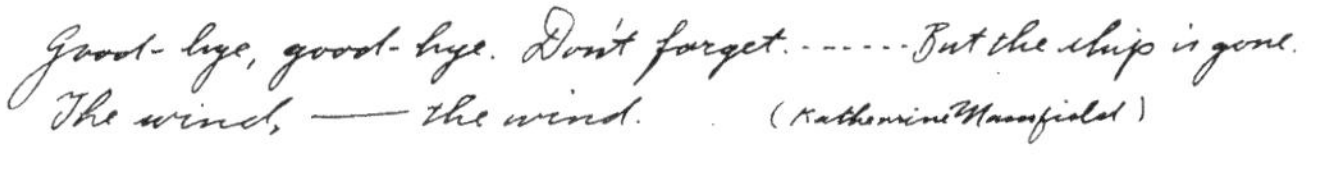
Good-bye, good-bye. Don't forget. ...... But the ship is gone.
The wind, — the wind. (Katherine Mansfield)

ノートV、キャサリン・マンスフィールド「風が吹く」の抜き書き

藤澤正自選詩集　一九三八[1]

貧弱な、多少もっともらしい、従って可なりみっともない
詩とは云えないような、独白《モノローグ》的内容——
藤澤正自選詩集
理由。他人が相手にするもんかい！

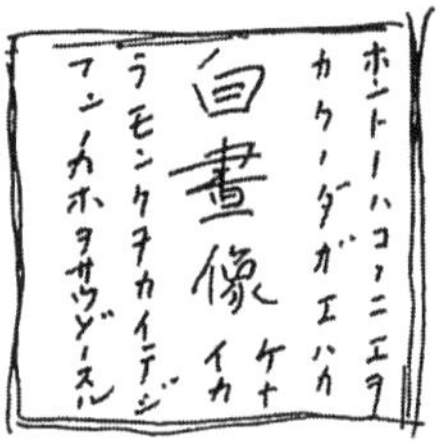

孤独

世界がうるさくて
住んでいる世界がうるさくて
たまらなくなった私は
ひとりきりの所を求めて逃げた
所が勿論
そこにも世界はあった
うるさくて私の逃げだしたような世界が
そこで私は
もとの世界へ戻って来た
つかれて棄ばちの気になりながら…
すると私は
私の求めていたのとは丸でちがった孤独を
否応なしに見出した

さびしさ

焦燥の中にさびしさがある
たしかにそうだ
私はそう思う
自分に向けられた焦燥の中に
私は何時も
急にさびしさを見出すのだ
それは芝居かも知れないが
芝居をしなくては　ひとときも
生きてくらせぬ人間は
ああ　たしかにそうだ
矢張り一番さびしいのだと
私はそう思うている

高貴な恋の物語(2)

嘗ては　ぼくにとって　恋はすばらしい諦念で
あった
眼をとじれば　瞼のうらに　涙があふれ
ぬれたぼくのまつ毛を　その人は　美しいとさ
え知らなんだ
ああ　三月のさくら横丁に　ぼくはひとりで
ぼくの諦念に泣いたものだった
だが　さくら横丁のさくらに　天ぐ巣病［植物の病気］
のついたとき
空はあおあおと枯枝にすみ
あどけなかったその人は　やさしい少女となっ
たろう
今日　二十《ハタチ》年の三月に　ぼくはひとりで　さく
ら横丁に
恋をさがしてさがしつかれた　よにもあわれな
表情をして
ああ　しかもだ
よにも高貴の恋の物語を　書こう書こうと思い
ながら
さくらを見つめて　歩いて行くのだ

プラトニック・ラヴ

バットの味は時々日本酒の味に似る。
銀座の味はウェストミンスタアをくわえて
十銭のコップ酒をのむ味だ。
女の顔は　第九シムフォニーよりも荘厳な風景
である。
あのバスはおごそかね。
どう致しましてあれはベートーベンの恋歌なん
だ。
だからこそこの風景は老人の恋じゃないか！
ゲーテさんのおっしゃることに
我々は女の悟性を愛するのではない、

若さだ、美しさだ、何とかだ云々と。
ああ　ぼくは五十銭玉を握って銀座へ行く。
二十銭は旅費、二十銭はコーヒー、あとの十銭
　はタバコである。
そしてぼくは実に立派なインテリゲンチャだ。
　立派なインテリゲンチャとして君を愛する。
悟性じゃない。第九シムフォニーよりも荘厳な
　君のウィンクに
インテリゲンチャとして感激しているのだ！

白樺

原っぱは赤さびたひろがりで
山はあい色の充実である
まるで江戸時代の秋色だ！

汽車は二十世紀の産物だから
それでも勇敢に風景をつきぬけて
　太陽にむかって突進する

ぼくは浮世絵師じゃないんだが
汽車から首をつき出して
すすきはやっぱりしおらしい風情だと云う

林はあかるく　逆光線の白樺は　さびしく優し
　い白さである
白樺は娼婦の純情だ　そうだ　純情なんだと
娼婦にお目にかかったことのない　ぼくが叫ん
　でいるじゃないか！
だからぼくは純情で
白樺よ　風景の抒情詩よと
思わずふきだしながら　詩たわずにはいられな
　いのだ！

大島よ

大島よ、何故あんなにすましていたの？
海の上で　誰もお前を見てやしない
いいえ　誰でも　お前の姿にさまざまの夢を託
　くそうと云うのに
それだのにお前は　すましていて
わたしは　わたしの夢を託くすと云うより
お前のささやかなけむりの乳色に
妙な食欲を感じるばかりだった
そうだお前は　あの海の藍色に
お前の本当は優しい心を　きっと厳しく
しめつけられていたにちがいない
丁度わたしの白雲があの海の色に
思わずわなないてお前の長い裳を廻り
沖へ沖へと逃げ出して了ったように…

芸術論

芸術に芸術の秩序あり
人生に人生の秩序あり
旅に出て旅情の書をよむ
人は之を甘いぞと云う
我はむさくるしき都塵にまみれ
清風松籟の詩をうたわんとす
かつはたのしみなり
かつはなぐさめなり
我も又甘からんと欲すれども
芸術の秩序は
又自ら都塵の我にあり

（1）「藤澤正自選詩集」はノートVに挟みこまれ十八の詩が収められていたが、編者が八編を選んだ。書籍の形式をとり、扉や目次が設けられる。

（2）「青春ノート」Ⅲに書かれた「伊藤整調の詩　高貴な恋の物語」をわずかに手直しした。例えば「さくら横町」を「さくら横丁」に変更した。一九四八年に「さくら横ちょう」という別の詩を発表する。『羊の歌』によると、桜横町と呼ばれた通りがあったという。二〇一六年にこの詩を記念した詩碑が金王八幡神社や、加藤の通った常磐松尋常小学校からほど近い場所に建立された。

人生は一行のボードレールにも若かない

ボードレール全集の広告を見たら、人生は一行のボードレールにも若かない――芥川龍之介と書いてあった。冗談じゃない、そう云って龍之介はボードレール全集を買う代りに、自殺したのだ。しかしそんなことはどうでもよい。私はボードレール全集の広告のおかげで芥川龍之介を想出した。人生は一行のボードレールにも若かない、とは〝或る阿呆の一生〟の最初の章にある句だ。芥川がそう書いたと云うことは、勿論それが、彼の思想であることだ。と同時に彼の思想でないことでもある。

〝或る阿呆の一生〟は短かい〝剃刀のような〟短章から成っている。成っているのは勿論成らざるを得なかったからだが、そこに晩年の芥川龍之介がいる。彼にとって人生は、短章の連続であった。しかし思想は短章の連続であり得ても人生はそうは行かない。長編小説でない人生等と云うものはあり得ないのだ。――従って芥川龍之介の考えたことはこうだ、人生は何物にも若かない、と。ただ何物にも若かない人生に就てボードレールの一行だけが、その人生に彼をつなぎとめる最後のきずなであった。問題は自他の人生とボードレールの一行との比較ではない。人生は一行のボードレールにも若かないとは芥川龍之介の矛盾の告白である。この告白の厳しさを解しない者は所詮本屋の広告以外を解しない者だ。

O氏[1]に関するノート

O氏は社交的で人づきあいがよい。しかし五十歳に満たぬ年レイを以てして、山中に隠棲している。寛大である。が或る点に於て殆ど頑固にちかい。普通のつきあいをするものはその点に達しないが、氏の家族はそれに達する。達したときにはそこに〝非情〟の姿が見えた。

氏の青春は飛行家として空をとぶことにあった。空をとぶことのロマンチシズム。それがなくなった時にO氏は追分の地にロマンチシズムを求めた。

しかし氏は俳人ではない。氏の追分は芭蕉の自然ではなくて、シャトーブリアンの自然であった。社交は、——より精確には現実の束バクや目的から抽象された社交はこの故に、氏にとって不可欠である。

O氏には肉体がある。肉体の青春は氏のなかにうっ積している。氏のVater〔父親〕は現に八十歳の顔に化粧しているのだ[2]。

EPISODE I.　私はO氏とテニスをした。シングルで体力に頼れば勝てないはずはなかったし、事実私のショットは氏よりもスピードがあり、私のコートカヴァリングは氏よりも広かった。にも拘らず氏には敗けないと云う自信があるらしく見えた[3]。そう云ったわけではないがそれがいやに鋭く私の神経にじかに伝わって来ると、私は妙な圧迫を感じて気圧されたのである。それでも私は最初のゲームを比較的楽に勝った。するとO氏はコート・チェインジの時に〝なかなかいい当りですな〟と声をかけて、微笑したのである。私はそれで参った――徹底的に闘志を抜かれて、私は氏の精確なロブを叩き出し、巧みにカットされた小球をネットして、忽ち三ゲームを奪われ敗けてしまった。それはリーグ戦で、私がそのあとでO氏の息子の中学選手に強球を連発されて敗けると、優勝戦にはO氏親子が残った。O氏はその勝負を棄権したのであるが、私はやってもいいのじゃないかと考えた。どうせ避暑地の遊びで、どっちが敗けても勝ってもよい、見物の見たがっている勝負をやってみせてもよかろうと思った。誰かがどうですひとつとか何と云ったが、O氏はとりあわないで、笑っていた。氏は大声で笑ったのである。――私はそこにO氏の心理と性格のかげとを感じた。

EPISODE II. O氏の家の六角形なること。(4)

EPISODE III. 息子の小学生を満州へ交換息子にやると云うこと。

EPISODE IV. 出京と飛行機の宙返えり。肉体の悪マは氏のなかにもいた。氏の出京は氏の転回である。時代と云うもの。(時代のあたえた転回)

私がO氏の令嬢をはじめて見たのはテニス・コートでベンチに腰かけている所だった。そのときは別段之と云う程の注意も払わなかった。子供だと思ったからかも知れない。その後でO氏の家に遊びに行ったとき、例の八角形の家で八角形のランプに照らされた彼女を見て私は驚いたのだ。意外に美しかったと云うよりは、意外に大人の彼女を見出したからである。私は〝夜は星と女とを美しく見せる〟と云う誰だか知らない西洋人の言葉を想出した。唐突に或る文句を想い浮かべて、その文句の上で遊ぶことは私の変なくせで、そんな時、私のだまっている顔ははたから見ると可なりとぼけているにちがいない。私は之はきっとランプ時代の言葉であろう。それにしても〝女を美しく〟は〝少女を大人に〟とした方が面白い等と愚にもつかぬことを考え、考えながらもつくづくとO氏の令嬢にみとれていた。みとれていると未だあどけない表情がからだのすみずみにあったが、彼女は益々美しく益々可憐なものにみえてくるのであった。——しかし私の放心もながくはつづかなかった。彼女と私の視線が会った。私はあわてて眼をおとすと、不器用に窓のそとを見た。星が意外なちかさでそこにあった。東京などではみられない高原特有のすんだ光芒が鮮かに黒々とした樹のしげみの上にきらめいていた。夜は星を美しく見せる——と、私にはまだそれだけのことを考える余裕があった。

その訪問のあとで、私は何度もコートで彼女に会ったが、今度は私の注意は彼女の上に絶えずひきつけられ、彼女は何時も美しく、且つこの上もなく優しいものに思われた。ただ私の注意は何故か和やかな距りを彼女においた。話もしなかった。話しかけることがなかったし、私は無理に話しかけて、不器用に意識の橋を渡すことが厭だったのだ。或いはもっと端的に臆病だったと云った方がいいかも知れない。

彼女は時々テニスをした。しかし問題にならぬ程下手だった——それで私は彼女と組んでテニスをすることになった。私は上手な方だったので、ペアの均衡をとるために、偶々そう云うことになったのだ。私が敢えて望んだわけではなく自然にそうなったことを私は大いによろこんだ。私が殆どひとりでテニスをやり、コート中をかけ廻って、二三の組を勝ち抜いた後敗けると彼女は私に〝御免なさい〃と云った。私は汗をふきながら返事に窮した。私はだまってあわててタバコをくわえた。

そのうちにTと云う青年がコートに来るようになって、私はO氏の令嬢とT氏とが愉快そうに戯れているのを見た。私は甚だうらやましいと云う気がした。と同時に私の眼は急に観察的な鋭さを加えて来るのをどうしようもなかった。それは確かにしっ妬の眼差しからは遠かった。が、そう云う私の変化の源には何にか復讐に似た気持ちがあぐらをかいていたのかも知れない。

T氏は私も知り合いになって少しは話もしたが、何しろダンスの上手だと云うような男とばつを合わせるのが面倒くさい性分なので、私は〃暑いですなあ〃とか〃どうもこのコートはイレギュラーが多いですな〃とかそう云う他愛のないことを二三喋ったにすぎない。（彼がダンスの上手であると云うことはその後間もなく知った。）T氏は長身で、洋服が似合い、端麗で愛嬌のある、明朗な青年——別の言葉で云えば銀座あたりでやや美男の部に属する毒にも薬にもならぬ男と見えた。私にはそう見えたのだが、世間は毒にも薬にもならぬものを珍重する、——勿論私も又世間の一人であるからには、T氏に満腔の好意を感じないわけではなかったが、前にも云ったとおり、私は多少不精であった。のみならずT氏はラケットの材木でスマッシュし、それが又不思議にも三度に一度は、ラインのなかに入って私を悩ました。私はT氏の長身がネット際に現われると、何時なんどきイビツにつぶれボールが丸で見当もつかない所へ打ちこまれるか、厄介なことだとつくづく感じ入ったものである。そうして又私のT氏への関心はその後氏の奇妙なスマッシュに対する警戒以外のものではなくなった。

O氏の令嬢は、よく見ていると、（私が観察的になったことは前に云った）仲々大胆な所があった。彼女はコートに現われる若い女性たちの中では、——と云っても年とった女性がコートに現われる等と云うべらぼうなことはなかった、又コートに現われる若い女性がテニスらしいテニスの出来る等と云うべらぼうなこともなかったが、――それ等テニスの下手な女性達のなかでは、一番悪びれなかった。落ち着いて、時には微笑さえ含んで、――私なぞには知らない見物人、殊に異性の交った見物人のなかで、にこにこ笑いながらテニスする等と云う芸当は一寸むずかしい、――私は彼女の態度に感心した。又T氏とあそぶにしても、賑かに、おにごっこしている光景！ 私はその光景にうらやましいと云う気持ちなどはとっくに失せて、絵空事のような天真らんまんたる姿に驚いた。彼女は子供であった。――私は私の最初の印象が正しかったことを知った。彼女はコートを自分の家のように思っている。コートは彼女の父や兄が自由に主催する自分の家で、集ってくる避暑客は彼女の家のお客なのだ。T氏は家人の一人である。家人の一人と同然に感じられるのだ。それで彼女は、自分の家で子供らしくはしゃいでいるにすぎない。社交の習慣は彼女に悪びれない大胆さを与えたのではなく、彼女の子供に表情の大人びた科《しな》を与えたのだ。――私はそう考えて彼女を割り切った。しかしいくら割り切っても彼女は美しかった。私はその夏中彼女に会う度に美しいと思い、彼女の話を人がする度には、子供だと云って無関心な風をした。無関心な風をしながら、つまらないことをしていると考え、又一方つまるとかつまらないとか自分のポーズを反省することに馬鹿馬鹿しさも感じた。所がその馬鹿々しいと云う感じのなかに彼女があらわれ、美しい姿をしていて、お前はつまらない男だと囁きはじめるのには、私も可なり参った[5]。――参ってくると私のボールは早くなるらしい。私がレシーヴを叩こうとすると相手の前衛には逃げ腰になる人が多かった。

Psychology of Tennis〔テニスの心理学〕

1、自分が勝つと信じている Player には心理的に圧迫される。相手の心理の中に入ったらもうだめだ。

2、〝今日はいい当りですね、とても敵いそうもない〟と云う時。この言葉は追う者と追われる者との心理的差をつくる。

3、receiver が前衛に〝今度は行きますよ〟と云う。前衛はそのつもりで構えるのは正直すぎるような気がする、そこで必ず〝本当に来るか来ないか〟と云う解りっこのない疑問に陥る。その動揺の最中に、本当にボールを持ってゆくとエラーする。

4、Double fault(6) だろうと相手が云う。そのことばをききながらやっても、きいてから注意してやっても Doubla〔ダブラ〕ない。きいてすぐにやると必ず double〔ダブル〕。subconsciously〔潜在意識下〕にはたらく。

3、の場合はうらのうらとも考えられる。いきますよ。と云うとまさかそう云ってうらをかくのでは向うが単純すぎると考える。だから本当にくるかも知れぬと思う。

第一年　社交的なO氏　O氏の令嬢

第二年　発明するO氏(7)

第三年　〔空白ママ〕

（1）尾崎行雄の四男、尾崎行輝（一八八八－一九六四）である。加藤によれば、一九三〇年代の末、尾崎行輝一家は信濃追分の駅に近い雑木林のなかで、隠者のような生活をしていた（加藤『高原好日』）。行輝氏は、かつては飛行機を操縦し、「日本で最初の民間飛行士」として活躍した（『羊の歌』「高原牧歌」）。
（2）「青春ノート」Ⅲ「化粧する自由主義者」を参照（本書六一頁）。
（3）「尾崎さんは、その頃五十歳前後ではなかったろうか。軟式テニスにも熟達していて球の緩急や回転の変化に優れ、巧妙なかけ引きと正確な狙いに長じていた」（前掲『高原好日』）。
（4）尾崎行輝邸は『羊の歌』では八角形、『高原好日』では六角形とされ、この「O氏に関するノート」では六角形とも八角形とも書かれる。『高原好日』において、加藤はその家のあったあたりを探してみたが、ついにその跡さえも見つけられなかったという。
（5）「太平洋のいくさがおこったときに、尾崎氏の娘は追分の学生のひとりと結婚して、伊豆へ去り、再び姿をみせることがなかった。それを残念に思う理由は私にないはずだったが、私はそのことで一つの夢が永久に消え去ったような気がした」（『羊の歌』「高原牧歌」）。
（6）ダブルフォルトとはテニスにおいてサーブを二回ともはずすこと。
（7）行輝は「人里を離れて空想し、工夫し、「発明」していた――たとえば茶を無駄にせず、効率的にいれる急須。その急須は必ずしも商品化されたわけではなく、発明家自身も商品化に熱心なようにはみえなかった。しかし日本中のあらゆる家庭が、もしその急須を採用すれば、膨大な量の茶が節約されるはずであった！」（前掲『高原好日』）。

人物記

ラ・ロシュフウコオ　［ラ・ロシュフコー（一六一三－八〇）フランスのモラリスト。代表作『箴言集』］

ラ・ロシュフウコオは自他のエゴイズムを観破して余す所がなかった。しかも気狂いになったり自殺したりする代りに、古城の中で安らかな晩年を送くったのである。さても十七世紀とはのどかな時代ではあった！

ゴオゴリ　［ゴーゴリ（一八〇九－一八五二）ロシアの作家。代表作『外套』］

ゴオゴリはモラリストだったから、作家であり得た。彼の眼は鋭かったから、彼の見た世界は混トンそのものであったにちがいない。一つの人世を結像するためには、信仰のレンズが必要であったのだ。信仰とはモラルである。

ロオレンス　［D・V・ローレンス（一八八五－一九三〇）イギリスの小説家、詩人。代表作『チャタレー夫人の恋人』］

ロオレンスは肉体のモラルを築いたと云われている。甚だ要領を得ない言葉であるが、彼の偉大さは肉体的欲望や感覚の本能に象徴的な存在を発見したことである。象徴する主体〔原注1〕の象徴するinclination〔性向〕の背後にはモラルがある。ロオレンスがモラリストであると云うことは、彼が詩人であると云うことに於て可能であった。

O氏等〔尾崎行輝〕

O氏等はブルジョアのお坊っちゃんたちである。教養があって、芸術を愛好し、お嬢さんと遊ぶのが上手で、その上ダンスの得意なO氏等に欠けているのは生活の不安だけである。つまり皿の中で一番厭なものだけである。こう云う連中には敵わない。だから私はこう云う連中が大きらいである。

M．M．(1)

M．M．は自ら云った、僕は小説によって人生を知ろうと思って小説をよんで来たと。勿論小説によって知られる人生とはこの場合未知の社会の風俗を出でない。下らぬ読み方をしたものである。しかし問題はその下らなさではない、或いは筋《スジ》によって、或いは美学によって小説をよむ下らなさのそれに幾倍するかと云うことだ。この故にM．M．はとにかく小説を理解して来たらしい。

Y．T．

Y．T．は近頃自意識をふり廻している。即ち自意識の足りない証拠だ。従って、彼の若々しい所以でもある。

父

私は父の或る性格を攻撃して、それを理解しようとしなかった。理解出来ると云うことを余りによく知っていたからだ。(2)

母

母は勿論私よりも偉らい。私は母の何物をも理解しないが、その偉らさだけは理解している、母の愛情だけは。(3)

N氏

N氏は作家を知ったから、作家にだけはなるまいと思ったらしい。しかし作家を益々知りたくなったのであろう。大抵の作家は、そうであった、人生に対して。

立原道造

立原道造は詩《うた》うことが出来た。だから彼は大詩人である。明治以来日本語で詩《うた》えた詩人が何人あるか？

親類の人々

親類とは何と云う下らない面倒くさい人々であろう、そして何と云う必要な懐かしい人々であろう。

世間

世間を私は軽蔑している。勿論世間は私より優れた――かどうかはどうせ解らないとしても、少くとも私より強い人々をたくさん含んでいる。私はそれを知らないわけじゃない、と云うより余りによく知っているから、私の精神の経済学は命令するのだ、奴等を軽蔑しろ！

相手

相手を理解するには愛情による他はない。だから私は未だ嘗て相手を理解しよう等と思ったことはない。いや思わないじゃなかったが、やつ等は自分とはちがっていると云う認識に安心して落ち着いたものだ。

人間

人間とは不可解であると大勢の人が云った。キザな嘘をついたものである。余りよく解るので言葉にならないと云うだけの話だ。

比較

比較したって物事はわからぬ。便利なだけだ。

14.7.14〔一九三九年七月十四日〕

〔原注1〕　※主人公なり。＝作者の場合もあるしそうでない場合もある。

（1）青春ノート中に何度か登場する三澤正英か。三澤は加藤と同時期（一九三九年）に『校友会雑誌』の編集委員を務めた人物であり、「青春ノート」には「三澤正英の像」と題した三ページにわたる記述がある。

（2）加藤は、父・信一による影響について六〇年代に次のように書いた。「私は父と話すことを好むようになり、その話の影響を受けるようになった。／私の父は、すべての形而上（けいじじょう）学に懐疑的で、実証されないどんな知識も信用しなかった。その父の考え方の影響は、今でも私のなかに残っていると思う」（「自選集」第三巻、「事のおこり」）。

（3）母・ヲリ子は加藤にとって「無限の愛情の中心」であった（『羊の詩』「京都の庭」）。「母の愛情」について、晩年の加藤は「私が小学生であったとき、母に抱かれて経験した「愛」は、一般的抽象的な概念を媒介して自覚されてはいなかったが、母から私への、私から母への、あたたかく、確かで、自発的な、あふれるような感情であった。それはあまりに深い内面的な心情で、それを外面化し、制度化し、公教育に結びつける可能性を、私は想像もしなかった」と記す（「自選集」第十巻、「私が小学生だった時」）。

山日記

〔山の家のテラスで…〕

私は山の家のテラスで詩集を読んでいた。するとその中には水溜りにうつった青空をいみじくもうたいあげた詩があって、私は先にここへ来る途中汽車の窓外にひろがる青田の中に、雲の峰の鮮かに走りぬけたことを想出した。その印象がぼんやりとしているようで、実は強かったと云うことを私は知り、ふと見上げると、高かく澄んだ夕べの空であった。私は詩集をおいて、空を眺めた。

　輝きがうせて青い色が限りなく澄み、澄みながらもそこには夏空の白さがあって、私はノヴリス〔ノヴァーリス〕の ein unnennbar süßer Himmel ［えも言われぬ甘美な天上。ノヴァーリス「聖歌」第十五編］と云う言葉を想出した。そうして雲の流れを見つめていると、白い雲の軽さが感じられ、雲と雲との間にはたしかな距りが測られた。その距りが変わり、雲の姿勢がくずれると流れると云うよりも彼等は不断に生れ不断に消える生命であった。何かとおい古代の生命が、しずかに、波うちながら、私の中に滲みとおって行くかのように思われた。

　鶯やかっ公や名も知らぬ鳥たちが鳴いた。風はかや草の繁みにゆれて、枯淡に鳴った。

　空はそのように有限であった。鳥たちのように、風のように、無限ではなくて、限られたくうかんをつくっていた。限られた空間であったから、それは甘く、懐しく、ヒューマンな祈りに通じる何かであった。私はヴィジョンより現実のなかにいた。現実のなかにいるから却ってヴィジョンの中にいたのだ。私は風景に時間を見ながら、時間を抽象すると云うような、心の過程があるとすれば、その矛盾の構造のなかに、風景が生きてあるのだろうと云うことを考えた。空は不断に生れている、つまり自分自身を時間に限定することに依って、自分自身を永遠にしているのだが、祈りがヒューマンであると云う信念はこの中にあるのだろうと思った。それは我々をうけつけると同時に我々を超克しているものだ。

時々遠い汽車の音がしたり、後の森かげからは女学生たちの声が伝わって来た。私にはそれらのものが、それらのものの意味を失ってきかれた。するとそれもこれも美しい祈りであった。

風のように漂ってゆくエスプリ、それは空虚で何も持ってはいないのだが、そのとおるみちみちでは萱草や林や虫たちや――沢山の生命が澄んだ響きをあげる――そのようなエスプリを私は空想した。それは何と云う美しさであろう。愛する心が若し孤独の峰へのぼるならば、きっとこのような風となって吹くにちがいない。虚無が虚無でなくなる生命、その生命の理解と云うものがここにあるのだと云うことを私は直感した。

＊

神に感《〔ママ〕》するノート。

神はひとつしかない。しかし神の在り方は人類の歴史のなかで変遷した。変遷の歴史は限定できる。しかし限定するのは所詮限定するものの神である他はない。

救済や幸福やそれに向っての改革が問題であった。それらのものの構造ではない。

自然は嘗ては威カクによって人類に神を強制した。しかし今日では微笑を以って或る魂を神へ誘う。

雷はラインデンびんにとらえられて、ヴォルテールが気焰の肴になったでもあろうが、〝雷の後・羊飼の頌感と感謝〟は永久に敬虔さを以ってくりかえされるであろう。

リルケの神は何処にでも微笑んでいた。

私の神はヒューマンな姿をして何処にでも微笑んでいる。しかし私の神が冷たく澄んで無情の顔にならぬとも限らない。がその時はその時である。

勿論神はコンヴェンショナル〔型どおり〕に成立するものではない。が一度成立した神は十分にコンヴェンショナルであったようだ。

フォイエルバッハ〔(一八〇四-一八七二)ドイツの哲学者〕は神を人性に還元した。神が十分にコンヴェンショナルであり得たのは、人性の本質がコンヴェンショナルだからだと云えないことはあるまい。しかし云ってみても仕様がないのだ。換言すれば何も解ったわけではないのだ。

神は偶然であると云われる。又運命であるとも云われる。運命を意志に還元して、即ちヒューマンに思考して、後者は摂理の思想となった。しかし偶然を含む運命——必然と、必然を含む偶然と、そのファンクション〔函数〕を解析することは不可能だ。不可解に代置したものが神ではなく、偶然と必然の背後にあるもの、同時に双方であり、同時に双方でないもの、——そのはっきりとしたものが神である。

それ故に汝野の花を愛せよと云う智慧は深い。愛は最深の智慧であって、それは野の花即神を知るものだ。

神は勿論実質ではない。しかし函数でもない。神とは生れるもの、生きるもの、ヒューマンな力である。もっと適切にそう云う力の象徴である。

神は象徴である。超越を可能ならしめようとする象徴である。その故に神はひとつである。又その故に神のあり方は無数である。イデアに代置するに $y = f(x)$ を以てすることも或いは可能であろう。

＊

浅間山との DIALOGUE

——君は美しい。君は海を知っているか？

——俺は知らない。

――しかし君は海のようだ。

――しかし俺の分身は海を見た。空に舞いあがって、海を見たにちがいない。

――だから君は煙を吐くのか？

――そんなことがわかるものか。

――でも君は君の分身に希望をつなぐだろう？

――なにどうせ一度離れたものは戻って来やしないのだ。希望とは退屈しのぎだ。

――君は美しい。君の周囲も美しい。

――君等がそう云うから俺もそうだろうと思っている。がそんなことはどうでもよい。俺には俺自身が問題だ。俺は君たちのように何時かほろびる。

――ほろびるのはさびしいか？

――いやほろびるのは退屈だ。

――何故だろう？

――俺がほろびても又山は出来る。出来ないとしても地がある。地がほろびれば天があるだろう。世界は俺のそとにある。俺の問題はおれ自身だ。

――或る詩人が君の噴火を爆笑だと云った。

――それは知っている。あの詩人とおれは話をした。

――何を笑うのか？

――勿論おれ自身をだ。俺自身の退屈を笑うのだ。

――君の笑いはおそろしい。

――人間の笑いは馬鹿々々しい。彼等は世界を笑ったつもりで、自分自身を笑っている。

――馬鹿しいのは同〔ママ〕然だろう？

――その通り。おそろしいと云ったのは君等だ。

――僕等は必ずしも退屈を笑わない。

――それはうそだ。君等は世界を解釈して退屈を知った。俺は俺自身を見て退屈を感じた。どっちでも同じことだ、我々は我々の退屈を笑う他はない。

それから浅間山は勝手にしやがれと云うようにふき出した。私は体がゆれた。風は青空をさしてのぼる煙を吹き流した。水蒸気は雲となって、やがて空にとけよう。

灰は風に送くられて海に出よう。

海は日に輝いて青く広く流れているだろう。

そうして浅間山の肌は海のように深い藍を匂わせている。それは限りなくしずかな単色の音楽であった。

私と浅間山とはむかいあってだまっていた。すると浅間はしずかに言った。

――此の色を見よ。

――そうだ、此の色を見よう。

と私は答えた。

*

〔御無沙汰していました〕

その後、御無沙汰していました。勉強していたからだと思って下さい。それにしても此の前の——と云っても大分前の話ですが、お葉書によると貴女も存外実際家ですな。遊山ではいけないが、勉強ならばよろしい等と仰言るのだから。

此処では生理がちがいます。汽車が碓氷峠をのぼりつめると、気圧が下がるからでしょう、耳が鳴ります。又両側の緑が蔽いかぶさってくる。風景には基調になる色と云うものがありますね、海岸の風景では blue であると云った具合に。山ではすべてが green のヴァリエーションです。だから都会の色彩の混乱から救われる。眼が社会を見る代りに、自然をみる、自然を見ると同時に自己を見るようになると云ってもよいでしょう。生理が変われば、思想が変わりますからね。人或いは評して曰く、逃避であると。そりゃそうでしょう、どうせ何かの点で逃避的でない存在の仕方などはないのですから。私に云わせれば都会にいることは自然からの逃避ですな。せいぜい自我からの逃避でなければよいと思います。

浅マはご存知のとおり、先日爆発しました。僕の云ったとおりでした、彼ははにかみやだから、人の集らないうちに、爆発したのです。今度は人の去った秋に笑うでしょう。九月にいらっしゃい、浅マと共に多いに笑いましょう。

私はこの様な手紙を書いて、本を読みはじめた。§99. 液体の膨張係数の測定. ①密度の比較による方法. 温度 t_1, t_2 に於ける液体の密度を p_1, p_2 とすれば、 $\frac{1+\alpha t_1}{1+\alpha t_2}=\frac{p_2}{p_3}$ 従って温度 t_1、t_2 に於ける密度 p_1、p_2 の比較により云々。

そう読みはじめた時に友人Nから手紙が来た。Nは東京の酷暑のなかで〝現代の思想と対決する〟ことに苦しんでいた。その手紙は飢えと酷暑とトゥルゲーニェフの逃げ出したロシアを語り、O村の自然と住民との〝繊細にして強靭な感化〟を賛美している。そうして〝何処でもいい何処かへ逃れたい、物語はしじまとけらくと云うあのルフランのひびく空の下へ！〟とボードレールの〝旅への誘い〟の句を以て結んであった[1]。

私はNへ手紙を書こうかと思った。しかし私は思いなおした。書けばそれは同情を含まざるを得ない。が同情とは一体何であろう? 激励をしようか? それも私に出来る芸ではない。世間は同情や激励を様式化することによって、その効用を抽象している。所が私共は安易な形式を捨てたが故に、却って問題の前にたじろぐのだ。私は世間の智慧の執拗な復讐をさえ感じた。民衆とはスフィンクスである。トゥルゲーニェフの逃げ出したロシアの社会に住んで、社会のファンクションの一項に参加したアントン・チェーホフはそれを深かく知った知性であった。

＊

〔最も俗悪なものは…〕

俗悪さが極まったときに考えた思想——最も俗悪なものは最も必要なものに他ならない。パンのみにて生きない人間もパンなしには生きられなかったと云うこと。

×××

教師は大抵馬鹿である。何故なら教えることを天職だと思っているうちに教えられることを忘れたからだ。

×××

テレると云うことを始めて覚えた少年は当惑する。テレ臭さとは何であるかを見極めるにも手間のかかるものだ。

×××

手紙と云うものは要するに自分のために書くので相手のためにではない。すべての文章がそうであるように、だからこそ、相手にも興味があるのだ。

×××

小学生と娘とカフェーの女給と、その各々に巧みに交わる男がいる。彼はすべてを軽蔑しているのか、すべてから軽蔑されているかどちらかだ。——どちらにしてもそんな男と交わるのは御免をこうむりたい。

人の弱点は〝かくある自分〟ではなく〝かくありたいと思う自分〟だ。それを攻撃して見給え。大抵の男は逆上する。

×××

＊

〔湧きあがる雲は…〕

人々は出て行った。湧きあがる雲は夕映の中に育った。手前には灰色の雲、輝きの失せた青空にはたかい一片の片雲があり、その間には夜の色の中にただ輝かしくバラ色の入道雲があった。灰色の雲の上に覗いたバラ色の思想——それはドラクロワの塗った思想であり、高く片雲をさして湧きあがる輝かしい白光の塊は、空想と現実とが互いに交感した世紀のサロンから生れようとするダンディーの青春であった。

彼は空をさした。そうして色あせていた月が輝きをまし、夕闇がとりたちの声の中に充されてくると、瞬時にして空に没した。

蜘蛛のシルエットが枝と枝との間を渉り、雲の没した夜の空に挽歌をうたった。挽歌は予感であって、宇宙が無関心の美しさを無関心に呈示するつめたい生命の前駆であった。

★

ながい真直ぐな途がつづいている。その途は緑の芝で一面に柔かくしきつめられている。両側には落葉松の高い林がならんで、葉洩れの陽は縞のように緑の途をそめる。私はその途を歩いて行く。かっこうがなく。両側の林は風になり、下草はさやさやとゆれている。そうして途はしずかである。葉洩れの陽は弱くて、縞の目の明るい所も影を含む。何かひそやかな人生に時折さしこんでくる愛情のような、現われるともう消えて行く影を含んだ光である。Arthur Schnitzler〔アルトゥル・シュニッツラー〕は"Das Sterben"[2]〔『死』〕の中で病み衰えて行く一人の主人公と主人公に付きそう女の愛情を描いている。鷗外はそれを〝みれん〟と訳した[3]。Schnitzler の小説を〝みれん〟と呼んだ鷗外には却って諦観があったのだ。私のふと想い描くのはみれんを抜き去ったSchnitzler の風景である。

　私は歩きつづけながら、途の行く先に眼をこらす。すると緑がもえている。ながいながい陽かげの途の突きあたった所である。強い光があたって緑がパット萌えている。あすこまで行こうと私は考える。そうして私はちかづいて行く、何げないよろこびにみたされながら……。

　近づいてみると、木陰から一本の白樺が現われる。ひょう然として道のゆく手にたった白樺の幹は白く鮮かに青空へ浮かんでいる。下は萌えたつ緑である。葉にはさんざめく光がきらきらと踊っている。私は足をはやめる。がなかなかそこへちかづかない。若しかすると永久にとどかないのではないかしら。そう考えて、私はだんだんと興奮しはじめる。白樺の幹は光っている。その傍では青空が限りなく深かい。その深さへ吸いこまれるように、一本の、ながいながい緑の道を、私はいそいで歩いて行く。

×××

私は半里ばかりの道を歩いて、テニスコートへ行った。そうしてテニスに疲かれた私がコートを引きあげようとすると、谷間から鮮かな虹がたった。〝たしかにあの丘の手前ですよ〟と誰かが云った。こんなにちかく、こんなにはっきりと、虹を見た話を私は家へ戻ったときにしようと思いながら、又半里の道を歩いた。虹の美しい感動はその半里の間私の心を充たし、私はかえりつくとすぐに叫んだ、〝虹を見た……。〟と、未だ私の云い終らないうちに、待っていたように相手は答えた、〝素晴しい、あの前の家の屋根からたって…〟と。そうして自分の見た虹の美しさを説明しはじめた。私はだまっている他はなかった。私は私の心中に半里の間持ちつづけた感動が消えて行くのを感じた。

（1）ボードレール『巴里の憂鬱』に収められた「どこへでも此の世の外へ」の一節であり、「旅への誘い」ではない。「どこでもいい、どこでもいい…、ただ、この世界の外でさえあるならば！」（『巴里の憂鬱』三好達治訳、新潮文庫、一九五一）。
（2）原題は *Sterben* であり、冠詞はない。
（3）森鷗外によるシュニッツラーの翻訳『みれん』は一九一二年に籾山書店から刊行された。

あたかもあの不実な音楽が、極度の注意の連続と連鎖とを以て、睡眠の自由をつくりあげ、又、瞬間的な内心の諸存在の総合をつくる如くに、精神的平衡の動機は、型はずれの存在様式を知覚させる。（レオナルド・ダヴィンチの方法序説）[1] 203

音楽に就いて

兎に角、我々は音楽を糧とした。

——Paul Valéry, "La Connaissance de la déesse" の序[2]

人はしばしば音楽の主観的な性質に就いて語った。之だけは明かに間ちがいである。音楽が主観的なのではなく、音楽の印象が主観的なのだ。或るメロディーから恋人を想出そうとあんぱんを想出そうと、人は同じメロディーをきくのである。

音楽は音である。この位あたり前な話はない。耳がどうかしていない限り音楽は誰にとっても同じ音楽であり、同じ現象に相違はない。又その現象に思想のないと云うことも相違はない。言葉が思想でないように、音も思想ではないのだ。所が言葉は思想の符号である。音は？——音はまずそうではない。（まずと云う意味は純粋に音楽の中にある音はと云う意味だ。）

音楽が音をエレメントとして成立していると云うことは、音楽はそれを聞いて居る我々の意識の中で、そのエレメントがそれぞれの対応を持たぬと云うことである。純粋に感覚的なエレメントは意識のなかで何等かの対応を見出さないのだ。所が音楽は全体としてひとつの意識に対応する。そう云う意識は勿論思想ではない。思想ではない統一が意識のなかに成立する。

統一には志向が可能であり、その可能の線上に、或いは恋人の想出を、或いはあんぱんの想出をおく。そんなことはどうでもよいが、統一はひとつの流れの中にある。時間のなかにあると云うことが大切だ。この時間の性質を究明することが音楽の本質を究める所以だとは昔から大くの人が感づいていた。

音楽の時間はひとつの統一の意識である。と云うことはつまり物理的時間であると同時に論理的時間である所の或る秩序が、成立することに他ならない。もう一度つまりと云うならば、音楽の時間は意識の中で或る秩序として転化されているのだ。この秩序が統一の意識の構造であるが、構造と云う言葉は適当ではない。云わばそれは構造のない状態である。音楽のなかで音がエレメントとして抽象されていると云うことは、意識の統一に統一のエレメントがないと云うことなのだ。

音楽はそう云う秩序の状態を意識の中に建築するものである。建築の基礎は所詮白紙である他はない。

白紙の上に建築したものが音楽であることの重大さを悟ったのは象徴詩運動であるとValéryが云った(3)。近代の知性が深かく苦しんだ相対主義からたちあがるために、もう一度音楽を想起する機会はある。ただその機会は哲学が自己否定を通じて詩に戻る機会に他ならぬだろう。

（1）ヴァレリー『レオナルド・ダ・ヴィンチの方法序説』からの抜粋。加藤はヴァレリーの『海辺の墓地』と『レオナルド・ダ・ヴィンチの方法序説』は、この頃の聖書であったと『羊の歌』に書いている。ヴァレリーが青春期の加藤に及ぼした影響は大きく、「青春ノート」に頻繁に名前が登場する。「ヴァレリーは私にとって、単に詩人でも、美学者でも、文芸批評家でも、科学者でも、哲学者でさえもなくて、それらの専門的な知的領域の全体に対して、一人の人間の態度を決定するような何ものかであった」（『羊の歌』「青春」）。

（2）Lucien Fabre, *Connaissance de la déesse*, société Littéraire de France, 1920　リュシアン・ファーブルの著作『女神を知る』であり、ヴァレリーが序文を書いた。ヴァレリーが「純粋詩」という言葉を用いたのはこの序文が初めてであり、窪田般彌によれば、マラルメの詩論『詩の危機』やこの序文によって「純粋詩」が一般化した（『日本大百科全書』第十一巻、小学館、一九八六）。また音楽は象徴派の詩人にとって詩作のうえで重要な手がかりであった。ヴェルレーヌは『詩法』において「何よりもまず音楽を」とうたい、ヴァレリーはマラルメの言葉を援用し、象徴主義とは音楽から富を奪還する試みであると『ヴァリエテ』に記した。

（3）ヴァレリー「エウパリノス」において、建築と音楽は類似した構造をもつ芸術として語られる。また、白紙はマラルメの詩において、書かれていないまっさらな詩句や、一方で詩を書けない不毛さの象徴である。

戦争に関する断想(1)

ヨーロッパには第二次世界大戦が勃発しかけている。私の友人Nは云った、ヨーロッパには理性が失われる、そうして我々はヨーロッパの理性以外に何を持っているか?と。

此の際ヨーロッパの理性に対立して東洋の理性を口にすることは無意味だ。対立の構造は一方が失われると共に崩れる。しかも西洋のない東洋を独立に考えた人間はいやしない。現に東洋も戦いの中に、あるのだ。或る人々はヨーロッパの理性を信じなかった、と云うよりはあらゆる理性を信じなかった。しかしあらゆる理性を信じないものは、最も堅固な理性に他ならない。戦争は理性をカイメツせしめるであろう。食欲や性欲やその他本能のさまざまな怒涛が感情を押し流すようになるはずだ。そうして理性は〝秩序〟よりも〝志向〟に向うにちがいない。秩序の完結よりは志向の切実さへの愛を復活するにちがいない。現実のなかで自己の志向を見究めると云うことは、嘗て偉大な理性がなしとげた最も大きな仕事であった。

＊

私の知人Mは戦地からの手紙の中で云った、帰還してから文化的にたちおくれるのが心配だ、本を送くってくれたまえと。Mの心配の当否は問題ではない。„IM WESTEN NICHTS NEUES"〔西部戦線異状なし〕の主人公は休暇をもらって自分の書斎に入るが、嘗ての文化への情熱を自分の裡に呼びさまそうとして果さない。――この相違は恐らく北支〔北支那。中国の華北地方〕の戦線とヨーロッパの戦線との相違ではないのだ。

＊

Remarque(2)〔レマルク〕の即物主義とは残念ながら主義じゃない。主義じゃないから、宣伝ビラのように華々しく、学校の先生のように勇ましく論じるわけには行かぬ。しかし事情は簡単明リョウであって、簡単明リョウなことは華々しくもなければ、勇ましくないと云うだけの話だ。Remarqueは書こうと思った、戦争を。――所が〝戦争がわかったら、それこそ気ちがいになる、誰にだって解りゃしない〟のである。あらゆるMethode〔方法〕を信用しないと云うことは一つのMethodeだ。何もわからぬと云うことはひとつの理解に他ならぬ。そう云う場所に何があるかと云えば感覚しかない。時間も実体も神も――凡そそのようなKategorien〔カテゴリー〕のない所には感覚だけがあって、物は実体でもなく現象でもなく、ただ感覚的なもの、具体的なもの、現実的な〔もの〕であるにちがいない。あらゆる風景が、――心理さえもが感覚的であると云うことは、一寸考えるよりははるかに大変な事柄だ。その大変さを我々は„IM WESTEN NICHTS NEUES“の中に見たのである。

（1）「戦争と文学とに関する断想」（「自選集」第一巻）には、この論考と一致する表現は見られない。
（2）レマルク（一八九八－一九七〇）はドイツの小説家。第一次世界大戦（一九一四－一九一八）に従軍、復員後一九二九年に戦争の残酷さや不合理を描いた小説『西部戦線異状なし』を発表。

その後に来るもの

静かな夜書斎に座って本棚を眺めるときに、そこにならんでいる祖先の思想に圧倒され、刺激されて、或る感動を覚えない人はなかろう。その感動はつまり知識欲であり、所謂勉学の志と云うやつであり、要するにインテリゲンチャは誰でもそこに故郷を見出すのだ。これが感傷であるかどうかはしばらくおく。いや本当は感傷にちがいないのだが、この感傷の魅力だけは一応想起する必要がある。人は何度燈火親しむべき[1]と云う言葉をくりかえしたか——少くともその無限の回数だけは感じる必要がある。アナトール・フランスは哲学を軽蔑したり、理性を私は信用しない等と公言したりした。[2]之は人の知るとおりである。がエピキュールの園も彼にとって所詮万巻の書に他ならなかったと云うことは、それ以上に人の知るとおりである。人生は一行のボードレールにも若かないと芥川龍之介は云った。勿論言葉の真意はボードレールと自他の人生との比較ではない。人生は何物にも若かないが、そう云う彼を人生にひきとめるただひとつのみ力は一行のボードレールであったと云う事実だ。[3]

　このみ力から脱け出したのはレマルクだ。〝西部戦線異状なし〟の中で最も激しい一章は戦場の主人公ではなく、休暇で自分の書斎へ座った主人公である。彼は嘗てのように書物を見て感動することを望む。感動しようと努めるのだが、感動出来ない。感動出来ないと知るや、寂寞《じゃくまく》たる気持ちに襲われて、満たされない心は再び戦場へ帰って行く。がレマルクはちっとも寂寞たる気持ちには襲われないのだ。〝西部戦線〟の作者は小説の主人公ではない。寂寞たる主人公を描いた作者は昂然として憤っているのである。書斎のみ力から抜け出したレマルクは昂然としているはずだ、凡ゆる大思想はこの昂然さから出発したのである。人はかるがるしくカントやヘーゲルを語る。が彼等の出発点に達することさえむずかしい。レマルクにとってその後に来るものは何か？　プラトンよりヴァレリイに至るヨーロッパの頭脳はすべてを覆してその後に来るものを白紙の上に建築した。それらのすべてを覆すことは総ての思想にとって根底であらねばならぬ。レマルクにとってその後に来るものが何であったかはもはやどうでも良い。一九一四年の世界戦争はレマルクを彼の出発点にみちびいた。
一九三九年の戦争(4)によって我々が我々の出発点に行くかどうかが問題だ。そしてその後に来るものが問題になり得るのはその時の話である。

1939.9.14

（1）涼しく夜の長い秋は、灯火の下での読書に適しているという意。韓愈「符読書城南詩」による（『大辞泉』小学館、二〇〇九）。

（2）例えば、アナトール・フランス『エピクロスの園』の「哲学的悲哀」には次のような文章がある。「高度の精神的美に到達した信者たちが浮世を棄てた生活の喜びを味わうように、学者は、われわれの周囲にあっては、すべてが外観と欺瞞とにすぎないことを確信して、あの哲学的憂愁に陶酔し、穏やかな絶望の怡楽《いらく》の裡に我を忘れる」（『エピクロスの園』大塚幸男訳、岩波文庫、一九七四）。

（3）日本の作家で、アナトール・フランスの影響を最も受けているのは芥川龍之介であると、大塚幸男は『エピクロスの園』解説において指摘している。大佛次郎によれば、アナトール・フランスは芥川の「お師匠さん」であった。特に『侏儒の言葉』と、『エピクロスの園』を比較するとき、後者の前者に対する影響は深い（前掲『エピクロスの園』）。

（4）一九三九年九月一日のドイツによるポーランド侵攻と、それに対する英仏の対独宣戦によって第二次世界大戦が勃発、その二週間後の執筆である。

中原中也論

中原中也の詩には詩でないものがある、蕪雑なものがあると一人が云った。いや、彼は新しき分野に表現を獲得したのだと他の者が云った。――思うにこのどちらもが本当だ。そしてそれは何を意味するか？　意味することは次の平凡な言葉の他にはない、彼は鋭かった、しかし小さかったのである。彼が表現の獲得は彼の鋭さだし、彼の表現の蕪雑さは彼の小ささだ。表現と内容とを不即不離だと云うことを人々は余りにしばしば口にして、言葉の烈しさを無意識の裡に避けていた。

〝ふと見るヴェル氏の図体が…〟[1]と云う詩を日本の詩人はうたわなかった。彼等はまことに星菫派[2]であった。しかし誰もうたわなかったか？　例えば牧野信一は之を詩い、更に詩声の彼方に何かを探さなかったであろうか？　芥川龍之介全集を開きたまえ。芥川の〝僕のスウィッツル〟があのように短かいのは何故であるか？

芥川は凝縮した。カロッサはび漫している。〝成年の秘密〟［カロッサの自伝的小説］がそうであるように、彼の〝生れざる者へ〟の詩はその長たらしさの中に秘密をもつ。カロッサの持続は豊かさであった。しかし芥川はアフォリズムで思索した。それはぎりぎりのものであったが故に美しく、又その故に彼の小ささに他ならなかったのではなかろうか？

中原中也は鮮かに存在した。しかし豊かに、大きく、ではなかったのである。

（1）「と、見るヴェル氏のあの図体が」か。中原中也『在りし日の歌』に収められた「夜更の雨――ヴェルレーヌの面影」の一節。加藤文庫には一九三八年に刊行された創元社の『在りし日の歌』が収められるが、巻末広告ページに「春・昭和十四年　加藤周一」と署名がある。

（2）敗戦後、加藤は「新しき星菫派に就いて」という論考を発表する。その中でリルケなどドイツロマン派の詩に傾倒し、星や菫を称揚しながら、自らの置かれた社会的状況に一切批判の目を向けなかった戦中の同世代の「知識階級」の青年たちを「星菫派」と呼び、激しく非難した。戦後の加藤が「星菫派」と言うとき、それは「かなりの本を読み、相当洗練された感覚と論理とをもちながら、凡そ重大な歴史的社会的現象に対し新聞記事を繰返す以外一片の批判もなし得ない青年」を指した（加藤周一、中村真一郎、福永武彦『一九四六・文学的考察』真善美社、一九四七）。

健康行進曲[1]

1

ウィークデーにはよくつとめ
晴れた日曜《やすみ》の午《ひる》すぎは
可愛いひとと連れだって
仲よくテニスをやりましょう。

2

なるたけ馬鹿な顔をして
映画か何かのうわさをし
流石インテリであるように
たまには深刻な顔もしましょう

3

笑うときには朗らかに、
泣き出すときには高尚に、
悲しむときには滑稽に、
ああ、健康だ、健康だ！

（1）この詩は当時の健康奨励に対する批判として詠まれたと思われる。四行詩（ソネット）の形式で書かれ、十二音で揃えている詩句が多く、アレクサンドランを意識していることが窺え、フランス現代詩の影響がはっきりと現れているが、韻は踏んでいない。加藤が中村真一郎や福永武彦らと詩の発表や朗読をする「マチネ・ポエティク」の活動をはじめたのは一九四二年秋とされる。しかし、加藤がフランス現代詩の形式に則た詩作を始めたのは一九四二年秋以前、このノートⅤに収録された「NONSENSE」が最初であり、この詩はアレクサンドランを用いた十四行詩である。またノートⅦ「逝く年に」（一九四一年一月三日）はアレクサンドランを用い、脚韻をふんだ四行詩であり、よりととのったフランス現代詩のかたちに近づいている。加藤は晩年、座談会のなかで、マチネ・ポエティクの結成時期は「大学に入ってから、わりあい早くだと思う」と述べる。戦争中には詩や小説の発表の場はなく、小さな集まりで読み合うというものだった。はじめは定型詩を主張したが、九鬼周造の『文芸論』「日本詩の音韻」の理論を借り、中村がそれを増幅し、押韻詩の創作へ進んだ、と加藤は言う（『高原文庫』第一四号、軽井沢高原文庫）。実際、『マチネ・ポエティク詩集』（真善美社、一九四八）の巻頭辞「詩の革命《マチネ・ポエティク》の定型詩について」には、近江朝廷時代以来の日本の抒情詩の歴史が描かれる。明治以後、新体詩は「西欧詩の模倣を通しての近代詩の確立」（前掲『マチネ・ポエティク詩集』）であり、加藤は「不完全な定型詩みたいなもの」（前掲『高原文庫』）と形容する。マチネ・ポエティクは、新体詩以降の日本の抒情詩に新しい定型詩のかたちを与えようとする試みであった。

ノートⅥ

（1939年10月～1940年）

ノートⅥ、落書き

AUTOBIOGRAPHIE

小学一年で恋を知った。

小学六年で自意識を知った。(1)

中学五年で自意識の下らなさと芸術の高貴とを知った。

高等学校の三年で己が芸術の才至らざるを知った。

楽しみも苦しみも自らそれらのなかにあったはずだが、
さて之から何処へ行こうかと思っている。

生命の樹は必らずしも緑に見えず、ましてすべての学問は灰色に見える所ではない。(2)

しかし予想は先走る。私は憂鬱でもないが、別段楽しくもないのだ。

（1）加藤は一九三一年四月に東京府立第一中学校（現・東京都立日比谷高等学校）へ飛び級で入学し、「小学六年」は経験していない（前掲『加藤周一はいかにして…』）。

（2）「いいかね君、すべての理論は灰色で、／緑なのは生の黄金の樹《き》だけなのだ」という悪魔メフィストの科白が『ファウスト』にある（ゲーテ『ファウスト』（詩句番号二〇三八／二〇三九）相良守峯訳、岩波文庫、一九五八）。

覚書

つまらない小説を書いても仕様がないと小林秀雄が云った。そう云ったのは何も小林秀雄ばかりじゃない。誰でも云っている。大抵の小説家の親父でそう云わなかったやつはないはずだ。文学青年を軽蔑することは古来世間の公理である。公理は公理だから、そうだ、そうだと云って後悔する心配はない。だからつまらない小説を書いても仕様がないのである。

小説は考えようによっては安易だ。何が小説だ？　そんなことがわかるものかと云うのだから、この位安心な話はない。所で安心して下らなくなかったためしもない。すべて安心している人間のつらよりも間の抜けたものは一寸見当たらぬのだから、頗る妙だ。

二十台で小説をかく。どうせ生活があるわけのものじゃないから、下らないに定まっている。ジイドは生活を見つけるのに大分手間どった。手まどったのはそれまで見つからないと悟ったことに他ならぬ。その方が余程大切だ、生活はそう簡単には見つからない、それでいて見つかるときには大抵の人間に見つかるのだ。

そんなものは下らないだろう。下らぬことにまちがいはない。下らなければいい加げんに見切りをつけたらよい――と云えば勿論それもその方がよい。しかし見切りをつけるのは既にはなれ業だ。はなれ業をしない以上は、何とかしなくては埒があかぬと云う段取だ。この段取は余り愉快じゃない。

愉快であるかも知れぬが、少くとも馬鹿々々しいにはちがいない。馬鹿々々しいとは皆が云って、皆が余り馬鹿々々しくもなさそうな顔をしている。何故そう云う顔をするかは解り切っている、そうしなければ動けないからだ。

二十台のジイドは動くのにも手間どった。アンドレ・ワルテル以来パリウド〔パリュード〕に至るまで、ジイドは動こうとして動けなかったとは、甚だ有名な物語である。所が元来有名な物語と云うものはすべてまちがいだと相場が定まって居る。だからジイドは動いた。又勿論動いたと自ら心得て居た。つまり小説を書いたのである。従って手間どったと云うわけだ。――此処でも手間とった人間が一番偉らい。ジイドが我々よりも偉いとはわざわざ吹ちょうするまでもなく、誰でも信じている。世間の信心深さと云うものは実に素晴しいもので、その世間に信心をしょう励する政府があるのだから、全く大したものだ。

とにかくジイドは手間どった。要するに同じ場所で手まどったのである。ennui〔アンニュイ〕をほん訳すると動けないことであり、つまり生活しないことである。

僕はようやくこの間の事情を心得た。――少くとも心得たつもりになった。日本語で詩はかけぬとさえ誰かの云ったレトリックの戦場で僕は之から戦おうと思う。どうせレトリックの困難を肝に銘じるのがおちだが、此のおちは急に出来ぬ。肝に銘じさえすりゃ何だっていいのだ。それを発表すれば、我々は成程と云う。ヴァレリイの云ったことが、我々に解かるのは我々が感じたことだからだ。我々の感じないことはヴァレリイだろうが何だろうが成程御尤もとは云いかねる。勿論ヴァレリイがまちがっているとも云いかねるから、やつはちがうんだとか何とかお茶をにごす。之を要するに金輪際解りっこはないのである。ヴァレリイと我々とちがう所は、ヴァレリイの肝に銘じて感じた所を、我々は髪の毛に感じた位で引きさがると云う相違に他ならぬ。

14.10.3（2.a.m.）〔一九三九年十月三日〕

ナルシスの手帖

ナルシスが死んだとき、岸辺には水仙があったと云う。(1) しかし水仙はナルシスの手帖であった。自らをみつめたものが残さずにはおかぬものを、彼も又のこしたはずだ。そうして水仙の文字をよんだのは後代のナルシスである。世紀には世紀の、国々には国々のナルシスが、その文字をよんだのだが、私は黄昏れと真昼とが荒々しくも同時にひしめくこの時代に、ささやかなナルシスの手帖を読もうと思う。私は或る空地でそれをひろった。或る時、それはナルシスの名を冠した水仙の、しょんぼりと空地の水に花咲く頃であったろうか――私はそれすらも覚えていない。しかし記憶の中ではいつも花が咲いているものだ。久しい間折にふれ私のよんだ手帖も、今はとおく季節のそとに咲く花である。私はその手帖を以下に写つす。ナルシスの手帖と題し日附のない日記と註された余り厚くもない手帖を、その混乱と不統一とのままに写して行こうと思う。

×

ナルシスの手帖――日附けのない日記

僕は今日学校へ行った。――ではない今日も又行ったのだ。第一中学［加藤の母校である東京府立第一中学校］へ、第十教室［「第三教室」と書いて書き直した跡がある］へ、今日も又第二番の席へと、何から何まで番号のついた学校へ行く。番号位人を愚弄するものはありはしない。丸で愚弄されに毎日出かけて行くようなものだ。

修身の教師が何を云い出すかと思うと、今日は公平無私と云うことに就いて、無私と云うことを話します、無私と云うと一見簡単にきこえるが…とやり出した。一見簡単にきこえるがなかなか深刻な問題である、と云って教場を眺め廻した。存外深刻でもなさそうな、駄じゃれで得意になったときと同じ目つきだ。そんな目つきはどうせ下等な目つきだし、面白くもないから、一しょになって教場を見まわすと、結構深刻そうな顔をしているやつが半分位いる。流石は第一中学の秀才だ。教師が深刻だと云うと、成程深刻かと深刻な顔をしている。馬鹿々々しくなったから、僕は窓のその景色を見た。景色は相変らずうす汚い屋根のつながりだが、その上にはアドバルーンが浮いている(2)。アドバルーンと云うやつは仲々人をくった表情をしているが、同じ人をくっているのでも、学校のように組織的愚弄ではないから、ひょう然としていて乙だ等と考えていると、〃二番!〃と来た。名前があるのだから、名前でよんだらよさそうなものだが、この教師に限って番号でよぶ。番号でよばれるのは罪人と中学生位なものだろう。おまけにヒステリックな大声で〃二番!〃だ。之はいけないと思ってふりかえると、赤かくなった教師の顔が眼の前にあった。思わずどきりとしたが、どきりとしたことが屈辱感となってじかに来ると、僕はだまった。だまって、表情を中止して、相手の出様を見る。教師は〃君は窓のそとばかり見てるじゃないか、何時もだ〃と厭に感情的な声を出した。こう云う声を出す以上は先きがながい、返事をすれば益々長くなるだけだから、僕はだまって一切返事をせぬ決心をした。そう云う決心をして顔を眺めていると、流石は修身教師だけあって心理を単純に顔の色にするから、教師が何で怒っているかよく解かる。要するに馬鹿々々しいと云うこちらの気持ちが先方様に程よく通じたのである。怒るのも無理はない。が怒るのもぜい沢だ。こちらの気持ちが通じる以上、お話の馬鹿々々しさは成程教師自身心得ているのだ。それを生徒が心得てはいかぬと云う法はあるまい。いかぬと云う法はあっても少くともヒステリーを起こすと云うテはあるまい等と僕は考えていた。——いや、考えていたのじゃない、あとになって考えたのだ。そのときはだまっているのが最上と知ったから、殆ど何も考えずにだまっていただけだ。あの時にこう考えていたと書くのは虚栄であろう。しかし何のための虚栄であるか？　この手帖を誰がよむか？——と考えてはみるものの、虚栄の根は存外深かい。あの時にこう考えていたと書くのが単純な虚栄であれば、あの時は何も考えていなかったと書くことは更に複雑な虚栄であるかもしれぬ。何も考えていなかったのが本当である。本当を書きさえすればいい——とは世間の常識だが、本当をかくと云うことの中にも虚栄はあり得たし、又あり得るだろう。第一本当にしてからが、何が本当だか知れたものではない(3)。

東京に住んでいると、東京にいると云うことを忘れる。忘れるが、都会は都会だ、山の中とは空気がちがう。汚れているが必要な空気らしい、僕は山の中で退屈する。退屈するのは何も山の中ばかりじゃないが、山の中の退屈はまのびがしていて際限がない。花野を眺めて【未完】

(1) ナルシス、またはナルキッソス。ギリシア神話において、ナルキッソスという美しい青年は、彼に相手にされなかったニンフや女神のために復讐され、水面にうつった自分の姿に恋をしてしまう。水面をながめ続け、やせ細った彼はついに水仙に姿を変えられる。

（2）『向陵時報』（一九三八年十一月十一日）に藤澤正の筆名で発表された「小品二つ（アドバルーン／童謡を唄った青年）」にも中学の教室から窓の外を眺めていた挿話が書かれる。「アドバルーンにも華かな時代はあった。山王台上府立一中の教室の窓からは、遥るかな下町の空に無数の気球が輝いて見えた。中学生の私は英語の時間中に、窓外のアドバルーンに気をとられていたばかりに席を窓際から暗い廊下よりに移された位である」。

（3）『羊の歌』「空白五年」にも、窓の外を眺めていて教師に注意される場面が見られるが、そこでは若い英語教師であった江南文三に同情的な調子で注意されたと描かれる。

二葉亭四迷

渋谷から東松原に移り住んで半歳もたたぬうちに、又引越しをした。引越しをすると翌日から防空演習になった。防空演習になると私は風邪をひいた。私は密閉された四畳半で煙草もろくに吸いやらず、水鼻をかみながら高等有機化学と云う本をとじたりひらいたりして、二日をすごした。書物から眼をあげると、細くあけた窓の隙間から格子を飾った白い壁、壁の四隅には細い窓のとざされた妙に陰気な家が見えた。

黄昏れる風景のなかに
その家の白い壁があった
折しも風にゆれる木々
降りしきる風の音など
すべての音ははるかに　雲と
かなたの空に　流れていた
ああ壁のなかに記憶はたたまれ
すべての憶〔マヽ〕れもたたみこまれて

メルヘンの育とう理由《イハレ》もなく
窓はとじ　窓のそとには時が黄昏れた

私は此のように詩とも云えぬような詩を高等有キ化学の余白にかきつけ、先日晴れた日に或る若い画家のアパートで見せてもらった佐伯祐三の憂鬱を想出した。憂鬱の美を何処かに信じると云うことは、私の貧弱な心にせめて感傷的な救いであったかもしれぬ。

今日は雨もはれて、少しは空気もあたたかくなったが、私の風邪は相変らず、夕方になって窓から首をつき出し、葉のおちた庭木の向うに西の空が錦絵の如く黄昏れるのを眺めやっても見たが、心ははれず現実は別段美しくも愉しくもないのである。私は一日がかりで二葉亭の小説を三つよんだのであるが、未だしも小説の方がましなように思われた。

二葉亭の最後の小説は〝平凡〟であり、〝平凡〟の尻切れとんぼは、結局二葉亭文学の尻切れとんぼでもあるわけなのだろうが、〝平凡〟の彼は小説や思想の無力を、つまらなさを説いてやまない。彼はその時に〝政治〟を見ていたと世間では云われている。現に〝平凡〟の中にもそんな句がある。（748頁）そんな句があるから本当だろうではない、彼は遂いに文学をすてて政治にはしったから本当だろうと云うことになっている。しかし本人は何が本当だかわからぬとうそぶかないものでもなかろう。

白鳥がちかごろ読売に二枚か三枚くらいの感想文をかいて居る。一日一題と云う〝らん〟で、談たまたま政治に及ぶこともあれば文芸に及ぶこともある。書いているのは白鳥ばかりではないから、池崎忠孝(1)等と云う連中はアメリカの艦隊は強そうだとか弱そうだとか愚にもつかぬことばかりかく。が白鳥のかくのはとにかく人生批評で、艦隊の批評ではない。私はそれをよむ。よんでいると白鳥と云う人が現実に対して懐疑家であると云うことがわかる。そんなことはわかってもつまらぬようだが、全くつまらなくはない、少くともシェストフ(2)が懐疑派だと云って合点する程つまらなくはない。ルマルクは戦場で思想を洗いおとされ、ぎりぎりの所で物とむきあった。しかしぎりぎりの所で自分と向き合うことも出来そうなもので、白鳥はむき合って之はいかんと云っている。之はいかんと云うのは呵責なき反省とか何とか云うものではない。反省する物指しなどははじめからない。之はいかんと云うのは物指しつまりモラルにあてはめて云うのではない、あてはめないで之はいかんと云う。之はぎりぎりの所の懐疑である。何故ぎりぎりかと云うと自分と向き合っていて向き合っていると承知していないからである。――と云うのは至極当り前なことで、向き合っていると思ったら最早向き合ってはいないのが自我だ。

白鳥は昔からこのような懐疑派であったか？　恐らくそうではあるまい。が、由来日本の自然主義作家には自然と向きあった作家は居らぬ。懐疑精神があっても倫理精神があっても、実証主義精神と云うもので当時のフランスにあった〝自然〟と向きあった作家は居らぬ。実証精神のない以上フランスの〝自然〟はなかったはずだし、〝現実〟もなかったはずだ。花鳥風月の他に性欲を加えた所で花袋の自然はゾラの自然にはならぬはずだし、又事実少しもならなかった。

〝平凡〟の出たのは明治四十年である。明治四十年と云う年がどう云う年だったかは調べてみないから、よくはわからぬが、花袋・藤村・又抱月の自然主義陣営に秋声・白鳥らが和そうとしていた。秋声の〝新世帯〟は四十一年、藤村の〝家〟や〝秋声〟の〝黴〟も四十四年には出て居る。――要するに日本の自然主義が益々盛んになろうとしていたことだけはたしかである。序に鷗外は同年、歌日記を、漱石は前年漾虚集を出している。〝明星〟に活躍した敏は海外に遊んだ。日露戦争のあと、自然派も盛かんだったが、浪漫派も盛かんだった。〝平凡〟の著者はやゆ的に自然主義に触れている。(606頁) 近頃は自然主義が流行る。私もそれで行こうと。

二葉亭はモラリストであった。その意味に二通りも三通りもありはしない。小説のなかで現実とっくんだ彼はずい分弱音を吐いている。小説は現実ではない、現実ではないと叫ぶ程彼はモラリストであった。真に自然主義と云うものが育ったとすれば、彼の中にこそ育ったであろう。彼のモラリストは、小説で実証しなければ止まなかったであろう。

小説は、彼にとって、実証精神が現実をくみふせる場所であったはずだ。が、しかし、現実はそのように生優しくはなく、彼の実証精神は焦って折れた。折れた所にはモラリッシュな詠嘆がある。しかし小説のなかでモラリッシュな詠嘆とは、モラルではない。彼は何よりも現実を欲した。彼の現実が政治的現実であったかどうかは問ふ所ではない。

小説は現実ではない！　と云う叫びは敗北の声であるか？　彼の三つの小説は彼の敗北の歴史であったか？

何れにせよ彼は彼の歴史を必要としたであろう。ロマン主義と自然主義との中からこのモラリストは、――又モラリストであるが故にリアリストは、彼の歴史を実証する方法を、見出し得なかったのであろう。所謂政治的現実に於て彼の歴史を葬ると云う方法以外には。

14.10.28　〔一九三九年十月二十八日〕

（1）赤木桁平の筆名で、日米開戦を是とする立場から文筆活動を行う。戦後はA級戦犯に指定された。
（2）レフ・シェストフ（一八九六－一九三八）はロシアの哲学者、文芸評論家。一九三九年河上徹太郎訳『悲劇の哲学』が日本の知識層に大きな反響をよびおこした。

青山脳病院(1)

Dr.Saitoh〔斎藤茂吉〕は白い仕事着を着て、暗らい廊下の奥から走るように出てくると、私に近づきながら早口に云った、〝君が加藤君の坊ちゃんか?〟〝はあそうです〟〝ああそうか、ま、あがり給え〟それから又先にたって走るように歩き出した。私はあらかじめ、看護婦に父の紹介状を託しておいたから、来意を告げ、あらためて病院を見せて下さいと云う必要はなかった。(2)又仕事着の斎藤博士は絶えず、私に話しかけ、忙しいので、副院長に私の案内を頼むからと云うことで、あわただしく挨拶をするまで、私に喋るひまをあてなかった。〝君は医者かね、あ、医者になるのかね〟〝ええそのつもりです〟〝あそうかそうかそれでいい〟——私はちっともそれでいいことはないと思ったが、〝内科だろうがね〟と云う次の言葉で私は今病院を参観に来ている、それは医者としての将来の参考のためであると云うことを、想出した。想出したけれども、人は考えてもいなかったことを想出すと云うことがあるものだ。勿論私はそんなことを考えていたのではない。私は青山脳病院長よりは万葉集評釈の著者に会いたいと思って来たのだ。病院長の眼に映った狂人よりも、〝狂人のにほひ漂ふ長廊下、まなこみひらき我はあゆめる〟(3)の歌人の眼に映じた狂人たちが見たかったのだ。しかしそれはむしろ浅パクな考えであったかも知れない、と私は考えた。〝加藤君は大きな坊ちゃんがあっていいなあ〟と私の眼をのぞきこんだ老眼鏡の奥の眼、——懐かしそうな深かい眼を知ったとき、私は私の考えが浅パクであったことに気がついた。その眼は医学博士としての眼でもなければ、大歌人としての眼でもない、平凡なしかしそれが故に却って偉大な、不幸な家庭人の回想的な眼であった。私は今にして思うのである、大歌人の眼とは常にあの平凡さを失わぬ眼に他ならぬと。

ガルシン、モーパッサン、ラブリュニー、又ニーチェやロベト・シューマンの名を華かに想い浮かべながら、病院を見て廻る文学青年はたのしかろう。しかしそんなことよりも、大切なことがあるはずだ。廊下をとおると病人は僕等に眼を注ぐ。その眼が何を意味するかは勿論わからない。わかった所で、仕様もなかろうが、恐ろしくひたむきな眼光である。確かに心の何処かを動かされるのだが、何処が動かされたのかはわからぬ。私は顔に声に見聞した覚えのある二十位の女、（何処であったかは未だ思い出せず、或いは一度も会わなかったのかも知れないが）その女が私の顔を見たとき、私の中で何かが音をたてて崩れるのを感じた。

病院の渡り廊下でつながった複雑な建物、又その建物の間にあるせまい庭。庭には髪ふり乱した女が一人何かに祈りを捧げていた。ガルシンの赤い花も咲いていた[4]。沢山の不幸な歴史の共通な点景として。――恐らくガルシンは居ないであろう。赤いカンナの花も遂いにガルシンの花ではなかろう。しかしこの複雑な建物が知りつくして最早複雑ではなくなった沢山の人達は確かに居るのだ。秋毎にああ又あの赤い花が咲いていると呟く何人かの人達は、確かにここに住んでいる。

時間が限定され、空間が限定され、世界が限定されれば、限定の極限では誰も〝世界‐帝王〟になれるはずだ。〝世界‐帝王〟の印綬を、うすぎたない腰にぶら下げた札を、僕等に昂然としてさし示した狂人よ！　Alain〔アラン〕は書いている、〝彼に到達するすべての意見を信なりと信じ、あらゆる情操を永遠のものと信じこむ。全体へのこんな帰依によって、彼はあらゆる方角から吹き来る風のままになり、彼は全体である〟と。(〝Propos de Litérature〟〔『文学論』〕V)

(1) 斎藤茂吉が病院長を務めた精神科病院。当時、世田谷区松沢村松原にあった。

(2) 父、信一と斎藤茂吉は高等学校と大学の医学部で同級生だったこともあり、医学生としての夏休みの実習先を相談するため、斎藤医院長を訪ねたのだという。加藤にとってこの斎藤の第一印象は長く残った。「「おお、加藤君の息子さんか」という風に、院長室での会話は始まった、と思う。大学以来ほとんど接したことのない、しかし名前は覚えている昔の同級生の息子、ということはほとんど全く係りのない青年を、多忙を極めていたにちがいない時間を割いて引見し、しかもそこに一種の温かさが滲み出てくるようなし方で相手にすることのできるような人物で、茂吉はあった。彼が、六〇歳頃の話である」(「斎藤茂吉の世界」『加藤周一自選集』第八巻、岩波書店、二〇一〇、以降は「自選集」と表記する)。また、最晩年の、鷗外・茂吉・杢太郎についての未完の原稿「短いまえがき なぜこの三人か」(『自選集』第十巻)は、この茂吉と会ったエピソードから始まる。

(3) 斎藤茂吉『あらたま』(春陽堂、一九二一)所収。芥川が「僻見」で取り上げた歌である。

(4) ガルシン(一八五五 - 一八八八)はロシアの小説家。精神病の発作に襲われながら、その心理的体験を基に『あかい花』を執筆した。

日記――14・11・21（火）

日記に序は要らない。だから唐突に僕は日記を今日からはじめる。僕は今日と云う日を知らない。しかし今日からだ。一年の大抵の日はどうせ何かの紀念日か祭日である。そう云う何か子供じみた装飾も、嘗ては色々の事件や思想の場所となった。例えばゲーテ百年祭にカロッサやグンドルフやヴァレリーが彼等のゲーテを〝百年〟の感慨の上に描いてみた[1]。が僕は11月21日が誰の命日だか知らない。第一日付と云うものがそんなにあてになるものではない。要するにいつでもいいのだ。ただ昨日と明日とを考えるが故に、今日でさえあればいいのである。

僕は近頃天気に敏感になっている。晴れた日には晴れた日の、曇りには曇りの思想と表情が厭になるほどはっきり、別の姿であらわれる。僕はまあだらだらと人と話をしたり、音楽をきいたり、新聞をよんだり、又若干の本をよんでくらしているわけだが、僕の眺めるものは空だけだ。凡そ視覚に堪え得るものは晴れた空だけであり、又その空を眺めると云うことの何と無意味で間の抜けていることか！　しかしとにかく眺めると美しく、眺めると楽しい晴れた空のある日は、僕は多少とも自分の中に立ちかえる。間が抜けて人様に見えれば見える程、人は自分の中にいるものだ。いてどうなるか？――と云えば、そんなことは解らない。しかしいなければしようがないのである。でそれが曇った日には仕様がない。感傷的になって、活動を見て泣いたりする。親類の俗物共が変に懐しい。――とにかくみじめな形式で自分をなくしたい。勿論自分がなくなる等と云う奇跡はそう簡単にはおこらない道理だから、憂鬱になる。所でその憂鬱が感傷的であるとなっては実にみじめだ。僕等は何しろみじめであってはならぬ。理くつなんざあどうでもよいから、みじめでさえなければいい。嘗てN．とT．は二人ながら声をそろえ、無邪気にも云い放ったものだ、秀才意識は大切だよと。僕は勿論俗物である。しかし俗物はきらいだ。こんなことは珍しくも何ともなかろう、中世紀のコーロッパはつまり人間が人間はつまらぬと云った歴史に他ならぬ。尤も大切なのはそんなことではない。彼等も人間が豚よりつまらぬとは云わなかった。僕は所謂インテリゲンチャだが、インテリゲンチャはつまらぬと云っても、ブルジョアやプロレタリアよりもつまらぬとは云わない。満足せる豚たらんよりは不満足なソクラテスたらんだ。僕は勿論ブルジョアやプロレタリアを豚だと思っている。尤も満足せる豚の幸福をしらぬわけではない。知らぬ所か時々は羨んだことも事実である。何故か！　ソクラテス台上に餓えて肥えたる豚をうらやむの図は、ソクラテスの余裕をうたった英雄画に他ならぬ。ここにコメディーを見るものは、まず槊《ほこ》をよこたえて詩を賦す将軍の心事を知らぬだろう。(2)

（1）ゲーテ百年祭とは歿後百年祭か。
（2）「槊《ほこ》を横たえて詩を賦す」（横槊賦詩）とは蘇軾が『赤壁賦』において曹操をうたった一節。百万の兵を率い、呉・蜀連合軍と雌雄を決する前夜、月を見て前祝いの盃を挙げ、全軍を前に詩をつくる英雄の気概をたたえながらも、そうした英雄でさえ最早跡方もない歴史における人事の虚しさをうたう。

日記——14・11・24（金）

昨日は祭日で、人がより、テニスをした。テニスをしてから、風呂に入って、ねた。ねたが存外あたたかい。ふとんは何時ものように厚いからねつかれず、従って朝はねむく、今朝は十一時半に床を出た。歯をみがき、飯をくい、新聞をよみ、糞をたれ、しかる後四畳半のとう椅子に腰かけて窓をあけると、しぐれた空の中には何時もの景色。落葉しのこる柿の梢に、葉がふるえ、柿の実がただひとつあかあかと熟れている。あの柿の実のおちるとき、——さてその時は不幸があるにちがいない。どんな不幸か？　そんなことはわからぬが、せめて気候は寒かろう。寒ければ、寒いだけでも不幸である。とにかく不幸だ、この柿の実の落ちる時。僕はそのように考え、その考えのつまらなさにがっかりし、バッハのクラヴサン協奏曲をきいた。それからショパンのプレリュード。要するに我々の悲哀は我々が天才でないと云うことで味も素っ気もありやしない。それで厭な奴は勝手に感傷的になるがいい、なったところでみじめなことに変りはないのだ。

一時代前のフランス人は云った、Il n'est pas humain parce qu'il n'est pas sensuel. (Lys Rouge, 63)(1)

所が現代フランスの四行詩は云う、

Une voix dit : « C'est pour bientôt ». 〔一つの声がつぶやく「もう間もないだろう」〕

Une autre : «Je l'entends venir! » 〔別の声が答える「もう足音が聞こえている！」〕
Je ne sais ce que veulent dire 〔戸惑ったこの二つの美しい声が〕
Ces belles voix à la dérive.（gravitation Ⅲ）〔何をいうつもりか僕は知らない[2]〕

とにかくアナトール・フランスの時代には humain と云う言葉を皮肉るだけに、humain と云う言葉は力強く輝かしかった。しかし現代には、humain と云う言葉を堂々と発音するものはいない、従って皮肉の出ようはずもない。僕等は海の彼方にシュペルヴィエールの ennui 〔アンニュイ〕を感じる。フランスの、或いはヨーロッパの ennui と云うか？　とにかく僕等も、晴れた空には嵐を想い、雨の日にはあお空を空想している。

例えばこのように僕は僕の日記に熟れた柿の実を記録する。しかしそれ以上の何を記録するか？　フランスでなければシュペルヴィエールだ、又彼等でなければ解析幾何学や有機化学の他ではない。しかもたったひとつの柿の実さえ所謂之等もろもろの書物の添景にすぎぬ。この日記すら無意味に流れる市民の生活の添景にすぎぬ、——とは必ずしも云えまい。が、その流れる市民の生活が記録するに足らぬとはどうしたわけか？　Visse, scrisse, amò 〔生きた、書いた、愛した〕の墓碑銘の下にねむる男[3]も、恐らく記録するに足りぬ限りない時間をもったに相違ない。要するに問題は時間の量の中にありはしないのだ。所謂精神生活の日記位下らぬものはなかろう。思想の遍歴は、書物に出て書物にかえる限り、無思想を表白する以外の何ものでもない。僕は日記の中に僕の貧弱を証明する。何のためにか？　どうせ何の為めにかわかってしたこと等はなかった。

（1）アナトール・フランス『赤い百合』の一節。「〔彼は〕愛欲を知らないから、人情を解さないのです」（小林正訳）。
（2）ジュール・シュペルヴィエル『引力』「一つの声が」の抜粋（堀口大學訳）。
（3）スタンダールのこと。Visse, scrisse, amò とはスタンダールが、墓石に刻むよう自ら選んだ言葉。モンマルトルのスタンダールの墓石には Arrigo Beyle, Milanesse, Scrisse, Visse, Amo「アリッゴ・ベーレ、ミラノの人、書いた、生きた、愛した」と刻まれる。

日記——14・11・28（火）

今日も又空が晴れた。晴れた日のつづくのは久しぶり。時雨れては晴れ、晴れては時雨れる空の下では、晴れた朝には雨の午後を、雨の午後には晴れた夕べを考える。例えば現在を未来と切りはなして眺めることが出来ない。しかし晴れた日のつづくのは、たとえ二三日でも、僕等に時雨を忘れさせる。しずかな、弱い光に溢ふれる、初冬の空を見つめていると、何もないと云うことの不思議なしずけさや平凡さを感じるものだ。それは、まあ、すべてのものの Gegebenheit〔所与・現状〕をそのまま受けとると云うことに通じるのかも知れない。未来や過去と切りはなせぬ現在を Sein〔存在〕として受け止めるのではなく、それらのものから切りはなされた現在を Gegebenheit として受けとると云うことになるのかも知れない。僕は青山斎場で、新しい墓の上に、枝々のもう透き交わした繁みの上に、そして又僕等の一団の感情や計算や思惑の上に、しずかに流れている冬の空を見ながら考えた。空は僕等に無関心である。そして美しいと。この美しさを見つめて、僕等の祖先は人生のはかなさを悟った。僕等の祖先ばかりではない、諸行無常の鐘の声はハムレットの耳にもひびいたのである。シーザーも死して土と化しぬ、以て壁孔を塞ぐべし風を防ぐべしと。しかし詠嘆のなかには何かがあるものだ。誰でもが繰り返えしたし、又くり返えすであろうこの詠嘆のなかでは、何もないと云うことが却ってあると云わねばならぬ。身を雲水にたとえるとき、問題は明かに流転の相だが、流転の相とは何か？　身を雲水にたとえると云うことは所謂雲水を身にたとえることに他ならぬ。何故なら雲水の流転の相とは却って生命の相であるからだ。僕等は彼方にある美に絶望した。美しいものは此岸になければならぬ。彼岸では何も生れないし、生れないと云うことは何しろやり切れない。Le ciel est, par-dessus le toit, si bleu, si calme〔ヴェルレーヌ『叡智』「空は屋根の向こうに」〕[1] と詠うために近代は必ず振り返えらなくてはならない。Verlaine〔ヴェルレーヌ〕は彼岸を抒情したのではなく、彼岸の抒情をふり返える詩人の姿勢を抒情したのである。

＊

墓場を出た僕は銀座へ行って飯をたべた。陽が一ぱいにさしこんで眩しく、壁にはミケランジェロが、向いのテーブルには支那の男女がある部屋だった。（部屋は快適だったが、僕にはそこにある何物も興味をひかなかった。）僕は語ろうとも思わない、その日に観たものを、銀座の午の太陽や隣国の男女を、又上野でみた展らん会の絵や殊にCézanne〔セザンヌ〕の幾つかを。僕は勿論並んでいる絵には興味があった。少くとも視覚的な印象だけは僕の頭にあふれたはずだった。Cézarne の場合には多少の歴史的な印象も。——しかしそれらを語ろうとは思わない。

＊

　では何を語るのか？　ともあれ僕等は会話の中で Idee を発見し、孤独の中で Idee を育てる。Malte Laurids Brigge〔マルテ・ロウリッツ・ブリッゲはリルケ『マルテの手記』の主人公〕はひとつの Briefenwurf[2]〔手紙の下書き〕を次の言葉でむすんでいる、…Nein, es ist nur um den Preis des Alleinseins. 僕は友人Y. の幼年時代を書いた小説をよみ、それに就いて話し、彼が帰ってからも又母や妹と〝昔の話〟をした。勿論それは語るに足るものではない。しかし Alleinsein〔孤独〕はそれを育てるかも知れぬ。僕はY. の memoire〔思い出〕をよんで、その豊かなのに驚く程、それ程僕の memoire は貧弱なものだが…。僕は今僕の memoire を書いているひまは到底ない。しかし貧弱な僕の歴史も幼稚園より小学校に到る間には特殊な事情がある。と云うのは僕の感情生活は中学校の空白五年[3]をとびこして、小学校から高等学校にじかにつづいている。従って僕は中学校のおわりまでの歴史を幼稚園と小学校とで一応すませなくてはならなかった、若しすませなかったらあとの空白五年は僕を奇怪な小児にしていたはずである。だから僕にとって、Kindheit〔幼年時代〕をかたることはただちに半生に近い歴史を語ることなのだ。僕は幼稚園のときに恋をした、そうして小学校のときには僕の自意識がそれを打破った[4]——それは近代の滑稽な悲劇を縮図している。元来滑稽な悲劇等と云う言葉は可なりあいまいなもので、恐らくこのあいまいさは縮図のあいまいさにもなると云ったようなものだろう[5]。

　がとにかく僕が幼稚園で経験し、小学校で軽蔑した感情を、高等学校で自分の周囲に見出したときには、全く驚いた。同室の少年は云ったものである、君は僕を笑っているねと。勿論僕は笑っていたが、その笑いは側から見る程単純明快なものじゃなかった。しかしそんなことのわかるやつは一人もなかったのである。

＊

一体日記と云うものはその日起ったことがらを書くものだ――と皆が承知して、解ったようなつもりになっている。がそんなつもり位出たらめなものはない。その日起ったことがらは一体その日に生れた思想を含むものかどうか？――と云う問いからして馬鹿げている。生れた思想と生れた行為とを何処で別つか、そんな処はありはしない。第一ものをかくと云うときには思想しかかけぬので――之は勿論当り前すぎるほど当り前である。では日記とは何か？――それはまあ何が小説だ？　と云うようなものだ。何が小説だ？　何が詩だ？　そんなことはわからぬ。又わからなくて困ったと云うこともない。つまり質問に意味はあるが、答えに意味なんぞはないのである。

日記とは？　そう云いながら僕等は日記をかく。人生とは？　そう云いながら飯をくい、糞をたれる。死とは？　そう云いながら僕等は結局あきらめる。

（1）「青春ノート」Ⅷ「一九四一年十二月八日」（本書二六六ページ）を参照。「空は屋根の向こうに／あんなに青く、あんなに静か」。

（2）「いや、この気持ちは孤独にのみ与えられる境地である」（リルケ『マルテの手記』望月市恵訳、岩波文庫、一九四六）。

（3）加藤は『羊の歌』において、中学校時代を描写した章を「空白五年」と題する。「もし人生に空白の時期があり得るとすれば、私には、渋谷の家と平河町の学校との間を往復して暮していた五年間がそうみえる。私は退屈していた」（『羊の歌』「空白五年」）。

（4）ノートⅥ「AUTOBIOGRAPHIE」（本書一三四ページ）では、恋をしたのは小学一年とある。

（5）「渋谷美竹町の家と平河町の中学校との間を、毎日市電で往復していた私の現実の世界には、全く何事もおこらなかった。私は誰にも出会わなかったから、情熱的な恋に身を任せるはずもなかったし、したがってまた別れの辛さを味わうはずもなかった。中国大陸にはいくさがはじまっていたが、それは私の身辺に及ばず、革命は遠い神話にすぎなかった。私はただ中学しか知らず、その中学校と私自身にうんざりしていた」（『羊の歌』「反抗の兆」）。

日記――14・12・1（金）

一昨日叔父が死んだ。

〝預ねて病気療養中の所、薬石効なく〟没したと僕は昨日手紙に書いた。明日は葬式である。定刻に出かけていって、型どおりの顔を沢山眺めなくてはならぬだろう。一人の男が死ぬと云うことは、所詮彼自身を除いた誰にも、実に簡単な風景にすぎない。近代は風景に感動する暇をもたぬ。例えばimpressionisme〔印象主義〕以来風景は画家の主観の中で解体されて来たのである。〝früher〟〔以前は〕

と Rilke〔リルケ〕は云う、

Früher wüsste man (oder vielleicht man ahnte es), daß man den Tod in sich hatte wir die Frücht den Kern. …Den hatte man, und das gab einem ein eigentümliche Würde und einen stillen Stolz.
(Aufzeichnungen des M. L. Brigge, S.12)[1]

死はわからぬ。わからぬから他人には風景である。風景に感動するひまはない。少なくともわからぬ風景に感動する暇はない。感動するならば、一人の死があたえる波紋だ。波紋の風景には、勿論人は感動している。しかし投じられた石と波紋との間には関係があるので、実質のつながりがあるのではない。そして関係とは何か？

近代は計算し、予定し、分類する。肺結核の終点が死である。がしかしそう云う死が抽象的な死でさえもなく、死の条件にすぎないことは誰でもが心得ているだろう。分析出来るものは常に条件である。

*

今日はもう一昨日の〝事件〟を忘れて、ヴァレリーをよみ、よみながら電車にのり、人の家に寄り、留守だったので、映画を見た。とにかくひとつの思想に住む時間は、〝事件〟から自由な時間である。例えば本から眼をあげて、電車が渋谷駅に停まったと云う〝事件〟を確かめるのは、夢からさめて、矢張俺は貧乏なんだと悟るようなものだ。そう云う夢の延長に又ひとつの夢を見たらどうなるか？――と云っても、そんな馬鹿げたことは出来ないので、ヴァリエテⅡの夢と映画何とかの夢との間には60銭払って活動小屋へ入ると云う事件がある。しかし記憶の中では忘却がそれを可能にする。僕等はそう云う記憶をいくらもたくわえているはずだ。例えばふたつの小説のすじを混同し、それを又現実と混同すると云ったような念の入った混同がないことはない。

尤も小説と映画ではそうは行かぬ。美しき女と云う言葉と、スクリーンに現われた美しい女の顔とはちがう。ちがうのは当り前だから何も云うが程のことはない。スクリーンだろうと街頭だろうと眺めた美人の顔なぞはどうせ似たようなものだ。従ってヴァリエテⅡから映画へ行くのは、渋谷駅へ電車が停まったと云う事件へ行く見たいなもので、之も又ひとつの覚醒である。がこの覚醒は面白い。ではその面白さは何か？

ヴァリエテⅡから映画へ移るとき、頭の中には論証的な追究から感覚を材料とした空想へとびうつる断層が生じる。この心理的断層は既に予定されていて驚きではない。驚きではないから情緒である。情緒とは予定された心理的断層以外の何ものでもないのだ。例えば紅かい花を見る。花の色や姿態の感覚を材料として花の美しさを感じる。感じるとその花を経験の視野の中に探がし、位置づけるのだが、その間には心理的な断層がある。それは驚きでなければ情緒だ。花の美や花の経験の中での位置そのものが紅い花の情緒ではなく、却って二つの意識の飛躍が情緒である。では飛躍とは何か？　飛躍の構造はない。飛躍は断層であって、斜面ではない。飛躍とは何かと云う問いに答を定着しようとすることは、恐らく危険であろう。

（1）「そのころはだれもが、果実が種を秘めているように、自分の内部に死を秘めているのを意識して（または、感じて）いたにちがいない。（…）とにかくだれもが死を宿していて、そのために特殊な落ち着きと物静かな品位とを感じさせた」（前掲『マルテの手記』）

日記――14・12・5（火）

葬式以来また風邪をひいてしまった。〝僕は之から馬車馬の如く勉強する〟と三澤や中村や白井[1]へ書き送くった。〝去年は記念祭の頃も呑気なものだった。加藤先輩等と一しょになって五十番か何処かへしけこんで、気焔をあげれば、まだ世の中には燃料と云うものもあった！〟――とは寒冷ひとしおならん京都の友への言葉である。今年はさむい。そうしていそがしい。此の国の精神文明は世界に冠たるものだと僕等は何度も聞かされたが、今にして悟るのである、精神の文明には金がかからぬと。物質文明に至っては、――とにかく僕等日本の中産階級はアメリカのどん底生活者にも劣るのである。

勿論凡ゆる Idée〔観念〕は神がかりではない。突然に風邪と寒気と馬車馬の如き暗記との中に、ひとつの Idée が降ってわくと云うことはない。こう云う時には何も云わぬのが安全だ。僕は丸で試ケン前の女学生のように他愛もないことより他は念じない。少なくとも念じまいとしている。

しかし如何に愚劣な形式にせよ、とにかくひとつの緊張か統一かがあることは、衛生的な生活である。衛生法とは古来人間機械化の法であった。たとえばあいまいさが却って正確さに通じると云う複雑な場所で考えつづけた Paul Valéry は、〝人間機械論[2]〟の著者の住んだ衛生的な世紀の空気を、呼

吸してみたくなると云ったようなものだ。〔原註〕

〔原註〕ヴァレリー・ヴァリエテⅡ・p.58 ペルシア人の書簡・Jを見よ(3)

(1) 三澤正英、中村真一郎、白井健三郎か。

(2)『人間機械論』はフランスの哲学者、医師であったラ・メトリー(一七〇九-五一)の著作。

(3) ヴァレリー『ヴァリエテⅡ』に収められた「『ペルシア人の手紙』序文」は、AからQまでのアルファベットがふられた短い文章の連続によって構成される。加藤が示したのはそのJの部分であろう。

日記——14・12・18(月)

日比谷公会堂で prof. Leo Shirota(1) の Piano Recital をきいた。Chopin Evening: Etudes Op.102. Op.25.and other three études (A flat major, D flat major, F minor); Sonata in B minor Op.58; Fantasie in F minor, Op.49. In "encore", Nocturne Op.15 No.1., Valse (Posthumous)

Shirota 氏は Brailowsky〔アレクサンダー・ブライロフスキー(一八九六-一九七六) ロシアのピアニスト〕に似ている。(映画〃華麗なワルツ〃)演奏の態度及び体格。強弱の accemt〔アクセント〕は誇張的に聞えた。橋本氏曰く〃Pedaling〔ペダリング〕のせいか低音部が濁る〃と。僕曰く、〃そいつは丸で解らぬ。〃でたらめな音楽鑑賞はたのしきかな。

音楽会と云うものは余りよいものじゃない。第一に多勢いる群集が何を考えているのか解らぬのは不安だ。まさか暴動を起こす心配はなけれど、友人二三と聞くに若かず。又映画でハラハラしている群集に若かず。第二に、これも群集に関するが、時々聴衆が丸で死人か何かのように思われるのは、最も閉口なり。とにかく音楽会が余りよいものじゃないのに、音楽会の幸福なのは、余程音楽のよいためだろう。

音楽会の前に増田家法事あり。(2) 後は僕等しるこを食うの一件あり。どちらも特筆に値しない。尤も法事のときに僕の坐ったテーブルはお嬢さん方ばかり、そしてつまらないことばかりであったが、一少女あり、大変美しかったから、僕は考えた、この児と恋愛でもしたら退屈しのぎになろうと。尤も相手は人間なり。人間であると合点したら、とても面倒くさくてたまらぬと気がついた。

Vive la musique!〔音楽万歳!〕

(1) レオ・シロタ(一八八五‐一九六五)はロシア出身のピアニスト。一九二八年、演奏旅行先のハルビンで山田耕筰から日本での演奏や指導を依頼され、翌年日本に居を移した。彼の弟子に豊増昇がいる。

(2) 増田家とは母方の家系である。加藤周一の親族関係は前掲『加藤周一はいかにして…』に詳しい。

日記——14・12・22（金）

一日がはやく暮れるならば、恐らく左様な生活に抒情のわりこむ隙はない。学者と名のつくものの何か無味乾燥なふんい気を帯びているのは怪しむに足りないことだろう。抒情だけが時間を直感し、時間を捉える。所で詩人は自分のなかしか見ないものである。

自分のなかしか見ないと云うことは豊かなことかそれとも貧しいことか？　とにかくそうより他にないからそうなのだ。図式は此の他にはない。宿命と云う言葉は余り生気にとんでいるから不思議にきこえるので、味も素っ気もない宿命は凡そ無関心にすべてのものの上にある。不思議は却ってそこだ。すべてを蔽う平凡さ！　若しアンニュイを救うものがあるとすれば恐らくこの平凡さの他にはない。

×

フェミニストと云う奇怪な言葉がある。この言葉の奇怪さは女も人間であると云うことの無視だ。クレオパトラから隣りの八重ちゃんに至るあらゆる女を考えて見るがいい。女を崇拝するも尊重するも愛するもなかろう。人間とはそんなものだ——とは誰でも心得ていて誰でも無視している。だから奇怪さはダンテもストリントベルク(1)も同じことだ。彼らは自分の恋人だか女房だかをつかまえて女はと云っていたのである。尤も大切なのはそんなことではない。

ゲーテはグレートヘンを捉えて、das ewig-weibliche〔永遠なる女性〕を描いた。ゲはグレートヘンを捉えて女と云うものはとゲーテが云ったのではない。das ewig-weibliche に依ってグレートヘンを捉えたのだ。この逆説の中に恐らくすべてがある。今更ゲーテとシャルロッテ・フォン・ブッフとどっちが先きのどっちがえらいのと云って見た所でどうにもならぬ。

女人と云うものは所詮音楽をきくときよりも着物をつくるときに感動する。ショパンよりは呉服屋の何とかさんに感動するのだ――と云えばそれは本当である。しかし女人は神だと云えば、それはもっと本当であるかも知れぬ。本当とは元来そう云ったものである。

僕等にとって結局問題は女人ではない。のみならず僕等自身以外の何ものでもない。Narkissos〔ナルキッソス〕以外に人間はないし、人間と云うべらぼうに壮大な観念は彼の水面鏡の他にはない。〔ノートⅥ「ナルシスの手帖」（本書一三八ページ）参照〕

フェミニストと云う言葉は正に奇怪である。ナルシストと云う言葉がノンセンスであるのと全く同じように。〔ノートⅣ「フェミニスト」（本書七一ページ）参照〕

（1）ストリンドベリ（一八四九－一九一二）はスウェーデンの劇作家。イプセンとともに現代演劇の先駆者とされる。芥川龍之介や山本有三、正宗白鳥らに影響を与えた。

小林秀雄論序

小林秀雄が仏文のNを捉かまえて、フランスなぞはわからなくなくなる、二十年も仏文学をやっていれば、わからぬと云うことがわかってくる。そうするとお前たちはだめだ、俺達は日本人だからいいがお前たちはだめだと云ったそうである。こう云う言葉を信用して、物を云うのは確かに危険である。何あに酔っ払っていたのさと片づけられないとは限らぬ。しかし酔っぱらうことはいつだって出来るし、第一他人が物事を本気で云うかふざけて云うか、そんなことの区別は出来ようがない。要するに人間が生きていると云うことは前言の取消しを繰り返えして行くことである。僕は何も進歩を信ずるわけではないが、変化を信じなければ、時間が消えて了う。

所で、小林秀雄が日本人だと云うことに就いては問題が複雑だ。簡単な方から云うと僕等のジェネレーションは完全に観念上のコスモポリタンである。一方芥川龍之介のジェネレーションは最後の日本人である(1)。小林秀雄は恐らくそのどちらでもない。

僕等の場合にはすべての高等な――と云うのは観念的に高次なと云う意味だが、教養と云う教養はすべて世界的だ、僕等はベートーヴェンをきき、ジイドをよむ。所が僕等の顔は黄色いし、生活は貧乏だし、第一日本語をしゃべっている。此の間のギャップたるや、実に鮮かなもので、僕等は日本と云う特種な環境と人種の上にたって、全く世界的に感情し思想しているのだ。所が小林秀雄は西鶴よりもモーパッサンを読んだには相違ないが、彼の周囲にはモーパッサンよりも西鶴に故郷を見出す人々が居り、又そう云う人々の間で小林秀雄は育ったのである。彼自身はそうでなくとも、彼の周囲では当年の最高の頭脳が伝統的に思索し、彼等のなかでは観念と生活とが乖離せず、奥底では日本的な、特殊な融合をしていた。勿論思想の構造は観念の基底が生活の中で根を張り、縦横に養分を吸収してはじめて力強く、正確であるわけだ。明治・大正の日本文化が西欧を受け入れるのに出たらめであればあるほど、最も根本的な構造は安定していたはずであり、小林秀雄はむしろプリミチーフな思想のこう云う原理を、周囲の実例によって痛切に感得したにちがいないのである。此の点がそう云う実例を周囲に見ない僕等と小林秀雄とを根本的にわかつ点なので、小林秀雄を僕等に対して日本人と称ぶよりは、日本人を見た最後の人間と云った方が正確にちがいない。

そして恐らくはその方法の秘密を、観念と生活とのギャップを最も痛切に自覚するように置かれた彼の特殊な位置に負うている。

小林秀雄氏は天の邪鬼に見えるが、そうじゃなくて思考の方法が逆説的なのだと皆が云う。皆の云うことにまちがいはなかろう、しかし大抵はつまらないのである。〝皆〟とは常にそう云うものだ。彼は世間の説を覆す。――と云うよりは世間の説を意識的に検討する。検討すれば大抵覆すことになると云ったようなものだろうが、問題は世間の説である。世間の説とは何か？　勿論自分の説である。先ず大抵の人間が大抵のことを云う場合世間の説を云うので、誰の頭にでも最初に浮かぶ考えが世間の説だが、小林秀雄の世間とは西欧である。或いは最も適切に、日本に輸入された西欧的考え方である。――何はともあれ、先ず此れが怪しいと思うのは彼の特殊な位置に他ならぬ。小林秀雄の頭が逆説的なのではない、彼の位置が逆説的なのである。明治以来の文学者が或いは思想家が、常用の観念に痛切な自覚をもったのは、彼を以てコウ矢とするが、持たなければ浮動する観念の場と肉体的な生活の場とは改めて見事に喰いちがい、不安で仕様がなく、彼はこのどうにもならぬ不均衡の不安定性に、彼の方法を代置したのである。彼の思考の方法はそう云う星のもとに生れた[2]。

常用の観念を検討してかかるのは凡ゆる思想の出発点である。例えばヴァレリーは彼の純粋意識を建築する前にすべてを白紙に還元した。しかしそれは不安性に代置したのではなく、却って確実性の極限を考えたのだ。小林秀雄とヴァレリーとはちがう。フランスと日本とちがうようにちがうのである。常用の観念を検討しても小林秀雄にとって今更新鮮な観念は彼の常用のために用意されなかった。彼の方法の決定的限界は此処にあり、彼の過渡期的位置もここにある。新鮮、壮大な観念を発明して、それを常用しなければ、新しく思想は成りたたない。そして恐らくそれは想像以上に困難な仕事なのである、敢然としてドストエフスキイに立ち向かい、〝未曽《〔ママ〕》に豊かな〟人間の観念を追求しはじめた彼にとっても[3]。

15.1.15〔一九四〇年一月十五日〕

（1）「芥川龍之介のジェネレーション」は「青春ノート」Ⅲ「故郷と伝統と」（本書四八ページ）にも言及がある。

（2）加藤は『序説』において、小林秀雄の文章や方法を林達夫、石川淳と比較し、両大戦間期の西洋思想の挑戦に対する三者の反応は、さかのぼれば平安時代以来の、日本の文化の構造を反映したと分析する。「小林秀雄は、フランスの十九世紀および同時代の文学（ランボオ、ヴァレリー、ベルクソンなど）に学ぶことから出発したという点で、西洋志向型の教養主義を背景としていた。しかし林達夫のように西洋思想そのものの研究に向うよりも、彼自身の問題を解くのに有効な知的道具をそこに借りようとした」「小林秀雄の文章は、おそらく芸術的創造の機微に触れて正確に語ることのできた最初の日本語の散文である。その意味で批評を文学作品にしたのは、小林である。しかしそれほどの画期的な事業は、代償なしには行われない。代償とは、人間の内面性に超越するところの外在的世界——自然的および社会的な世界——の秩序を認識するために、有効で精密な方法の断念である」。

（3） 小林秀雄は一九三九年「ドストエフスキイの生活」という本格的な作家論を発表した。

私が生物学教室で学んだことは…

　私が生物学教室で学んだことは、人間は変態をしないと云うことだった。変態をしないのだから、子供から大人になるときに、何も加わりはしない。子供のもっているものが、生長するだけで、新しいものが生れはしない。芥川龍之介[1]は〝くん章〟の稚気を語ったが、稚気は何もくん章ばかりではないのだ。童心を失わないようにと人々は力説之つとめたものだが、私は童心を失った人間になぞお目にかかった例しがないのである。凡ての大人は稚気満々として居た。そうして逆にすべての子供は大人のミニアチュールにすぎなかった。子供は世人の信ずるように格別な生き物ではない、彼らの社会には哲学も社交も恋愛も——要するにすべてがある。

　今日の次に何故明日が来るか？　失われたものは何故再び還らないか？　何故？何故？と云うもろもろの何故は私共の幼年をとりまいていた。私共は可能性によって生きていたのだ。それが今日、とりはらわれていると云うのは、勿論嘗ての何故？のひとつだって解決されたからではない。私共は質問を撤回し、可能性に何ものかを代置した。その何物かとは何だろう？　何にした所が、それを人生と云う。

　人生は様々の色彩を以て私共を染める。私共は何んな方法でも、例えば自殺によってもそれを脱することは出来ない。自殺と云う行為は矢張私共を染めるのである。優しいもの、たのしいもの、高貴なもの、それから愚劣なものがそこにあり、少くともそこにあると私共は考えなくては〔なら〕ない。私は形式を語っているのだが、多分形式の他に語り得るものはないのだ。

幼年を再び得ることは出来ないとは誰でも心得て居ることだが、さて人は過去へ思念を追いやってみる。思念を本当に解き放つ方法などはない。過去のなかでは過去のなかで染められた思念は色を失う次第でもない。認識論は先ず大抵は過去に逃げようとしたとき、痩せてしまった。彼が肥え、詩に転身するのは現在をみつめたときである。

具体的なものは時間だけだし、時間と云うものは現在に於てあるので、又現在と云うものは所詮つかまえられぬとすれば、思念は生のそとにとぶ。するともう生に染められて、超越などは出来ないのだ。

現在をみつめたときに詩に転身すると云ったが、現在をみつめると云うことは、普通のみつめると云う意味では不可能である。

生を超越する方法は生に化することであろう。

幼年をとりまく可能性を幼年は追求しない。まして追求の果てに何かがあると云うわけのものでもない。しかし可能性によって生きることは、却って生きることの無意識の純粋さを保証する。訪れる或る時間に思念は生に化する。具体的なものに精神がふれる。

私共の本当の知識は結局生れたときから変態をしないのかもしれない。

15.2.1〔一九四〇年二月一日〕

（1）芥川『侏儒の言葉』「小児」には、次のような一節がある。「軍人の誇りとするものは必ず小児のおもちゃに似ている。緋威《ひおどし》の鎧《よろい》や鍬形《くわがた》の兜《かぶと》は成人の趣味にかなったものではない。勲章も——私には実際不思議である。なぜ軍人は酒にも酔わずに、勲章を下げて歩かれるのであろう？」。

立原道造論序

私は或る年の冬、渋谷の丘の、嘗ての私の家の一室で、立原道造の詩集〝暁と夕の詩〟(1)を筆写した。窓からは層々と重なる屋根が見え、又窓からは電車や自動車や、要するに街の騒音が絶えず部屋のなかに入って来た。だから多分私は私の部屋を抽象的な空間とすることが出来たのだ。都会の一室とはそう云うものである。又詩の空間とは常にそう云う抽象的な空間である。私は私の部屋に高原の光りや風や樹木のきらめきを招いた。そして勿論それらは立原道造の詩の世界に他ならなかった。

そこで私は立原道造の明澄な瞳に出会ったのだが、故知らぬ期待を吹きよせ吹き去る高原の夏の風のなかでは、現象が観念を圧倒する(2)。生のままの現実とは詩の世界とすべての点が共通で、ただひとつ一番大切な点だけがちがうのである。現前するひとつの感覚は誰にも共通であり、誰にも超克できるものではない。

だから私は立原道造の風貌と詩集との間に、恐らくは一応容易であるだろう架橋を実行しようとは思わない。詩集について語ることは私の精神の内部に就いて語ることであり、あの風貌について語ることは私の生涯の一角に鮮かな光をもってとびすぎたひとつの憧憬を語ることである。之をむすびつけるのは確かに大きな誘惑だが、大きな危機でもあろうと思う。元来作品と作家の顔との関係位あいまいなものはないのであって、そう云うあいまいな関係から出発することは何の位沢山の評論をでたらめにしてきたか数が知れないのである。勿論私は立原道造の人及び作品を論じるのに適任者ではない。しかしだからと云って謙遜をしているわけでもないのだ。第一誰であろうとすべての論題は彼自身以上の適任者を発見はしないだろう。之は有難いことではないが、仕方のないことである。〝他〟の理解とは所詮誤解の別称にすぎない。誤解の他に意味のある理解などはどうせあるはずがないのである。

ベートーヴェンとカントは同じ時代を生きたと云うことから、ベートーヴェンに対するカントの影響を結論するのは無邪気な誤りである。私はベートーヴェンのことも、カントのこともよく知らないが、――従って音楽上のカント哲学とは何う云うものなのか決して知る由もないわけであるが、大切なことはこうである。カントが同じ時代を生きたのは勿論、ベートーヴェンがカントと話したと云うことも、ベートーヴェンがカント哲学に接したと云うこととは丸でちがうと云う事情である。クロード・ドビュッシュイはマラルメの話を聞いた。しかしマラルメと雖も相場の話をしないとは限らぬのである。そして恐らく相場の話は如何なるマラルメ信徒にとっても余り興味のあるものではなかろう。要するに問題は作品と作品を生む精神とである。そして作品を生む精神を会話のなかに発見しようとすることは多分大抵の場合に無駄なのだ。手がかりは作品の他にはない。カントはハイデッガーの中に生きているであろう。しかしベートーヴェンの中にはどうだか怪しいものである。

だから私の書こうと思うのは立原道造の作品だけを基礎とした思想である。私自身の思い出は私自身のためにそっととっておけばよい。恐らく高原の立原道造は公衆のなかを歩くことを欲しないだろうと思う。

×

私は之から立原道造の血統を探ぐるかも知れない。そのためには彼の蔵書を調べたところでらちは明かぬ。彼が□の何をよんでいたかを知っている人に訊いてみた所で埒も明かぬのである。例えば私はノヴリス〔ノヴァーリス〕が彼を生んだと云うであろう。若しそう云うならば、彼が一冊もノヴリスを持たなかったと云う証明があらわれても、少しもたじろがない。何故なら、持たない本は読めぬと云うものではなく、一度行きずりにみた本からは影響を受けぬとは決して云われぬからだ。

熱読は影響をあたえる。しかし一度限りの読書はもっと影響をあたえるかも知れない。ここでも誤解だけが意味をもつ。〃一度限り〃は凡ゆるものをつけ加え、凡ゆるものを差し引くことをゆるすであろうし、〃一度限り〃の妙は又ここに存するのだ。例えばアフォリズムの面白さとは刺激の面白さである。単純な刺激に異った器官は異った反応を示す。電撃は眼には光りであり、皮膚には痛覚である。

×

立原道造は努力の人だと皆が云っている。

べらぼうめ、努力しない詩人なぞあるものかとも云っている。しかし手紙にも会話にも彼は詩の中と同じように言葉を用い、同じような思想をのべたと云う。

私はそう云うことは皆本当だと思う。勿論皆本当だけれども、その間が丁度よい等と云う湯加げんが何かのようなことを云っているのではない。

インスピレーションと云う言葉があって、皆がインスピレーションを云っている割合に、インスピレーションを論じた文学論のないのは何故か？　理由は簡単である。論じられないからだ。所が作品と作品を産む精神とのつながりがインスピレーションであってみれば、インスピレーションを避けて廻るとは批評の断念以外の何物でもない。

ではインスピレーションとは何か？と云うと偶然である。偶然は解らぬ。解らぬ証拠には偶然にあたえられた歴史的タイトルを回想すればよい。例えば倫理的に運命とよばれ、宗教的に神と呼ばれ、心理的にインスピレーションとよばれるもののの本質は、偶然そのものに他ならぬ。

では批評の対象とは何か？　偶然を産む精神の機構以外にあろうはずがない。私はアナロジーを追求する。即ち批評とはサイコロの目の出る確率の計算である。精神の努力とは確率を1にちかづける意志である。

インスピレーションは天来ではない。サイコロを立方体に設計しなければ、$\frac{1}{6}$の確かさで思想は建てられないのである。

×

立原道造は今や無数のエピゴーネンたちにとりまかれている。しかし彼が栄光のなかに坐る日を早計に判断することは出来ない。先走って云えばその日は必らず来るであろう。しかしそれは何時のことだか解らぬのだ。理由は今日のエピゴーネン達を眺めれば忽ち見え透くであろう。時代は急速に峻烈になった。しかし思想はそれに応じて感傷的になったのである。立原道造の時代に花園を守ることは容易ならぬ事態であったが、寧ろ今日では容易である。しかし容易さは脆弱さに他ならぬ。立原道造を竹久夢二の庭で眺めることは危険だ。リルケやヴァレリーをそのなかへまねくに至ってはむしろ低能である。

思想の領野に於て同時代人の意味はこの他にはない。ポーブル・レリアンがあのように峻烈であり得たのは彼がミュッセのあとに生れたからである。浪漫主義が失った文学の地盤と実証精神の痛烈な旋風とは彼を叱咤してルコント・ド・リールの花園から追い出したのである。ヴェルレースが見たように、立原道造もすべてを見たにちがいない。私は反動などと云う概念を尊重しない。反動は結果である。私は精神の生成が覗きたいのだ。前代は既に遠景である。遠景は主人公の色彩を峻烈にする役割であろう。

×

すべての問題はレトリックにはじまる。何故なら唯一の材料は紙の上の文字であるからだ。

レトリックの特異性は限定された単語と音楽とである。限定された単語は自然の天来的心象《イマージュ》への解体である。（z.B.〔たとえば〕花や風や水たち）音楽は和音の統一である。之は自然の再構成だ。之は sachliche Metaphysik〔即物的形而上学〕である。解体はカルテシャンとして音楽はドイツのロマンティカーとして〔原注1〕彼を解釈せしめる。

そこで彼の歌を理解するには元素的なイマージュの総体である、phänomenologisch〔現象学的〕な彼の自然からはじめなければならぬ。そうして彼の Metaphysik〔形而上学〕はこの自然のなかに終わる。

die Landschaft als äquivalent für Seelische〔魂の風景とひとしい風景〕

こう云うリルケ的風景のなかでの生と死。

それは風流ではない。却って却絶的風景美への覚醒にはじまる。〔日記14.11.28. page32-33〕
メーテルリンク：ヴェルアーラン：ホフマンシュタール：ポール・クローデル〔：〕ヴァレリー：シュペルヴィエール等がつかんだ主体的な生と死ともちがう。もっとリルケ的東洋がある。
自意識を打倒せよ！と彼は赤鉛筆で書いたのである。之は恐らく反語だ。

15.2.12〔一九三九年二月十二日〕

〔ノート上部に柱として付された各部分の小見出し〕
（人と作品）
（〝他〟の理解とは所詮誤解である）
（作家から独立して作用する作品）
（影響、それは誤解を通じるのみだ）
（インスピレーションの本質は偶然である）
（遠景は主人公の色彩を峻烈にする
それは必要だ、しかし他に用はない）
（覚書）

〔原注1〕　白水社〝ヴァリエテⅡ〟p.25

（1）『暁と夕の詩』は一九三七年十二月に四季社より刊行された立原道造の第二詩集。また加藤は「青春ノートI」に立原の「或る晴れた日に」を筆写する。

（2）『羊の歌』「高原牧歌」によれば、一九三五年の初めての追分の夏に、加藤は立原道造と散歩中に偶然出会った。「私は立原道造と連れ立って信濃追分の宿から千ヶ滝まで歩いたことがある。おそらくそれは一九三七年の夏のことだ。（…）歩きながら、大学の建築科の卒業設計にとり上げた「朝間山麓に位する芸術家コロニイの建築群」の話を熱心に語りつづけ、私は黙ってそれを聞いていた」（加藤周一『高原好日——二十世紀の思い出から』信濃毎日新聞社、二〇〇四）。又、中村は当時の加藤の交友関係について次のように述べる。「加藤家も追分の森のなかに別荘を持っていて、中学生の頃から堀さんとは知り合いになっていた。／だから、はじめは加藤は、堀さんにとっては「お医者さんの加藤さんの坊ちゃん」だったが、高校生の終わり頃になると、もう彼も私や福永の仲間のひとりとして、その繊細な美的感覚と優れた分析力とによって、仲間のあいだに頭角を現わしはじめていた」（前掲『火の山の物語』）。

立原道造論覚書

自意識を打倒せよ！と彼は赤鉛筆で大きく書いた。之は恐らく反語である。自意識を打倒することは出来ない。又その位のことは彼が解りすぎる程承知していたことにちがいない。自意識を出るみちは自意識に徹するみちに他ならぬと云う逆説的運命を最も痛切に感じていた近代詩人の一人は確かに立原道造である。自意識に徹した所、自意識がついた底には、全ての場合に怒りがある。そう云う怒りは多分に人生的、倫理的であると同時に、メタフィジックでありコスミックである。フリードリッヒ・ニーチェは此の意味で近代の自我が自意識の涯てに宿命されている怒りの最初の偉大な精神である。ニーチェの倫理的怒りは立原道造の中にもあるであろう。立原道造は彼のポエット・コンタムポラン〔同時代の詩人〕中原中也と彼等に先行する詩家高村光太郎と共に、この場所で、ケイレンと感傷を美事につきぬけた比類のない詩人である。——之は序論中でタッチしておいた彼と彼のエピゴーネンたちとを別かつ点の本質にちがいない。

×××

私は私の立原道造を描きすぎたかも知れないし、又描きすぎるであろうかも知れない。しかし私は宣言する、私にはその他の方法には興味がないと。私自身をその中に発見し、あのように偉大であった私の可能性の延長を通じて、詩と人生とを語ることだけが、私を彼の方へ呼ぶのである。〃それが恐らく主題を敷衍によって明らかにする唯一の方法であろう。〔原注1〕〟（ラヴェッソンをベルグソン化したと云う非難に答えたベルグソンの言葉（1））

しかし勿論嘗て偉大な独創が独創のために企てられたことはなかった。ヴィンデルバントの名づけた〝独創的な精神〟は意識してシュトルム・ウント・ドランク〔疾風怒濤〕のなかに自己を展開した。重要なのは自己展開の意識ではない、自己展開の方法を個性的であるように、独創的であるように意識したと云うことである。カントにそのような意識はなかった。カントにとって唯一の問題であった普遍性が、却ってカントを、シュトルム・ウント・ドランクの上に超然としたあの偉大な独創に導いたのである。ヴィンデルバントに待つまでもなく、すべての哲学の歴史はこの鮮かな逆説に貫かれて見えるであろう。

×××

例えばここに立原道造を追求する私のささやかな、或る意味で無謀な企ても、却って客観性を念じる事により、私自身の展開を得るにちがいない。方法はひとつしかなかった。ただ結果が岐れたのである。

あらゆる原稿料はプラスかマイナスの一方にぞくしている。一方は同じことを成るべく長く、一方は同じことをなるべく短かく書かねばならぬ。私のは勿論マイナスである。だから私は急がねばならない。

×××

〝そうして僕は一層深かい北に追われながら、それと同時に単純な激し易い南の清く澄んだ空を前にもまして願うようになったのだ。〟——と立原道造は昭和十三年の〝四季〟に書いている。之は〝風信子〟と云う題の友人にあてた書簡の一節であるが、この興味のある手紙の後の方で彼は、堀辰雄が〝あくまで観念を肉体化する〟即ち〝知性が抒情する〟のに反して、〝僕等は肉体を観念化する〟即ち〝心臓が思考する〟と云っている。之は前に引用した北と南とに対応するものではない。しかし北と南のイマージュが立原道造のなかで大きな形をとり、――それは必らずしもラテン文学とゲルマン文学と云うわけではない――彼の精神の重要なモメントとして働いているように、〝観念の肉体化〟と〝肉体の観念化〟とは彼の方法論の両極である。この二組のテーゼとアンチ・テーゼとは彼の明確に表現したものであり、しかも彼の精神の内部での役割は、論ずべき余地を多分にのこしているのだが、それは後にふれることにして、同じ手紙のなかから、もうひとくみの相剋をとりだそう。それはこうだ。〝僕らは、美しくあれ悲しくあれと表現される世界よりも、もっと愛や幸福が問題となる人生に住みたいとおもふ〟と。之は相剋ではなく明かな判断のように見える。しかしそう見えるだけであって、この場合あの北と南とのように痛切な相剋が残されているのだ。

　私は今〝風信子〟と云う小さな手紙のなかから、実に大きな三組みのテーゼとアンチ・テーゼとを拾いあげた。形式的にジンテーゼを拾いあげることは、例えば彼の作品、詩のなかで容易であるだろう。それはどのようにでも考えられる。が恐らく真実はそんなことのなかにはないのだ。テーゼとアンチ・テーゼとを発見し、ジンテーゼを発見することよりも、止揚の方法が問題であろう！　一体止揚とは何う云うことであるか？

　私は立原道造が提示した之等のテーゼとアンチテーゼとを少しも前進だとは思わない。従ってそう云う相克を抱いたと云うことのために彼を偉大だとは少しも思わない。そんな相克は誰でもがもっているのだ。痛切にもっていながら、解答を回避しているのだ。立原道造の偉大さは解答を追求したことの他にはないであろう。

しかし矛盾の解答を追求すると云うことは何う云うことか？　恐らく一方の拒絶の他にはあるまい。彼は矛盾に明確な表現をあたえた。或いは矛盾を明確に意識した。そうしてその一方を追求したのである。彼は〝北方に住み〟、〝肉体を観念化〟し、〝愛や幸福が問題となる人生〟にひとつの立場を建築した。そしてその建築は無類の堅固さを以て不朽の大地に根ざしている。そのために彼が捨てた南の太陽と観念を肉体化する方法の美しさと最後に〝悲しくあれ美しくあれ〟と表現される世界との、莫大な歓喜と光栄とが、彼の建築の堅固さを保証したのだ。之は決して比喩ではない。彼のすて去ったものの量と彼の建築の堅固さとに、正比例の法則を比較しても、恐らくそのアナロジーはあやまらないのである。

そうしてこう云う建築はパルナッスと云うものの不朽な堅固さを僕等に回想させる。それはあらゆる時代の如何なる窮乏にも混乱にも圧迫にさえも耐えて来た。例えば今日リルケを引き合いに出す人々は多いけれども、リルケの住んだ獨逸には彼自身の貧窮と独裁者の圧迫ばかりではなく、マルキシズムと自然主義と表現主義とがまきおこした思想の反動と便乗との未曾〔有〕の混乱があった。リルケと云う名前は彼の維持したあの孤高の故に、純粋と悲愴との浪漫的感動を呼びおこす。しかし彼の純粋は悪戦苦闘の結果であり、又その悪戦苦闘は到底ジークフリードのそれのように英雄的悲愴美にみちたものではなかった。何よりもただひとつ確かなことは彼の生活にも作品にも一点の甘さもないと云うことである。その意味では彼位浪漫主義の自己陶スイからとおい者はいない。リルケの旅行に漂泊者の魂を見ることは出来ない。獨逸浪漫主義が産んだウィルヘルム・マイスターの末えいたちのように、漂泊――Verwandlung〔変貌〕が主人であると云うことはリルケにはなかった。ノヴァリスにとって、又ティークやブレンターノにとって、彼等の漂泊の究極には青い花(2)があるのだが、究極は無限であり、却って漂泊そのものが青い花に他ならなかった。限定されたもの、固定されたものに対する romantisch Ironie(3) は恐らくここに胚胎したのである。しかしゲーテは限定されたもの、固定されたもののなかに無限を見つめていた。ウィルヘルム・マイスターの象徴的方法はこの点でリルケにちかづく。リルケにあっては漂泊が主人であったのではなく、社会が固定したもの、即ち習慣的なものからの離脱として旅行は意味をもち、それは却って絶対的な空間の建設に奉仕したのである。そこには物があり、物のようになった人間があった。こう云う物と人間との織る風景は、〔die Landschaft als äquivefert für Seelische〕〔魂の風景とひとしい風景〕実に始原的な多様さを以って彼のなかに現出した。

僕等は紹巴や光琳をここに想い描いても不当ではなかろう。我々のパルナシアン〔高踏派〕の最大の智慧は彼等が永遠の空間を却って草庵に見出したとに云うことである。巨大な始皇帝の経営にくらべて我々の茶室が如何に堅固なものであったかと、古典的な回想を今一度ここにくりかえすことも許されるにちがいない。

しかし現代は表出する。〝自分を殺すと云うことが大きな問題だ〟と立原道造は云ったのである。彼の言葉を借りれば〝血統の防衛〟があった。しかし防衛とは戦闘以外のものであり得ない。クロワッセ〔フロベールの城があった地名〕は château〔城〕と云う言葉のもつすべての意味に於て château であった。恐らく必要なのはその堅固さの依って来たる泉に相違ない。フローベルの方法の不用意な解析は泉を見失って来たのである。クロワッセは堅城であった。そうして想像の赴くにまかせるならば、ショパンのマジョルカ島も城砦であったと云えよう。当年のバルザックとスタンダールとメリメとは彼等の生涯の原点にたっていたし、ユーゴーとベルリオーズとウージェーヌ・ドラクロワとは正に未曾有の栄光のなかにあった。パリは天才に事かかず、二十歳のショパンは一八三〇年に、十歳のアントン・ルービンシュタインは一八四〇年に、ヨーロッパの都に彼等の姿を現わした。そうして民衆は激しかった興奮からさめきらずに居たのである。此のような時代はなかった。が此のような時代の紀念を今僕等は如何なる作品の上に辿っているか？　酔っぱらうには此の上もない時代であったが、酔っぱらった作品は半世紀の歴史が無視して了った。恐らくショパンの肉体にとって大きすぎたであろうサンドとのマジョルカ島の一年を、僕等は彼のクロワッセだと考えないわけにいかない。ショパンは、éskisses［esquisseか粗描］からOp.28の二四曲を完成した。そうしてその二四曲はピアノ音楽が登りつめた絶峰である。だからショパンは驚く可き戦いを戦い抜いたに相違ないのだ。

　アルフレッド・コルトー［（一八七七－一九六二）フランスのピアニスト］の言葉を借用すれば、あの二十四曲は殆ど交互に絶望や怒りであるか、或いは乙女の願いや歌の翼かである。もっと別の言葉で云えば前奏曲にはOp.10・No.3のショパンとOp .10・No.12のショパンが交互にあらわれる。それはあの偉大なへ短調幻想曲やスケルツォとバラードとの一部に、雄大に高貴に綜合されるものだが、尚この前奏曲の各小曲は異常な光輝を以て音楽史そのなかにきらめいているのである。或るものは限りない郷愁を、或るものは真に宇宙的な怒りを、高らかにうたう。尖鋭ではるかな視線が、時間を見抜き、それを解体し、それを再構成をした。今仮にOp.10のNo.3とNo.12とで代表させた二様のショパンに僕等はいささかの矛楯も感じることが出来ないであろう。

そうしてこの点で僕らは再び文学へ戻らねばならぬ。立原道造の出現は脈絡もなく何故か僕にショパンを想わせるのだが、僕はガブリエル・フォーレと共にこの偉大なフランスの歌い手を彼の詩の極言に考える。何時でも文学の極限に文学のあった例はないのである。

立原道造はうたった[4]。近代は表出すると先に書いたが、迂回した僕は再びその点に戻る。

〔原注1〕 岩波文庫　ラヴェッソン〝習慣論〟P.76

同様のことはヴァレリーにもある。白水社〝ヴァリエテⅡ〟P.29

さて之は又デカルトの方法に通じるのであろう。(〝方法叙説〟P.8)

小林秀雄の〝テスト氏〟改訳の序を見るとデカルトの言葉を論じている。要するにラヴェッソンもヴァレリーも恣意的主観をふりまわしているのではないと云うことが此の際一番大切だし、又明白な点でもある。アラン曰く〝何故ならプラトンがわかると云うだけなら大したことではない云々〟(〝文学語録〟P.3. the last line 〔最後の行〕) つまり之は思考のメトーデだ。

(1) ベルクソン『フェリックス・ラヴェッソン‐モリアン氏の生涯と業績についての報告』(一九〇四)。

(2) 『青い花』とはノヴァーリスの小説「ハインリヒ・フォン・オフターディンゲン」の訳名であり、無限へのあこがれのシンボル。

(3) ロマンティック・イロニーとは、フリードリヒ・シュレーゲルにはじまるロマン主義の中核にある創造意識。

(4) 加藤は「青春ノート」Ⅴ「人物記」にも「立原道造は詩《うた》うことが出来た」と書く(本書一〇六ページ)。

ノートⅦ

（1940年5月～1941年5月）

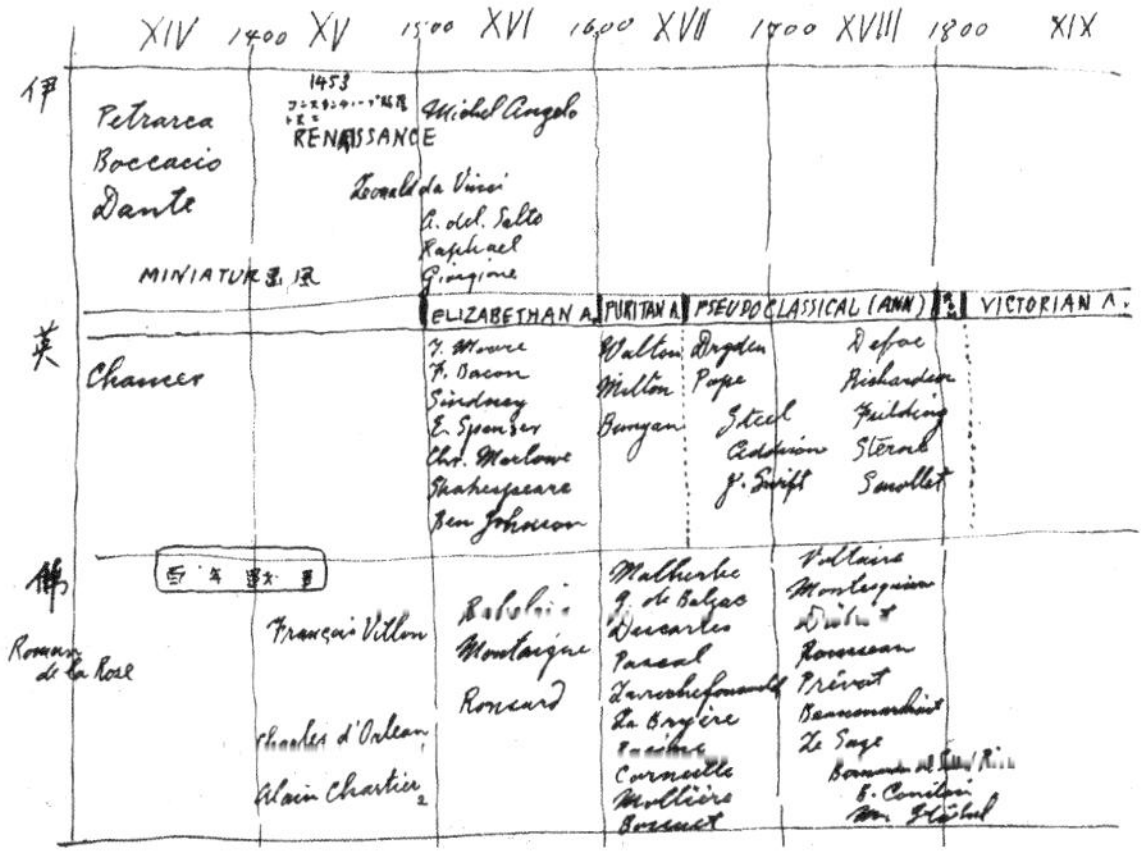

ノートⅦ、年表（部分）

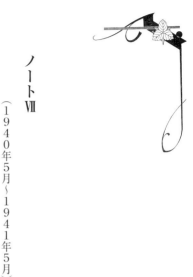

音楽会の断想

クロイツァーのピアノ独奏会へ行ったら、学生が多勢いた。幕があいたらクロイツァーの代りに、亦学生が多勢出て来て、戦没将士に黙祷をするから皆さん起立して下さいと云う。どうも可笑しいと思ったが、起って首を下げていたら、「直れ」とさっきの学生が怒鳴った。あわてて首を上げ、腰かけて、プログラムをよく見ると、早稲田音楽同好会主催と書いてある。それで合点が行った。学生の見物に多いわけも、舞台にどやどや出て来て中の一人が怒鳴り出す趣向も、頗る素直で、学生らしくて成程と了解されたのである。勿論素直さが野卑でないことはあまりない。

しかし早稲田の学生なぞは野卑だろうと高尚だろうと構わぬ。そんなことは早稲田の学生と父兄と教師との問題だが、私は一般にクロイツァー教授の聴衆の性質と云うものを考えた。そうしてヨーロッパの聴衆と日本の聴衆とのちがいを考えた。日本人にはピアノがひけない、第一家にピアノなぞはない、又仮にあったとして弾く人がいるとしてもその多くは上流か中流階級のお嬢さんたちである。そのためにはお嬢さん芸と云う名前がわざわざついている位のものだ。ピアノを弾くのではない、弾く練習をするのである。練習をしなければ無論ピアノは弾けない。しかし練習と弾くのとは丸でちがう。そうして日本には練習する人はいても、弾く人はいない。

と云うような事情は実に大変なことである。何もクロイツァー教授に気の毒だなどと云うことではない。のみならず日本文化のためにピアノを弾く人の数が非常に少いのは残念だと云うことでもない。問題は、にも拘らずクロイツァー教授ピアノ独奏会は今日、日本の知識階級にとって唯一と云ってもよい程重要な音楽会だと云うことである。西洋人が西洋の音楽を演奏する。日本人がそれをきく。しかも日本人の大部分にとってそれが最高の音楽であると云うのは大変なことである。最高の音楽と云うのは勿論一番面白い、一番感動する音楽だと云う以外の意味ではない。

何故に最高であるかと云えば、クロイツァー教授はよく日本で演奏会をひらく人の中で一番上手だからである。又我々がピアノ音楽を、例えばショパンを愛するからである。しかし我々はピアノを弾かない。我々がショパンを愛するのは、フランス人がショパンを愛するのとはちがう。恐らく我々の祖先が箏や三味線を愛したのともちがう。それは遥かに浅い、遥かに彼等に及ばぬはずのものだ。

ジョルジュ・デュアメルは大戦当時の病院を舞台にした彼の「殉教者の生活」と云う作品の中で、ひとりの反抗的な捕虜と軍医との間に軍医の第三シムフォニーの口笛が架橋したと云うエピソードを語っている。二人の敵国人の間のアビーム〔超えがたい溝〕すら一瞬の間見事にカヴァー出来る音楽と云うものは、恐らくパブリック・ホールで外国人が演奏した外国の曲ではなかろう。ベートーヴェンは汎ヨーロッパ的であるにちがいない。しかしそれと同程度に汎世界的ではない。バッハがフランクを産んだと云われるように、ベートーヴェンが諸井三郎を産んだと云えるであろうか？

僕は箏よりもピアノがききたい。そうして僕はそう云う傾向を少しもくやまぬ。如何に浅薄な理解ではあっても、ひとつの芸術が僕等を招ぶとき、僕等は悔んだりしないであろう。よしそれが不幸であっても、理由は簡単なものでもなければ、簡単に中止など出来るはずのものではないからだ。文化は世界的でなければならぬ。世界は日本から、アジアへ、アジアから地球へ拡がる。今日僕等の哲学する場合カントやヘーゲルの名をどんなに生々と感じることか！　そうして僕等の偉大なコンタンポラン西田幾多郎(1)は、正にフランクがバッハの子であるように、カントやヘーゲルや又デカルトとライプニッツの子孫であろう。

デカルト選集は近来よく売れる本のひとつだそうだが、僕はそう云う読者を信じている。インフレーションの結果景気のよい方々が机上の装飾に買う場合も多かろうと云う人がある。しかしそう云う方々がデカルトを装飾にするならば、実に素晴しい事柄である。少くとも映画女優の写真を装飾にする連中のなかからよりは、デカルト選集を装飾にする連中のなかからの方が、文化は産れ易いであろう。より精確に云えばそう云う連中を通じてでなければ、文化は産れないにちがいない。

日本には嘗てワグネルとフェノロサとラフカディオ・ハーンとが必要であった。僕等の祖父たちは彼等を通じて資本主義と美術史と文学との近代に接する他はなかった〔原注1〕。そしてブルーノー・タウトは今も必要であり、レオニード・クロイツァーは今も必要である。

文化にとって個性的であると云うことは、個物的であると云うことではない。却って普遍的であると云うことである。レエモン・ラディゲは書いている。近頃の新人は個性的であろうと努力しすぎる。平凡だけが目的だろうにと。之は処世術などと云うケチなからくりではない。個性のためでもなく、社会のためでもなく、ただ文学のために書くと云うことがラディゲを個性的にしたのである。個性のために書いたら今日彼の本など残っているはずもないのだ。

その日クロイツァーはドビュッシーの「幸福な島」〔今日では「喜びの島」〕を弾いた。「幸福な島」は余り正確な訳とは思われないが、とにかくこの表題は象徴的である。何処でも良い「地球のそとへ」と云う言葉の象徴とそれはつながっている。音楽はエキゾティックな感情に富んでいるが、それは又十九世紀末のエキゾティズムにつながっている。このつながりは恐らくクロード・ドビュッシーの時代的環境を明かにするものだ。例えばドビュッシーの住んだ思想のクリマを、マラルメとピェル・ロチとを以て特徴づけることが出来よう。（ドビュッシーはゾラよりもより多くロチの中に住んだにちがいない。）彼等はそれぞれ抽象的乃至は具体的空間に彼等のエキゾティシズムを構想した、と云って悪ければ、マラルメは時間的エキゾティシズムを体現していた、或いはエキゾティシズムを通り過ぎて「地球のそとに」生きていた。地球のそとに生きると云うことは地球の上で超越的に在ると云う意味に於て。ロチは航海したがマラルメはパリに居た。芸術至上主義はエキゾシズムの後に来る。十九世紀の仏蘭西の精神は一度エキゾティシズムを通過したと云えるのである。

　草莽の時代に住む僕等はエキゾティシズムの手前に居る。僕等のショパンを愛するのは、ゴンクールの広重を愛するが如きものではない。（一五・五・三）〔一九四〇年五月三日〕

〔ノート上部〕

Pierre Loti〔ピエール・ロチ〕 1850–1923

Stéphane Mallarmé〔ステファヌ・マラルメ〕 1842–1898

Claude Debussy〔クロード・ドビュッシー〕[2] 1862–1918

l'aprèsmidi d'un faune〔『牧神の午後』〕 1892

Pelléas et Mélisande〔ペレアスとメリザンド〕1902[(3)]

〔原註1〕　のみならず明治の大思想家は、岡倉天心も内村鑑三も英語でものを書いたのだ。トルストイの主人公たちのように、西園寺公望が、彼の計画をフランス語で考えたと云うことも、必ずしもなかったとは限られない。

（1）　西田幾多郎（一八七〇－一九四五）は西欧で発展した哲学を学び、日本で初めて独自に展開したといわれる。西田がデカルト以後の西欧近代哲学、カントから二十世紀にいたるドイツ哲学を逸脱せずに理解して思索をすすめたと当時の加藤は考えたのだろう。加藤は後年『序説』下巻において、西田の文体に着目している。加藤によれば、西田は禅から出発して、世界の存在論的構造を語ろうとし、最初の著作『善の研究』の基礎的な概念は、「純粋経験」である。鈴木大拙は西田哲学を、禅の体験の理論化されたものとさえ考えていた。西田はその哲学を叙述するのに独特の日本語の文体を作りだした。その文体の特徴は、短文の積み重ねであり、それぞれの短文は単純に論理的でなく、論理的＝心理的な文体である。西田が発明した文体は、日本語による哲学的思索の道具として、両大戦間期の知識人に多くの追随者を出した。この追随者たちの文体が、加藤が戦後『一九四六　文学的考察』において、厳しく非難した京都学派の文体である。

（2）　ドビュッシーが《牧神の午後への前奏曲》を作曲したのは一八九二年から一八九四年頃とされる。

（3）　《ペレアスとメリザンド》はドビュッシー作曲のオペラであり、一九〇二年に初演された。

覚書[1]

I

横光利一氏[2]の新しい小説、「旅愁[3]」をよんで、様々のことを考えた。

この小説の舞台はヨーロッパで、人物はそこにいる、或いはそこを旅行している日本人だ。所でその日本人が皆、ヨーロッパに来てみなければわからぬと云う感想をしきりに洩している。しかしこう云う感想は何も眼新しいものではない。ヨーロッパに行って来た人間は誰でもそう云う、ヨーロッパばかりではない支那へ行って来た人間も同じようなことを口走る。のみならずどろぼうはどろぼうをしてみなければこの気持ちはわかるめえと云うであろう。要するに経験と云うものは、こう云うものであって、この気持ちはわかるめえとは、同じ経験は絶対にひとつしかあり得ぬと云う至極当り前な実感を表明しているに過ぎない。然るに文学は経験ではない。この気持ちは解るめえ等と横光氏が云っている限り、それは横光氏の経験から来る実感ではあろうが、文学でもなんでもないが、そう云う実感を告白している横光利一氏には興味を持たざるを得ないのである。文学でもなんでもない。

元来この小説には丸で時間と云うものがない。出てくる人物は筋をはこんでいるが、そのすじのなかで何ひとつ覚えもしなければ、忘れもしないのだ。要するに彼等の像には流れた時間がその影を落して来ない。読者は主人公の中に、ヨーロッパへ着いたときから、小説のおわりで何ヶ月もたったときまで、安心して汽車の切符が買えるようになった位の変化しか認めることが出来ない。彼等は同じように議論する、彼等は終始一貫して同じように東洋主義者か、西洋主義者かである。

そうして横光氏の思想はこの東洋と西洋とを両極として回転している。所がその軸は怪しい。横光氏の抽象した東洋と西洋とは横光氏の実感とは丸で別なものである。それならば何か？　誰でもが落ちこんで来て、横光氏が今又簡単に落ちこんだ、錯覚にすぎない。そう云う錯覚に救けを求める所に横光氏の実感が横わっているのであって、小説の混乱は恐らくこの辺に胚胎している(4)。

ヨーロッパへ行ってみた。ヨーロッパは先生である。と同時に敵である。之は明白な事実であって、そんなことは行かなくても解って居る。横光氏は行ってみてそれに感動しただけだ。解って居る場所を、感動が充たしたのである。それを聡明な横光氏ははっきりと感じている。それが氏の実感に他ならない。しかもその実感は分析の手に負えぬ代物なのだ。従って横光氏は氏の思想のなかでこの実感から絶えず復讐されている(5)。

現実は横光氏の力では変わらない。日本の知識階級は氏と共にパリに学んでいる。従ってパリに憧れている。のみならずパリに行ってみれば、パリっ子の洋服は江戸っ子の洋服より立派なことが確実に判明する。（そこでくやしいと云っても、うらやましいと云っても大した問題ではなかろうと思う。）しかももうひとつ確実な事態は、彼等が我々を軽蔑すると云うことである。彼等が我々の敵だと云うことである。それならば敵よりも強くなる他にみちはなかろうが、すでに洋服の一件に判明したごとく、現実は横光氏の力では変わらない。

問題ははじめから手元にある。

横光氏の穴は氏の比較的方法に、或いは対照的方法にある。

比較に徹するとすれば、我々がヨーロッパの上に出たとき、我々は止まることは出来まい。我々は次々に我々の上にある我々の外部を発見するであろう。

文学の問題は永遠であらねばならない。我々は我々自身の上に出ると云う途以外に、その途を見出さないであろう。古来思想家と云う思想家は自らを問題として来たのである。

Ⅱ

老いたる井原西鶴は彼の最後の小説〔万の文反古〕を書簡体で書いていた。彼はそう云う形式のなかに、新鮮さを確信していたにちがいない。一七二一年、モンテスキューがLettres Persares〔『ペルシア人の手紙』〕に試みた同じ形式が、つづく一世紀の間全ヨーロッパを風びするであろうと云うことさえ、彼は予感していたかも知れない。西鶴の後裔は彼を襲《つ》がなかったけれども、恐らく予感と云うものは世界史の彼方から天来する。彼自身それを意識してはいなかった。しかしその予感は彼を激励していた。

彼は激励されねばならなかったのだ。ジャーナリズムは如何に厳しくこの偉大な反抗児を束縛して来たことであろう。彼は彼の好色物が全知識階級の無視を冒して民衆の中に凱歌を奏するのを見た。しかし民衆とは一体何であろう？と老芸術家は考える。考えながら彼の世間智が磨いた細い眼をあげる。眼の中には何ものも映らない。彼は自ら創造した彼のドン・ファンを想出す。彼の世間を、義理を、人情を、――要するに彼と彼の民衆とのすべてを無視して、とおく女護ヶ島に去った世之助をまざまざと想出す。そうして彼自身の芸術、世之助は、次第に大きな像となり、ジャーナリズムが彼に課した形式を脱し、女護ヶ島に背徳のすべてを負って傲然とたちはだかっている。民衆？　背徳？　しかしそれらが一体何ものであろうか？――老いたる西鶴は「世間」にみがかれた彼の細い眼を閉じた。

しかし彼の眼は再び開かれなければならない。何を見るために？――否、見るものは人生の他にはない。倦怠にみちた人生を再び凝視した西鶴の眼は、そのときにひとつの形式を発見していた。彼は書いていた、「文反古《ふみほうぐ》」を。彼は倦怠にみちた世界を、解体し、構成する最後の努力の後ろに、何かしら強大な激励を感じていた。

Ⅲ

友人Sにあたえる手紙

校友会雑誌を有難う。「季節に就いて」を面白くよみました。中村真一郎が云う新しい精神的世代の期待に、即ちポエジーやロマンやエッセエの正統を守ろうと云う期待に、君は今度の作品で立派に応えた。それが本来、défence〔擁護〕と云うより、むしろ新な différenciation〔差異化・差別化〕であるかどうかそれはしばらく問わないとしても。

とにかく随筆家はモラリストではなかった。そうして僕等の近代は、モラリストを必要とする。美事な諦観のなかに、細緻優雅なレトリックを駆使した僕等の祖先よりも、あのペダンチックな、彼自身の醜態にみち、しかし完全に自覚していたモラリスト〔モンテーニュか〕、――十六世紀の異国人のエッセエ一巻を、僕等は限りない共感をもってよんでいる。
吉田弦二郎〔（一八八六―一九五六）小説家〕の自然や吉村冬彦〔寺田寅彦の筆名〕の思いつきと俳味、――そう云う総てのものへ、はっきりと決別を宣告する人々の中に、君を見出すのはたのしい。どうせ進歩等と云うものはない。それならば退歩もなかろう。僕等は"autres choses"〔別なこと〕をやるのに遠慮することはない。

（この覚書は七月の野比の海岸で、殆ど一日一冊ずつ本を読みながら、書いたと云うこと。）

（1）この「覚書」はⅥまで書かれていたが、割愛する。
（2）横光利一（一八九八―一九四七）について加藤は『序説』上巻に「彼はおそらく翻訳の西洋文学と同時代の（または近代の）日本文学のみによって養われた最初の小説家」と書く。
（3）一九三七―四六年にかけて発表、未完。加藤によればこの作品は短いヨーロッパ旅行（一九三六年）の後に執筆した東西文明を比較する哲学的な―と横光自身信じた小説。
（4）『羊の歌』「縮図」には一高の講演に招かれた横光と加藤たちの激しい論争が描かれる。そこで議論されたのが「西洋の物質文明」および「東洋の精神文明」であったという。この事情は前掲『加藤周一はいかにして…』に詳しい。中村真一郎は、横光が大学入学決定したばかりの文学者志望の青年であった中村に対して示した好意についてふれながらも、「やがて『旅愁』がはじまるに及び、私はそのなかの非合理な日本主義について行けなくなり、一高国文学会の座談会に招いた席上で、加藤周一や白井健三郎と共に猛烈な攻撃を加え、横光さんは憤然として帽子を忘れたまま帰って行った。しかし、戦争が終って、雑誌「人間」が創刊されると、横光さんは真先に編集長の木村徳三氏に新作家として私を推薦してくれた」と回想する（『私の履歴書』ふらんす堂、一九九七）。

純粋の一句を繞《めぐ》りて

Le mot : grand poète, ne veut rien dire : c'est être un pure poète, qui importe...——La porte Etroite, p.128（一）

それは前代の流行に属するかもしれない。例えば純粋映画、純粋絵画、純粋法学、純粋経済学、そして純粋体験と純粋詩…之等のおびただしい言葉は相ついで現れ、口から口に叫れ、今日は又相ついで影を潜めたと云えよう。しかしそれは「相次ぐ」ものに限られた話だ。流行に関する限りの話だ。文化のあらゆる分化を襲ったこの流行は、流行でなくなると同時に、各分野の中で、消化され、本質的な問題に転換されて行った。或いは行くにちがいない。

のみならず「前代」とは歴史の時代のなかで、特殊な時代である。其処に我々は居たのであり、しかも今は其処にいないのである。それは我々の現在を直接に規定するものであると同時に、確かに又過去に属するものである。我々が反省によって捉え得る現代とは実は前代に他ならない。現代——或いは歴史の現在の本質が反省的思弁的秩序の中にはなく、却って行動的感性的秩序の中にあると云う有名な事実を想出せば、この間の事情は自ら明かである。こうして「前代」と云うものが、我々の中に延長し得る可能性は大きい。前代の流行とは、現代の流行と云うのと同じことなのだ。

歴史は繰返えすと云われる。決して繰返しはしないであろうが、ヨーロッパ戦争はもう一度はじまった。そして純粋と云う観念が前のヨーロッパ戦争の直後に、人々を捉えたと云うことは事実である。今それを語りたいと願うのは偶然ではないかもしれない。しかし又偶然であるかもしれない。要するに本当はどうでもよいことだ。どうでもよくないことは、先に前代と云ったが、つまり前のヨーロッパ戦争の直後に、人々の感じた危機が現代にとって偶然的なものではないと云うことである。我々は第二の戦争とそれに伴う大掛りな価値転換の進行の中で、もう一度危機を痛感する機会を得たと云うだけのことである。……

そしてそう云う価値転換が、政治的にのみではなく、文化のあらゆる分野に於て、進行しつつあると云うこと、文化の危機とはその事態そのものに他ならぬこと、のみならず危機は決して政治によって外部からあたえられたものではなく、文化自体の内部的必然であることを、先ず指摘したい。私は之を指摘するにとどめる。実感は言葉にはならない。危機とは実感である。そしてどうでもよいことは、すべて偶然的であり、どうでもよくないことは、すべて必然的である。歴史の法則は恐らくその他にはないであろう。我々は我々の危機意識が、単に例えば政治的変動の所与ではないことを明かにしさえすればいい。政治的変動の激しさから云えば大革命後七月革命に至る間の仏蘭西の社会は現代に匹敵するにちがいない。しかし文化にとってそれは偶然的な事態であった。例えばスタンダールにとって、王党と皇帝派とレピュブリカン〔共和派〕との、相剋も又運命の溜息も、ひとつのタブローに他ならなかったはずだ。彼にとってはブルジョアジーの運命などはどうでもよかった。ただミラノで識った美人たちと騎兵将校たちとの、征服時代のひとつのアトモスフェール、ひとつの華麗なドラマが懐しかっただけである。彼の描いた「現代」と云うタブローの中には彼はいなかった。彼はそのタブローに後代を期待したのである。期待の誤またなかったことは人の知るとおりである。

スタンダールと彼の時代の芸術家にとって、「現代」の否定は「未来」の期待に他ならず、否定は軽蔑と同義語であった！　そして今日、我々はヴァレリーの否定が、世にも痛切な悲歌であることを見ないわけには行かない。今日「進歩」を信じるものが何処にいようか？　それならば「後代」を信じるとはそもそも何ごとであろう？　単なる時間の発見するものは単なる偶然でしかない。古典が栄冠のなかに輝いていた時は、歴史のなかに進歩が、即ち一定の秩序が支配していると信ぜられていた時だ。ヴァレリーの否定が悲歌であるのは、ニーチェの否定が怒りであるのに等しい。ドン・キホーテの怒号にはじまった時代の黄昏は、ハムレットの悲劇のなかに終るのかも知れぬ。それならば終幕には、最後の華を期待する他に、他人に何の望みがあろう？

最近のヴァレリーは書いている、

「併し今日の芸術家たちが過去を回顧して、云々」〔原注1〕（ドガに就いて一七一頁より一七二頁）

此の思想は晩年のヴァレリーに特有である。「ドガに就いて」のみならず「ヴァリエテ」四巻は巻を追うて、次第に彼の眼がレオナルド・ダヴィンチ方法叙説の内面から時代へ転じていくのを鮮かに示している。

〔ページ上部〕
reinigen〔浄化する〕／Reinigung〔浄化〕／ケルゼンの純粋法学(2)／Henri Brémond〔アンリ・ブレモン（一八六五－一九三三）フラ

ンスの宗教、文学研究家〕／Bradley〔ブラッドリー〕／Valéry／現象学序説／〔絶対概念／極限概念〕／〔ジャンルの合流的傾向／ワグナー／ジャンルの分化的傾向〕／抒情詩と小説

芸術の危キ意識↓形式感の鋭くなること↓ジャンルの分化

l'art pour l'art(3)〔芸術のための芸術〕は純粋文学或いは純粋芸術の運動である。それは社会や人生から芸術の最初の袂別であり、又一方19世紀の文化の危機が外部的なものであった証コである。危キ意識が文化自体の中で考えられるとき l'art pour l'art は poésie pour poésie〔ポエジーのためのポエジー〕となった。

芥川龍之介はヴァレリーのように、意識的であった我国の唯一の作家である。例えば彼は数学と作家との関係を論じている。又形式と内容とに就いて彼の書いた文章を、ヴァレリーの術語に就いて（ドガ・ダンス・デッサン〔原註1を参照〕）に比較してみるとよい。明澄を愛し、芸術的活動のなかで意識的であったと云う点で、如何に彼等が相似した型の精神であったかをはっきりと読むことが出来る。画法に関し偶然の効果を拒否している点もこの間の事情を説明するに足りる。そして彼の歌・句・及び詩は、周到に設計され、しかもその設計を明りょうに意識したと云う点で、類いまれな作品である。

芸術のための芸術と云う言葉は、彼の危機意識の表現として既に彼の中に生きていた。それは勿論対社会の意識の下にはなりたっていなかったけれども、そして周知のごとく対人生と云う形で意識さ

れていたのであるけれども、極度にセン細な文化人であった彼の人生に対するマニエールは、セン細であるが故に壊れ易く、その壊れ易さこそは彼の鋭くも見抜いた所であり、又同時に大正と云う時代の壊れ易さにも他ならなかったのである。

極限概念は我国の芸術の世界に、芥川龍之介を通じてはじめてあらわれたと云うことが出来る。そしてその出生の運命は、テオフィール・ゴーチエに於けるよりもヴァレリーにちかい。

〔原注1〕 *Degas Danse Dessin*, Librairie Gallimard, Paris, 1938, 吉田健一訳〔ヴァレリー『ドガに就いて——造形美術』吉田健一訳、筑摩書房、一九四〇のことか〕

〔原注2〕 Duhamel: Géographie cordiale (de l'Europe) Mercure de France,1931 un récit et un essai〔ジョルジュ・デュアメルの著書名と書誌情報。ノートに註のみあり、本文該当箇所は不明〕

（1）アンドレ・ジッド『狭き門』の一節。「大詩人なんて言葉は、およそ意味のないものね。人切なのは、純粋な詩人であること…」（川口篤訳）。

（2）ハンス・ケルゼン（一八八一—一九七三）はオーストリアの法学者、純粋法学を提唱。尾高朝雄、清宮四郎、横田喜三郎など、当時の代表的な公法学者の多くはケルゼンから大きな影響を受けた（小池正行「思想家としてのケルゼン」、ハンス・ケルゼン『プラトニック・ラヴ』長尾龍一訳、木鐸社、一九七九）。

（3）l'art pour l'art「芸術のための芸術」とはゴーチエ（一八一一—七二）が提唱した概念である。「ほんとうに美しいものは、役に立たないものだけ」「芸術は我々にとって手段ではなく目的である」と小説『モーパン嬢』とその序文において主張し、芸術の功利性を排し、その自律性を求めた（饗庭孝男他著『新版　フランス文学史』白水社、一九九二）。

ジョルオジュ・ガボリイの詩集「女たちだけのための詩」から。

〔Georges Gabory: *Poésies pour Dames Seules*, n.r.f., 1922 より、“VÉNUS ET NARCISSE A ANDRÉ SALMON” I, V, XVII および “MADRIGAL” の四編の抜き書き、加藤の試訳が書かれるが、割愛する。〕

一九四〇年師走

山崎剛太郎(1)はこの詩集を、師走の銀座で、僕に手渡した。そうして喫茶店の一隅に、洩れてくるバッハの音楽と、時代を論じる僕の言葉とに、等分の注意を払いながら、凡ゆる時代的困難を目《モク》して、それは関東大震災のようなものだと云った。僕は無論承知しなかったが、僕も又凡ゆる歴史の騒乱の中に、「孤独な女たちのための詩」を愛することに於て、敢えて人後に落ちるものではない。訳して以って愛情の記録《シルシ》とする所以である。

〔“VÉNUS ET NARCISSE A ANDRÉ SA LMON” III, VII, VIII および “SOUVENIR” の四編の抜き書きおよび加藤の試訳が書かれるが、割愛する。〕

僕は僕のガボリイ訳詩集に今この四編を加える。そしてはじめの四編が東京の師走の夜を記念するように、この四編が野比の海岸を記念するようにと念じる。

紅毛の大詩人は嘗て海辺に、可能性に充てる無為《ロアズィヴテ・プラン・ドゥ・プウヴォアル》をうたった。(2) 東海の空気も又可能性に充ちていないわけではなかろうが、惜しいことに人生は可能性《ポスィビリテ》に依ってではなく確率《プロバビリテ》に依って進行するものだ。そして人心の虚偽と愚劣とは、常に清純と聡明とよりも、起り易いのである。この間にあってひとり僕の可能性に翼をあたえたのは、ガボリイの詩集であった。それはどこまでとんだか？　どこまでとんだにせよ所詮船来の翼は異国の空に行き迷う他はなかったと思われる。——僕の翻訳はその迷い子の悲しい足どりにすぎないであろう。□□一二月二十三—

ジョルジュ・ガボリイを紹介し、——紹介はもうすんだかも知れないが、——批判し、且つ又之に讃仰軽蔑の何れを加えることも僕の任ではない。僕はただ彼の小さな詩集に、或いはその詩集に感じられた巴里に、少女のような憧れをもつにすぎない。勿論巴里へ行ったことのない僕は、滞欧実に数ヶ月乃至数十年に及んだと云う、世の仏蘭西通、卅の巴里通の方々にくらべて、一体何を知るところがあろう。断るまでもなく僕は何も知らない。併し断るまでもなく僕はそう云う方々の博識に学ばないのだ。どうせ学ぶなら生れたときからのパリジャン例えばガボリイに学ぶに若くはあるまい。とまあ□□僕はガボリイの一巻を携え之が巴里だと盲信している。頑固なものだ。

しかしいくら頑固でも、巴里が陥落すれば仕様がない。(3)巴里の下宿屋のばあさん又は娘に知合のあろうはずもない僕は、或る春の宵、ガボリイに腕を貸したと云う美神《ミューズ》の安否を、彼女等の安否を気づかう代りに、気づかうのである。しかも安否を気づかうのはそればかりではない、ガボリイを待っていたと云うリュクサンブールの森の女神やフォーブールの花売娘、それから雪の降る街角に佇ちつくし、昔そこに首をくくって死んだ「哀しきオーレリーの恋人」に、哀悼の意を捧げている詩人の姿…

詩人はもうとっくに巴里を去っているかも知れない。しかし独逸軍は彼を招くにマリイ・ロオランサンの扇を以てしはしないであろう。あの扇は恐らく永久になくなって了ったのである。あの扇の機智も優雅も無意味さも、又あの扇を生んだ巴里と云う都会の空気〔原注1〕もその空気に就いて語るのは再び僕の任ではないが、ただその空気の中には、カトリック精神もマルキシスムも、愛国主義もデカダンスも、ダダもシュールも古典派も、——と云ったあんばいに無学文盲な僕なぞがその百分之一の名前さえ知らぬ精神と思想と感情とのあらゆる様式が同時に呼吸し、少しも乱れぬ体の類いまれな抱擁力、或いは却って創造力があったことだけはたしかである。（我がガボリイの詩は恐らくその空気が或る六月の朝、街の並樹に生みおとした露のひとつであって、例えばエチオピアの太陽はそんなものを忽ち蒸発させて了うのである。）

　しかしこんなことは皆ぜいたくのあげくの果てなのだ。恐らく貧乏な僕なんぞは想像もつかない程なぜいたくなのであって、そう云うぜいたくは到底十年や二十年で出来あがるものではない。巴里のぜいたくたるやルネッサンス以来、ヨーロッパの世界的文明が、数世紀を投じてこしらえあげたものだ。その文明を僕らは知っている。或いは少くとも知っていると思っている。そして図式的に云えば古代文明の中世的否定であり、ヘレニズムのヘブライズムをとおしての復活が、その出発に際して、恐らくこの文明の運命を規定したのだ。フィレンツェの市民たちが、彼等の残忍な支配階級から、民衆の自由と平等を戦いとって以来、どんなに多くのものをそれは産み出して来たことか！　恐らく自由と平等とは嘗てない多産の文明をつくり出した。

　高度の文明とは甚だ不正確な言葉であるが、借りに人間精神の所産の実証的豊かさを以って、之を測るならば、ルネッサンス以来の世界史は、嘗てない速さで、人間の平等と自由との上に、驚く程高度な文明を、創造し続けて来たのである。

古代も中世もそれには及ばない。が、もとより、進歩とはどう云うことかわからぬことであって見れば、このような近代を指して進歩とよんでも仕方がない。その文明はそれは自身を目標にしたかのように見える。しかも進歩とは何か至上の目的その他に要請する執念だ。価値の秩序は沢山ある。そして古代と中世と近世との各々の秩序は相容れない。しかもそのすべてを蔽う秩序などはないのである。例えば中世的秩序を以ってすれば、第一進歩等と云うことが、此の世にあるはずもないのであろう。しかしとにかくこの多産の文明は数世紀の間に途方もないその産物で世界を充たし、巴里のぜいたくはその豊かさに他ならず、巴里と云う都会の空気は、こう云うぜいたくの環境に他ならぬ。

しかし一日にして成らぬローマは、一日にして壊すことが出来る。独逸軍の早業はそれをやった。そしてその早業と共に巴里を失った老ヴァレリーが既に夙やく十九年に、喋った言葉を、僕等は当時想出さないわけには行かなかった。

しかし、フィレンツェより巴里に至る文化の運命を語ることは、僕の任ではないと、もう一度断らねばならない。僕はガボリイの巴里に憧れを感じたと云ったが、同時に僕はその巴里のすでに過去にあることを、つよく感じた。僕はただその感じから、哀悼の意を表するにすぎない。哀悼の意を以って、巴里の滅びた一九四〇年にこの貧弱な訳詞をささげるにすぎない。そんなことは無駄だと云うか？　しかし過去に対しては哀悼の意を表する以外に何をなし得よう？

〔原注1〕　ノートⅧ　一九四一年「その余波たるやとおく山岸に及んで……必要なことも之だけである」

ジョルオジュ・ガボリイの詩集「女たちだけのための詩」から。

(1) 山崎剛太郎(一九一七―)はマチネ・ポエティク同人、詩人。著書に『薔薇物語』(雪華社、一九八五)、『薔薇の晩鐘　付・落日周辺』(春秋社、二〇一七)などがある。一九三八年に発表した小説「薔薇物語」を立原道造に賞讃される。加藤による「山崎剛太郎の脱出」(『自選集』第七巻)に詳しい。

(2) ヴァレリー「海辺の墓地」の一節。« Oisiveté, mais pleine de pouvoir, »「能力あふれる無為」(安藤元雄訳)。

(3) 一九四〇年六月十四日、ドイツ軍が無血入城し、パリは陥落した。

ノートⅧ

（1941年5月～1942年4月）

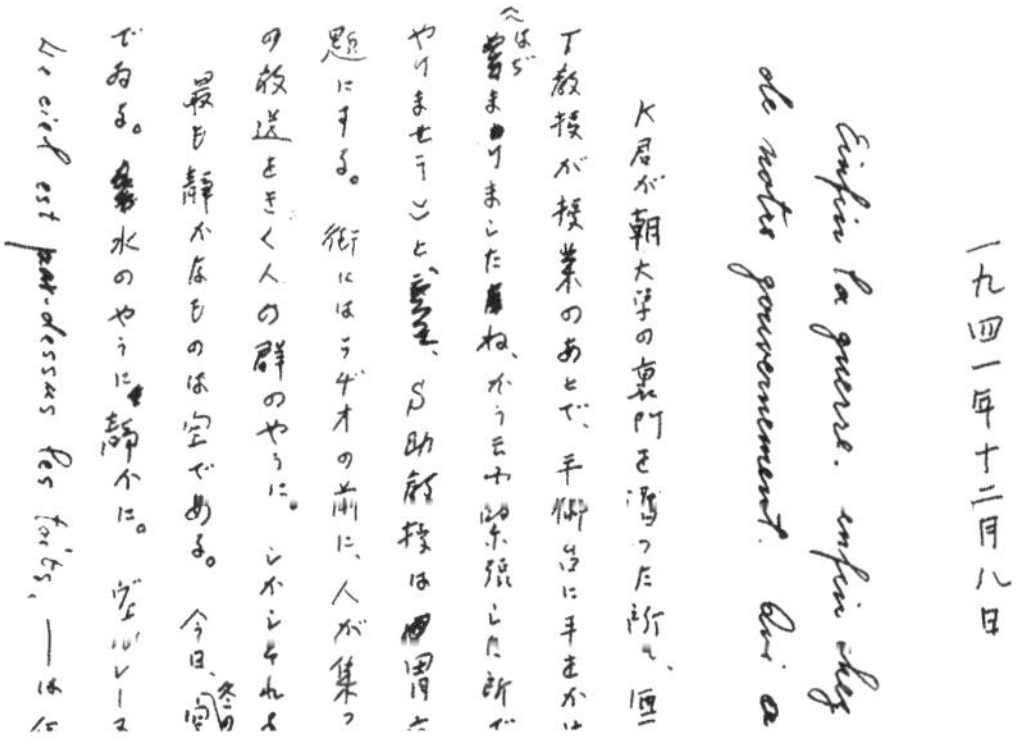

一九四一年十二月八日

Enfin la guerre. enfin chez

de notre gouvernement. Qui a

K君が朝大学の裏門を潜った所で、

T教授が授業のあとで、

やりませう

題にする。

の放送をきく人の群のやうに。

しかしそれと最も静かなものは空である。

である。水のやうに静かに。

Le ciel est par-dessus les toits, —

ノートⅧ、日記の冒頭部分

一九四一年

一九四一年は巴里陥落の翌年として後代に記憶されるであろう。若しロンドンがこの年のうちに落ちぬとすれば、パリ陥落に較らべられる大事件はその他にないだろうし、又ロンドンは多分落ちないだろうから。政治的には、例えばアメリカの参戦がフランスの敗戦に比較するかも知れないが、文化史的には巴里と云う生きたモニュメントの瓦壊程大きな事件はない。その余波たるやとおく極東の岸に及んで、n・r・f(1)を読めなくなった我々の批評家は屢々幼稚な慷慨にその正体をばく露する。とにかく毎月n・r・fが刊行され、オペラと神学と社会主義とがあり、婦人服のデザインされる都が、その一切の活動を停止すると云うことは、我々東京の「文化人」にとっても、又御同様、世間の評判香しからざる「派手な」お嬢さん方にとっても、一大事に相違なく、後代が何を記憶しようと、我々はこの「不幸」を、我々の親たちが「震災」を記憶するように、青春の想出の中に記憶せざるを得ないであろう。

此処にふたつの報告がある。パリの女はドイツ軍がとおるときも口紅をつけていたと。又ヴァレリーはドイツ軍の下で詩学の講義を再開したと。(2)パリの女は甚だ不心得であると云う説も出たし、ヴァレリーは甚だ悲壮であると云う説も出た。説は未だいくらもあるだろう。せいぜい奇抜な説の出るのは楽しみだが、事実はそんな楽しみよりも確かなものだ。パリの女とヴァレリーの心理は恐らくいくらでも複雑に考えられるが、この事実は恐らく彼等の心理のなかにはない。ドイツ軍は占領したが、パリはそのエステティック〔美学〕を棄てなかった。――確実なことはこれだけだし、必要なことも恐らく之だけである。

美しいものは皆ほろびる！と云って、郊外の森へ散歩に出かけたヴァージニア・ウルフは、そのまま夕暮になってもかえって来なかった。遺書を見てあとを追った彼女の夫は、五月の森の中に、緑を映して流れ去る小川と、桜草の岸に揃えられた一足の靴を見た。ロンドンが爆撃されている間に愛する一つの偉大な魂が死んだと僕の友人は僕に云った。十日ばかり前のことで、僕はその日に、J・J・トムソン(3)の死を読んだ所だった。僕は想出さないわけには行かなかった、一九四一年が相次ぐベルグソンとジェイムズ・ジョイスとの死を以てはじまったと云うことを。又二十世紀の偉大な荷い手はこうして去って行くが、彼等の息子たちは今、彼等が戦ったのとは別な戦いのためにいそがしいと云うことを。

恐らく哀悼の意を表している暇は僕らにはない。僕らの仲間は現に戦っている。僕らには、食物も教科書も不足だ。そして世間は僕らに技術と肉体労働以外の何ものも要求しないし、その要求は具体的なかたちをとって僕らの前にある。が、しかし、哀悼の意とは過去に対して表するものだ。ベルグソンはひとつの偉大な過去にすぎないか？　それともそのあとを追わねばならぬ現在か？　僕らがジョイスとベルグソンとを措いてその他の何を語ろう？　彼等の中に僕らが死に、僕らの中に彼等が生きる。少くとも彼等が彼等の戦いを戦いつづける所は、僕らの中を措いて他にはないであろう。僕らは彼等の死をきいて、悲しまない。ただむしろ怒るのである。恐らくは無益に、しかし恐らくは已むことを得ずに。

ウェルナー・ゾムバルト(4)の死をよんだ日、一九四一年五月十九日

(1) N.R.F とは *La Nouvelle Revue Française*「新フランス評論」を指す。ジッドの大きな影響のもと集まった文学者たちによって、一九〇九年創刊された雑誌。特定の文学の派閥に閉じこもることを否定し、海外文学の積極的な紹介も行った。その影響はフランスのみならず、ヨーロッパ中に及んだ。二十世紀フランス文学の根幹となる作品の多くがこの雑誌から生まれた。

(2) 稲生永・野村英夫編「年譜」によれば、ヴァレリーは一九四〇年十月十二日にはコレージュ・ド・フランスで「文章理論」の講義を行っている(『ヴァレリー全集』補巻二、筑摩書房、一九七一)。

(3) サー・ジョセフ・ジョン・トムソン(一八五六-一九四〇)はイギリスの物理学者。

(4) ヴェルナー・ゾンバルト(一八六三-一九四一)はドイツの経済学者、社会学者。M・ヴェーバー等と共に『社会科学および社会政策雑誌』を編集、その成果として主著『近代資本主義』全二巻及び『高度資本主義』を発表。資本主義の生成と発達に関して、ヴェーバーがその要因としてプロテスタンティズムの禁欲的倫理を主張したのに対しゾンバルトは贅沢が要因であるとした(『恋愛と贅沢と資本主義』(一九一二年)等)。また、ナチスを支持する反ユダヤ思想を表明した。

「学生と時局」と云う目下流行の問題に関連して

「学生と時局」と云う三四人の学生の作文を「婦人公論」の七月号で読んだ。(1) 皆下らない。理由は課題が下らぬからである。下らぬ課題を下るように論じることはむずかしい。むずかしいと悟ったら、課題の下らなさを論じるか、だまるか、するよりテはないので、与えられた課題に答案を一応こしらえてみた所で碌なものは出来ないのだが、恐らく之等若干の学生の一番馬鹿な所は、あたえられた課題に答案をこしらえる練習ばかりしていて、課題を自ら発明する能力のない所に存する。彼等は大いに勉強し、享楽し、努力したのであろうが、それらの形式乃至主題は、全く偶然に彼等の頭上に落下して来たものだ。マルキシズムの次には、ヒューマニズム、ヒューマニズムの次にはファッシズムと云った案配に、やって来たものを、何でもかまわず一応考え、まもなく納得したか、納得した振りをして来たのである。彼等に神道をあたえれば、彼等は神主にさえなった。彼等にクワを与えれば、彼等は百姓にもなった。彼等に蹄と馬ぐさとを与えて、彼等の馬になることを期待する者がいなければ幸いである。

近頃学生を働かせるとか働かせないとか、学生はけしかるとかけしからぬとか云う議論が流行している。つまり学生と云う身分に社会が著しく関心を抱いているように見える。が、それはうそだ。本当に関心を抱いている人間は殆どいない。その証拠には学生と云う言葉で、一体何を規定したのかを明確に反省した人間さえ一人も居らぬ。学生とは明かに一定の身分を意味すると誰でも思い、誰でもその先を考えないが、学生と云う身分は、小作農とか工場労働者とか開業医とか云う身分程、その社会的性格が明かでない。明かでないものを、明かなものと信じて、関心を抱いたと云うことは、つまり本当には、何ものにも関心を抱いていなかったと云うことに他ならぬ。学生と云う言葉で、徴兵猶予と非職業人とを考えるならば、そう云う言葉を用いた方が正確である。又若いインテリゲンチャを漠然と想いうかべるならば、若いインテリゲンチャと云った方がいい。政治は恐らく学生と云う身分を扱う必要があろうが、ジャーナリズムは単にその不正確さのために、政治的法律的概念を用いているにすぎない。学生と読書等と云っている連中は、二十代のインテリゲンチャと読書と云うことに依って、彼等の表現したいことをより正確に表現出来るであろう。成程学生でないインテリゲンチャは、日本には多くないかも知れないが、少くともインテリゲンチャでない学生は多いのである。多くの学生は今も麻雀やアメリカ映画やスポーツや、近来強制される肉体運動に雄々しくも専心している。彼等の知識、彼等の感受性、彼等の本能は、一般に愚かな、（或いはむしろ賢明な）中産階級に、共通であり、普遍的である。この場合、未成年の給仕たちと、一群の大学とを何故に別けて考える必要があろうか？「給仕と読書」と云う題目が可なりこっけいであるとすれば、「学生と読書」と云う題目もこっけいであろう。若し「学生と時局」に意味があれば、「給仕と時局」にも同様の意味があろう。

そして「学生と時局」乃至「給仕と時局」乃至「何々と時局」に意味のあることは、到底「代議士と時局」に意味のあることに及ばぬ。何故なら時局とは、恐らく一定の政治的現実或いは時代或いは社会を意味するが故に、政治活動圏外の身分と時局との関係を論じようがないのである。代議士ならば、例えば、潔よく政トウを解消しようとか何とか云うことになるのであろうが、医者が、時局柄、潔よく盲腸炎を切ろう等と云うわけには行かない。医者は医業に専心する他なく、まして給仕はお茶をはこぶことに専心する他はあるまい。その外に時局との関係などはないのだ。学生は彼の仕事――が何であるか甚だあいまいだが、――彼の仕事に専心する他ないので、その他の答案も要求も皆まちがいである。この位簡単明りょうなことはない。問題の社会学的考察は絶対に之でおしまいであり、之以外にはない。「学生と時局」と云う課題のまぬけさは、自明のことを、あたかも自明でないかの如く設問する浅薄さに他ならず、それにひっかかって、わけのわからぬことを書きたてる連中は、要するに馬鹿なのである。

が、要するに馬鹿な連中と、要するに自明な問題とを、我々はいいかげんに切りあげねばならぬ。我々には既に学生と云うひとつの身分、云わば純粋学生に就いて論じた。しかし学生とは勿論ひとつの抽象であり、純粋学生などと云うものはいない。いるのは姓名を有する個々の学生である。例えば学生であり、詳しく云えば某々大学生であり、日本人であり、息子であり、兄であり、恋人であり、中産階級のメンバーであり、インテリゲンチャであり、ヒューマニストであり、愛国主義者であり、その他無限の何かである一人の若い人間である。そして勿論この一人の人間と時局との関係は簡単明りょう所の騒ぎではない。政治は個人に関係する。日本の時局が日本人に関係がない等と云う馬鹿げたことがあるものではない。時局と愛国主義者、時局と中産階級、時局と官吏志望者との関係は相重って、無限に複雑なはずである。そしてそれは「私と時局」と云うかたちでしか表現され得ない。（と同様に、現にいるのは人間ではないとも云える。「一人の人間」と云うのは抽象にすぎない。具体にいるのは「一人の日本人」だとも云える。そして同様の可能性が我々の前に多くの人の手によって提出されて来たし、又提出されるであろう。そのどれを択ぶかは、信仰の問題である。）

しかし時局、――と云う言葉よりも恐らくより広い意味で時代と云う言葉を用いたいが、共通の時代に遭遇したインテリゲンチャ、即ち我々のインテリゲンチャ・コンタンポランに就いて、我々のジェネレーションのその中に於ける性格を、私は出来るだけ客観的にとり出してみようと思う。それが「学生と時局」と云う愚劣な言葉から連想される一連の問題の中で私に興味のある所だからだ。客観的とは勿論統計的方法を意味するのではなく、論理の必然性を意味する。我々は、と云うとき、彼は結局彼以外の何者を知っているわけでもない。それは免れ得ぬ結果であるが、方法ではないし、まして目的ではない。他人を理解しようとすることに依て、恐くはその努力の量に応じて、彼は彼自身を知るのである。客観とはひとつの仮説である。しかしその仮説を信じなければ、我々の進み得ない仮説である。

6・23〔六月二十三日〕

★

我々は戦争の真中にいる。しかし戦争の多いことは、或いは戦争の必然的であることは、二十世紀の特徴でも何でもない。ルネッサンス以来、如何なる世紀に於ても、世界中に戦争のない時期は殆どなかった。メディチ、ルイ十四世、カザリン〔エカテリーナ二世〕、ナポレオン……すべて之等の偉大な帝国主義者たちは、何時も「正義のために」戦っていたのだ。重要なのは二十世紀に戦争の多いことではない。二十世紀の戦争の世界的であると云うことだ。戦争がはじまれば、誰も彼も、その真中にいなければならない。そして不幸にも、誰も彼もが英雄であるわけには行かない。英雄の戦っていた時代は幸福であった！　が、注意しよう。それは「ルネッサンス以来」であって、以前ではない。最も重要な点は恐らく此処である。我々は戦争の必然性をもたなかった世界史的時代、精神が完全に歴史の構造を支配していた時代、そして文化が少数者の手に独占されていた記念すべき長い時代、――即ち中世を記憶しなければならぬ。

我々は戦争の真中にいる。しかしそれは決して偶然のめぐり合せではないのである。我々は、今更の如く、封建的時代を回想するのだが、しかし勿論、封建主義に還えることは出来ない。そして還りたいとも念わない。我々にとって必然的な運命である戦争の中で、我々はただ我々の獲得したものよりも失ったものを考え、失ったものを何等かのかたちで回復しようと念じているのだ。そして、その失われたものとは、中世に於てあのように偉大な役割を演じ、その歴史的運命を必然的に平和へ導いた信仰に他ならない。あのように普遍的な信念が、如何なる時代に於てあったか？　普遍的信念を通じてのみ人間は普遍的となる、或いは相互に理解することが出来る。若し共通の信念がなければ、相互の理解は成りたたない。分析と云うものは、所詮他に向うとき自己にかえる他はない。心理分析が何をやったか、我々はそれを我々自身に問うことが出来る。のみならず大部分は下らなかった十九・二十世紀小説の途方もない頁は、ただ、心理分析と云うものが何の位人間の理解と云うことからかけ離れているかを示すためにのみ役立っているのだ。

二十世紀はそのために苦しんで来たのであろう。ヴァレリーは十八世紀を回想して、人々は生れたばかりの科学の未来を信じていた、地上には未だ発見されない土地があり、パリには宮廷の華麗な趣味があったと云う。要するに生活の上でも、思想の上でも、文化は共通の地盤の上になりたち、さればこそ人々はお互いに理解することの出来た十八世紀！　ヴォルテールやゲーテのような人間は、あれを最後として、もう再び現れてはこなかったと云う時、ヴァレリーはヨーロッパの運命をもっとも痛切に歎いているのである。即ち彼の場合、「西欧の没落」は共通の信念の喪失であり、彼のヴァリエテは失われた信念の挽歌に他ならぬ。二十世紀神学の担い手たちは、この挽歌より一転して、或いはトミスム［トマス・アクィナスの思想・学説。トマス主義］を、或いはウルプロテスタンティスム［Urprotestantismus 原始プロテスタンティスムか］を、現代に呼び戻そうと試みて来たのであろう。何れにせよ、偉大な二十世紀精神は、時代の世界的不安のなかで、失われた信念を歎き、求め、再び見出したり、或いはそのまま見出せずに絶望した。そしてこのヨーロッパ精神の廃墟の中に、武装したヒトラーが、突進して来たのである。

ヒトラーの背後に敗戦のフランス文明は何を発見したか？

アンドレ・モーロワ［（一八八五－一九六七）フランスの作家・評論家］やジュール・ロメン［ジュール・ロマン（一八八五－一九七二）フランスの作家・詩人。ユナニミスム文学運動の主導者］が、彼等の本の中に色々のことを書いた。それを読んだ連中は、成程フランスの敗けるのは尤もだ、飛行機とタンクとはたしかに必要だと云った。又科学する心が大切だと云い、ドイツの組織が驚くべきものだと云い、復讐心は何よりも強いとも云った。――恐らく皆本当であろう。モーロワもロメンも嘘は書かなかったはずだ。しかし、そんな感想は大して重要ではない。何故なら皆、戦争がすんでみなければ、決して湧かぬ感想だからだ。戦争のはじまる前に、フランス及び世界の気づいていたことがある。――それは、政治と云うものの本質的な優越に他ならない。或る政治的目的のために、あのように多数の国民が、教育され、教育され終って、奉仕したことは、嘗てないのである。嘗て、ヒューマニズムが、カトリシズムが、その他ありとあらゆる観念が、支配していた時代精神の中から、それらのすべてが追い出され、その代りに政治が支配するようになったのだが、厳密に云えば、精神を政治が支配すると云うことはない。何故なら政治は観念ではなく、精神の問題は所詮観念の中に停《トドマ》るからであって、政治の支配とは、政治の観念に対する、行為の精神に対する優越に他ならぬ。そして行為の精神に対する一方的優越は、その両者の間の相剋の場が倫理の場であり、即ち又人間学的問題の場である故に、必然的に倫理的人間学的場を棄てることとなり、従て人間を機械化するのである。のみならず人間の機械化は一面に於て人間の弱さの揚棄〔そのものとしては否定しながら段階上のレベルで生かすこと。止揚〕に他ならず、あのように組織的な人間の機械化の実験が、ひとつの大きな国民に於てあのように高度の成功に達すると云うことは、歴史の大きなモメントであるにちがいない。そしてこのような実験は他の国民に同様の実験を誘起する。何故なら、一方の国民が或る手段で強大となった以上は、他方の国民は、如何なる手段によっても、同様に強大とならなければ、亡《〔なく〕》されて了うからである。そして或る時代は最善の方法をひとつしか有しない。誰もそれを用いるより他はないのである。

★

我々の場合、満洲事変と支那事変とは、若いインテリゲンチャを両分した。即ち三十歳前後のジェネレーションと二十歳前後のジェネレーションとは、全く異質の教養をつくり、その間には何等の連絡もない。之は大正末年から昭和初年へかけて、マルキシズムの与えた影響が、如何に大きいかを痛切に物語る。マルキシズムは社会的歴史的政治的思考方法を、日本のインテリゲンチャに最初に教えた。今日三十歳前後のインテリゲンチャは、マルキシズムに依て徹底的に教育されて来たのだ。政治的弾圧と或る必然とが、彼等にマルキシズムの放棄を迫るや否や、彼等は一斉に急転し、或いはファナティックな愛国主義者となり、或いは文化の政治的組織者となったのである。然るに、マルキシズム後退後に登場した最も若いインテリゲンチャの一群は、彼等の中産階級的地盤を解消し、極端にブルジョア的逃避的風土に彼等の精神を教養しはじめた。恐らく彼等の大部分は新聞をよまない。そして、例えば、リルケやカロッサやマラルメや万葉集に没頭する。十年前には想像も出来なかった光景であろう。かくも完全に、相接する二つのジェネレーションの教養が隔絶して了ったと云うことは、我々の場合、事変が如何に大きな社会革命であるかを証明する。当局の弾圧等と云う偶然的なものではない、之程の大事件は常に或る必然に依て出来上るのである。が、とにかく、かくして両分された二つのジェネレーションは、全く相互に理解する手段を有たない。そして今日、我々の意識に最も痛切なことは、お互いに全く理解しあうことが出来ないと云う殆ど未曾有の事実に他ならない。理由などはあとで考えるものだ。要するに今日、我々に与えられた状態は、お互いの理解の途方もない困難さである。インテリゲンチャの本質的政治化は、無数のスローガンをジャーナリズムに氾濫させた。しかしスローガンとは背後に歴史をもたぬ言葉であり、限定されつくされぬ概念であり、論理的であるよりはもとよりセン動的な機能である。

所謂「転向」なる現象は、何かあいまいな印象をあたえて来たが、このあいまいさは、転向と云う言葉を、ヒューマニズムからカトリシズムへの転向、リベラリズムからマルキシズムへの転向と云う意味で、マルキシズムから何かへの転向と解する所に胚胎する。マルキシズムからの「転向」とは一体何への転向であるか？ それは政治への転向に他ならない。政治は観念ではない。何々イズムと云った思想的傾向などではない。政治はひとつの実行の技術であって、マルキシズムともリベラリズムともカテゴリーを異にする。故にこの場合、「転向」現象のあいまいさは、転向を同じカテゴリーの中の変化と見ることに由来するのであって、それをカテゴリーの転換と解することに依て明かとなるはずのものだ。「マルキシズムよりの転向」はより正確に「思想よりの転向」として表象さるべきであり、この現象は本質的に政治の精神への優越の表現に他ならぬ。つまり今日、我々の場合に於ても、互いが互いを常に誤解すると云う精神上の混乱は、精神の上に支配するものが、もはや観念ではなく、観念とは本来異質なものであると云う所に存する。政治的精神は行為の中で、賛成し、共同し、団結し、互いに利用する。しかし嘗て互いに理解したことはなかったし、又理解する必要もない。巧妙に誤解することが、政治の本質である。

　我々の住んでいる環境はざっとこんな有様だが、我々はこの中から如何にして抜出すことが出来るだろうか？　こう云う芝居は可なり下手な、可なり馬鹿げたものではあるが、その中でも単なる観客、単なるオブザーヴァ程ミゼラブルなものはない。それがこの芝居の特徴なのだ。誰も彼も舞台に駈上って、一役を演じる他はない。見ていて解らない芝居は演じるよりテはないのだ。此の先どうなるかは作者の知っていることで、役者の知っていることではない。我々の此の芝居から抜け出すことの出来るのは、我々の作者に遭った時であろう。我々は作者に遭うかどうか解らぬし、一体、作者があるのかどうかさえ知らないのだが、とにかくやってゆくためには、聡明さと共に愚さが必要だ。従って、我々自身がどうするかと云うことになると、問題は事態の分析に終始しないのである。我々は我々の置かれている位置を分析し、測定し、若しこう云ってよければ、理解する。之を誘惑と考えるのもよいし、義務とも権利ともその他何とでも考えてよい。が、我々はこの他に今ひとつの誘惑又は義務又は権利又はその他任意の或るものを必然的に保留する。それは我々の私の問題であり、凡ゆる限定のうちで最も根源的な、捉えがたい多様さと確実な必然さとを同時にもつひとつの限定、——私の内部の問題である。私の死や愛に関するイデーは、限りなく特殊的であり、無数の個人の数だけ、その無数の種類がある。しかも例えば恋愛には、それだけで充分であって、凡ゆる時代的社会的考察、凡ゆる歴史的批判的分析は不要だ。私に必要なのはA嬢であって、B嬢でもC夫人でもないように、A嬢の階級でもその階級の歴史的運命でもない。そして私がA嬢を愛するのは、生きて行くために必要な条件だ。恐らく私はA嬢のためにのみ生きているのではないが、それが私の生きてゆく上の最少限度であることは確かだ。要するに愛し、生きるためには、——即ち私の問題にたえるためには、私は一切の外部を必要としないのである。

凡ゆる答は、ではお前はどうするのだ?と云う問に依て、最後に追いつめられる。しかし最後の答と云うものは、追いつめてはかせても、面白いものではない。何故なら面白い答なら、とっくに出ているはずだからだ。答は、所詮それが言葉である限り、観念であって他のものではないと云う、自明の事柄を想出すのも、この際無駄ではないだろう。観念は、幸福にも、或いは不幸にも、吟味され、計算され、装飾され、適当に配列されていなければ、面白くない。所が、最後の答には、そんな暇がないのである。

ではお前はどうするか?——どうせ、何かやるからには、偶然にやるに定っているのだ。実行の意志位偶然から成りたっているものはない。偶然を超えるのは信仰だけである。

（1）掲載された表題は「時代と学生生活」である（『婦人公論』中央公論新社、一九四一年七月号）。四人の学生とともに、中島健蔵が「批判・信念の恢復」を寄稿した。

FRAGMENTS

生存競争

一九〇四年六月、アメリカの旅舎に緑雨(1)の訃を聞いた二十六歳の荷風は、「ああ江戸狭斜［色街］の情趣を喜び味いたるものは、遂に二十世紀社会の生存競争には堪え得ざるものか！」と云ったそうである(2)。しかし若くして死んで緑雨も、尚生前には一国の文壇を闊歩するに足りた。少くとも彼を生存競争の敗者とは、そう云った荷風自身も考えては居らなかったろう。そして、勿論二十六歳の荷風は、既に若干の文名を得て、多分未来と才能とに絶望する所ではなかった。とすれば、「生存競争に堪えざる」とは、「生存競争に敗るる」の謂いではない。「生存競争の馬鹿々々しさに堪えざる」の謂いであろう。つまり彼は「江戸狭斜の情趣」を携げて、時代の滔々たる「生存競争」を蔑視し去ったのである。緑雨の訃に託した彼の言葉は、青年の気概と詠歎と自信とにみちた、反時代的プロテストであったにちがいない。爾来彼の生活と作品とは、同様のプロテストを、厳然とくりかえして来たものだ。しかり厳然と、——明治から大正、昭和と三代にかけて、常に「江戸狭斜の情趣」に沈メンしつづけた、或いはつづけようとしたこの遊蕩児は、何か厳然とした趣きを備えている！　しかし、この厳然たる趣きは、若し彼が日本文学史上の或る位チを意識していなかったとすれば、果して今日あるが如くであったかどうか甚だ疑わしい。彼は新橋の夜話を試みるとき、小説の作法などはおくびにも出さないが、若し彼が小説の作法に絶大な自信をもっていなかったとすれば、新橋の夜話などしているひまはなかったかも知れないのだ。勿論永井荷風が三文文士でも、荷風は芸者を愛したであろう。しかし彼の遊蕩たるや厳然たる趣を失い、或るミゼラブルな意識を遂に完全には排除し得なかったにちがいない。少くとも、自ら芸者を愛撫する光景を、あの昂然として明朗な一文に草して、天下に誇示するには至らなかったはずである。例えば「妾宅」の如き彼の遊蕩小説をよむものは、何人も芸術と恋愛との勝利者、即ち「生存競争」の輝しい勝者の、幸福な詠嘆に、及ばぬ羨望を感じないわけにはいかないのである。しかし、今や、エピキュウルの園に、時は充分に流れた。昔ながら永遠に裸形のヴィナスは、蕭々たる雨に、堪えがたい秋を感じているだろう。恐らく「堪えがたい」のは「生存競争」の酣な春ではない、その光栄の裡に終ろうとする秋である。

7.15 with news of the new grand mobilisation of our fatherland Nippon〔祖国日本の新たな総動員の報に接して〕

〔ノート上部〕

街のヴィナスと詩のヴィナスとが或る魂を誘惑した。

○

その魂はふたつの陶酔とみ力との間で苦しんだ。

○

その一方だけで、ひとつの人生には充分であったろうに。

○

芸術家の運命はパテティックであると人々は云った。

○

しかし、芸術がパテティックなのか、それとも人生がパテティックなのか？

永井荷風は、様々の意味で最後の人である。

最後の明治人、最後の江戸芸術愛好者、最後の漢文系日本文作者、最後のデカダンス詩人…そして最後のアンテリジャンスとは常にクリティックである。

即ち crise〔危機〕の中の critique〔批評〕、例えば王朝最後の歌人定家。[3]

（1）斎藤緑雨（一八六七－一九〇四）は明治時代の作家・評論家。肺結核で死去。死の直前、友人の馬場孤蝶に自らの死亡広告「僕本月本日を以て目出度死去致候間此段広告仕候也」を口述するなど、江戸の戯作者を継承した洒落っ気を最後まで発揮した。

（2）永井荷風「西遊日誌抄」の一九〇四年六月二十七日の項にある。「六月二十七日　故国より送来れる新聞雑誌は斉しく斎藤緑雨の訃を伝えたり。余は其の伝を読みて誠に人事ならぬ悲しみを覚えたり。緑雨が生涯の不幸は

彼自らの性格のなせし処なりしと。ああ江戸狭斜の情趣を喜び味ひたるものは遂に二十世紀社会の生存競争には堪へ得ざるものなる歟」。

（3）藤原定家（一一六二－一二四一）は歌人、『新古今和歌集』撰者のひとり。定家の日記『明月記』は源頼朝が挙兵した年にはじまる。加藤は戦後まもなく定家を「あの惨憺たる時代に、その生涯の出発にあたって、詩人とは何であるかを、自らに問い、自ら答えた」詩人と位置づけ、「定家『拾遺愚草』の象徴主義」（一九四八）を発表する。加藤は鎌倉幕府の成立は日本資本主義の途上にあらわれた軍国主義の支配とは本質的に異なるとしつつ「しかし、そのことは、頼朝の挙兵から、木曾義仲のクー・デターや、平家の没落にはじまり、承久の乱に至る四〇年間の社会秩序の混乱のなかに投げだされた一人の貴族の詩業が、軍国主義日本に生きていた我々の魂に呼応することを、毫も妨げなかった」と書く。

嘗て金槐集の余白に(1)

凡ゆる大詩人がそうであったように、実朝(2)の像も各時代の各時代的な批評によって、変貌を重さねて来た。定家以下の勅撰集選者は古今集的実朝を彼等のアントロジー〔アンソロジー〕に再現し、京都文化に憧れていた鎌倉の若い新興貴族を、本来の貴族の立場から、愛玩した(3)。王朝四百年の芸術的伝統の中に呼吸し、新興武士階級のために、その政治的ヘゲモニーを奪われた、京都アリストクラートにとって、武士階級のリーダー自身に、彼等自身の芸術の弟子、蹴鞠や歌会を東国の荒野《ヤ》の中に主催する京都文化賛美者、青年詩人実朝を発見することは、彼等の文化的優越感を無上に満足せるものであり、恐らく歓喜の余り彼を愛玩して措く能はざるテイのものだったろう。(4) げに実朝は、未だ見ぬ、そして遂に見果てなかった芸術的パラダイスを、吉野の春を、「住江のきしの松吹くあきかぜ」〔原注1〕を頻りにうたっている。恋さえも、彼は「淡路島かよう千鳥に」、又「難波がた」〔原注2〕、「あふ坂の関屋」に、就中すまの浦に託さなければならなかった。

　すまの浦にあまのともせる漁火のほのかに人を見るよしもかな

　君により我とはなしに須磨の浦に藻塩たれつつ年の経ぬらん

この類いの歌は、皆古今集の流麗な声調をつたえている。が遂に賀茂真淵は、来た！ 愛国的文化主義者、芸術至上主義的言語学者、この国学の偉大なパイオニアが、封建主義の黄昏に、新しい時代を予感したかどうかは甚だ疑しい。彼は恐らく世の中なぞに大した興味を持たなかったろう。ただ確実なことは、この復古主義者が彼自身の分野に於て全く革新的であったと云うこと、彼は権威をテンプクし、価値変換を決定的に行い、しかも彼自身の秩序を以て後代を支配したと云うことである。真淵によって、校訂され、註釈され、特に評価された金槐集は、定家以下の京都アリストクラートの認識した王朝文化の以て愛玩すべき弟子ではない。実朝はもはや定家の弟子ですらもないのである。真淵に依れば〔原注3〕、「この大まうちの君の歌は、定家のまうち君に習い給へりと云えど、」「そは云うに足らない。むらち「藤原奈良の宮のはじめつ方」を師とし、万葉集の「善き悪しきを分きて、詞も取るべきをとり、しらべを習うべきを習」ったのである。

　箱根路をわが越えくれば伊豆の海や沖の小島に波の寄る見ゆ

山はさけ海はあせなん世なりとも君にふた心わがあらめやも

真淵はこのような歌に至上の絶賛を惜しまない。そして真淵の絶賛が彼以後の批評家を支配したと云うことに、我々は注意しなければならない。その証拠には、この二首が、その「ますらをぶり」(5)に依って、今日も民衆の間に実朝を代表している。そして、今日小学校か中学校で、こう云う歌を知った多くの人々が、描く実朝の像は、偉大なパイオニア真淵の、ナイーヴな魂が描いた像と余りちがわないであろう。

のみならず真淵以下宣長たちの発見した万葉集は、正当にも獲得された日本詩歌の王座を今日に至るまで譲らない(6)。故に、我が実朝も、万葉的歌人として、爾来今日に至るのである(7)。ただ万葉に関して、時代は多少その観点を変えた。子規(8)は万葉に写生を発見した。之は当然万葉的金槐集に就いても、第二の発見であり、実朝は再び、新な時代精神によって照明されたのである。崩壊した江戸の町人文化と地方的政治精神との間に、自らを着々と養いつつあった新興ブルジョアジーは、彼等の美学を、先ず素朴な印象主義にもとめた。典型的なプチブルジョアのレアリスムである。子規の主催する文学精神のなかでは、実朝は写生家であった。独歩の意味に於けるナチュラリストと云っても差し支えない。今日、正当に子規を継承するアララギ(9)は実朝の中に、「明快で何か現実的な〔原注4〕」特色を認めている。

笹の葉に霞さやぎてみ山べのみねの木がらししきりて吹きぬ

之は適確な写生である。アララギの無慮数万の歌の大部分はこの種の写生であり、そして全くつまらない〔原注5〕。

しかし鎌倉で、未開の武蔵野を歩きながら、恰も流謫の天使のように、遥かな芸術の天国を夢想していた自然詩人〔原注6〕にとっては、自然が哀傷の慰めであり、夢の仮託であり、リリックの唯一の舞台であったろう。彼は東国の自然を、須磨の浦にまで延長せずにはいられなかった位である。昔、京都にあり、当時尚定家らの周囲にあった貴族生活の現実を、如何に憧憬したにもせよ、それをうたうことは彼には出来なかったのだ。例えば彼はケマリを試みたと云われているが、相手が悪かったのか、鎌倉のフンイ気の中では、それさえも滑ケイであったのか、彼の歌にはこの貴族的スポーツをうたったものは一つもない。そして彼自身の現実、生活と運命の現実とは如何なるものであったか？ 凡そ歌などにはならなかったのである。少くとも、そんな現実のバク露は、この若い芸術至上主義者にとって、芸術とは思われなかったにちがいない。多感な詩人の神経は、政治生活の虚偽も策略も、その中にあって自らの到底無力であることも、東国の文化的水準の低くさも、夙に感じ、夙にあきらめた所であったであろう。それが歌になどなるものか！ とまあ彼は考えもし、軽蔑もしていたろう。が、それよりも、彼を二十八歳で殺した運命が、抗し得ない力で迫って来るのを予感しなかったであろうか？ 彼は、彼の現実に対してあきらめながら呟いている…(10)

　とにかくにあな定めなき世の中や喜ぶ者あればわぶるものあり

又この調子は更にパテティックに昂揚してゆく。

　かくてのみありてはかなき世の中を憂《う》しとやいはむ哀《あは》れとやいはむ
　世の中は常にもがもな渚こぐ海人のをぶねのつなでかなしも
　現とも夢とも知らぬ世にしあれば有りとてありと頼むべき身か

このような歌は甚だ少ない。「世の中」とか「夢の世」とかをうたった歌は、この他に、五六〔原注7〕を出ない。しかし之が実朝の唯一の現実である！　実朝はこの現実に住んでいたのだ。自然は現実ではない。彼のフィクションの舞台、或いは以って夢をつくるべきモメントに他ならなかった。風景を写生するのではなく、風景に観念を投じたのだ。彼の胸中に去来する王朝的画幅は、例えば次の如くである。

木のもとにやどりをすれば片しきのわが衣手に花は散りつつ

ほととぎす聞けども飽かず橘の花ちる里のさみだれの頃

鎌倉にもこのようにタイトウたる風景があったかと、思わず人は云うでもあろう。しかし恐らくそんなものはなかったのだ。例えば実朝は役所の庭に桜の散るのを、政務の余暇にふと見つけ、その昔京都に散るさくらとその下にひとりねする詩人貴公子を想像したにすぎぬであろう。王朝的画幅は詩人のイデーの中にあったので、鎌倉にあったのではない。彼は東国の自然を写生するなどと云う退屈な仕事を誰にたのまれて引受けていたわけでもない。征夷大将軍と云う位はありとあらゆる彼の行動の自由を奪ったにちがいないが、さればこそ、誰も束縛することの出来ぬ夢想の自由を、彼は確かに保留したはずである。夢想的な自然詩人は、かくして又、何処とも知れぬ故郷、魂の故郷の風景を、生々と描き出す。

あさぢ原行方《ゆくへ》も知らぬ野べに出でて故郷人《ふるさとびと》は菫《すみれ》つみけり

いにしへを偲ぶとなしに故里《ふるさと》のゆふべの雨に匂ふたちばな

又豪華な夏の空気のうちに早くも秋を感じる

夏ふかみ思ひもかけぬうたたねのよるの衣にあきかぜぞ吹く

霧たちて秋こそ空に来にけらしふきあげの浜のうらの鹽風《しおかぜ》

運命の予感と季節の予感とはここにまじり合っている。のみならず季節に敏感な心は、夕暮のなかに、時間の流れをさえ鋭く反映している、

　萩の花くれぐれまでもありつるが月いでて見るになきがはかなさ

この近代的抒情は、彼が Verlaine 風の涙を le temps perdu〔失われた時〕に注ぐとき、その頂点に達する。彼は孤独の中で時間と対話しはじめる…

　はかなくて今宵あけなば行く年の思出もなき春にやあはなむ

之は既にメタフィジークである。そしてこのメタフィジークは、老年への奇妙な関心と抒情、老年の孤独に若い詩人の抱いた、めずらしくも痛切なあの共感へつながるのである。

　老いぬれば年のくれ行くたび毎にわが身ひとつと思ほゆるかな

　我いくそ見し世のことを思ひいでつあくるほどなき夜《よる》の寝覚に

この孤独はもはや鎌倉の政治的環境或いは文化的未開地におかれた京都的文化人の孤独ではない。それは単に時代的社会的孤独ではなく、永久に人生的な孤独、芸術家の魂の孤独、——solitude cosmique〔宇宙的孤独〕である。[11] 日常的生命から抜け出した魂は、時の糸を、その孤独なひろがりにたぐりよせる。想出と予感とがその現在の上に重なる。そして魂の clair voyance〔炯眼〕は凡ゆる存在と非在とにむかって放れる。——詩人は、ふと住みなれた寝間の柱やらんまにとおい星空が、全く別な光をもって照らし出され、全く別な意味をもって、その形とひろがりと深さとをあらわにしているのに気がついたであろう。のみならずその空間は対話の可能性が溢ふれていたはずである。そして、言葉が、求められ、生気をあたえられ、溢ふれながら、つぎつぎと結晶しはじめたであろう。

そのとき、将軍の寝間から無限に遠い現実は、人も知る如く、殺ばつな計画に彼等自身の所で耽っていたにちがいない。しかしそれが何ものであったか？　歴史の真実はこの二つの無縁の世界の、何れの側に於て営まれたか？

ヴィナス[12]は、刺客の手から、無能の征夷大将軍実朝を、奪回した。後世にとってはそれで充分であろう！

7.18〔一九四一年七月十八日〕

〔ノート上部〕

孤独に就いて

彼は階級に超越していた。彼の身分の故に。

彼はソシオロジストであるよりはアリストクラートだった。社会学よりは形而上学を或いは美学を考えていた。

彼は、その故に、宇宙的詩人だった。社会的詩人だったらそれは出来なかったろう。彼は孤独だった。クロワッセの孤独。

彼は老年を考えざるを得なかった。彼の歌二つ。

彼は彼の周囲の陰謀に敗れた。しかし彼はコンタンポランだ。ヴィナスは彼を救った。

〔原註1〕　住江のきしの松ふく秋風をたのめて浪のよるを待ちける

〔原註2〕 難波がた浦よりをちに鳴くたづのよそにききつつ恋や渡らん
〔原註3〕 真淵の言葉はすべて、鎌倉右大臣家集の始に記る詞
〔原註4〕 斎藤茂吉氏の言葉
〔原註5〕 写生の問題は複雑である。しかし云うまでもなく、それが印象派的技術或いは美学に属することは明白であり、その限りに於て、象徴的、二十世紀的方法と対立する。今はその点のみが重要である。
〔原註6〕 自然詩人と云うのは田園詩人と云う位の意味である。此の文章の自然は、自然科学の自然、博物《イストワール・ナチュレール》、の自然《ナチュール》、「自然と人生」の自然、特に又都会に対する意味での自然である。云うまでもないことだが、之は自然主義の自然、ルーソーのナチュールではない。自然と云う言葉の二義は時々誤解されることがあるから、我々には自明であるけれども、念のためにつけ加えておく。
〔原註7〕 歎きわび世を背くべきかた知らず 吉野の奥も住みうしと云へり 等、金槐集巻下、雑部の歌若干。
（1） 源実朝『金槐和歌集』について、加藤は二度論考を発表している。一度めは一九四一年、東京帝国大学医学部昭和一五年会が発行していた『しらゆふ』という雑誌の第二号に掲載された「嘗て一冊の「金槐集」餘白に」である。二度めは戦後、『世代』に中村真一郎、福永武彦と共同で連載した《CAMERA EYES》のうちの一作であり、『一九四六・文学的考察』（真善美社、一九四七）に収録された「金槐集に就いて」である。このノートⅧに書かれた「嘗て金槐集の余白に」は、おそらく『しらゆふ』に寄稿するための草稿であり、また戦後の「金槐集に就いて」に生かされている。加藤文庫には一九四一年一月発行の斎藤茂吉校訂『新訂金槐和歌集』（岩波文庫、一九二九）が収められ、その巻末広告ページに次のような書き込みがある。
「例えば、恋 須まの浦、賀茂の川波、難波潟
106 110 109 105

上方文化に対する詩人の憧憬―古今集
自然詩人――――――――万葉集
＝
運命に対する無力感――――――solitude〔孤独〕
＝
presentiment d'une tragédie〔悲劇の予感〕」

またこの論考の題名は、マラルメが一八九七年『ディヴァガシオン』に発表した「鍾愛の書」の「かつて、一冊のボードレールの余白に」が念頭にあったと推測される。例えば、加藤は「青春ノート」Ⅵに「嘗て一冊のボードレールの余白に誌した…ステファン・マラルメ」を、ノートⅦに「マルセル・プルーストの余白に」をそれぞれ書いている。マラルメによる「かつて、一冊のボードレールの余白に」の冒頭には「韻律を涸《か》らして、読み直すことを私に強いる、不能の女神《ミューズ》よ。（…）私は君に、他者から由来する陶酔をお返しする」（『マラルメ全集Ⅱ』筑摩書房、一九八九、引用箇所は阿部良雄訳）とある。ここにはマラルメをとらえて離さず、なんども読み直さずにいられない本としての『悪の華』、その陶酔を、また文章に草して、詩の女神ミューズに返そうという意図が読みとれる。加藤がこの表題を択んだのは、マラルメが『悪の華』にポエジーで応答したと同様、ミューズに捧げるように『金槐和歌集』に応答しようとしたのかもしれない。

（2）源実朝（一一九二－一二一九）は、鎌倉幕府第三代将軍であり、歌人。源頼朝と北条政子の次男。一二〇三年、十一歳で将軍となり、作歌に親しみ、藤原定家に文を通して指導を受けた。一二一九年、鶴岡八幡宮において兄、頼家の遺児、公暁に暗殺されたとされる。『金槐和歌集』は江戸時代に賀茂真淵が称揚し、明治以降は正岡子規や斎藤茂吉が非常に高く評価した。

（3）この頃の加藤が「貴族」についてどう考えていたか、ノートⅦ「倦怠に就いて」には欧州の貴族に関する記述がある。「貴族主義と云うものは、要するに平民を人間として扱わぬと云う至極単純な原則の上にたっている。従って容易にほろびない。何故なら錯覚は単純なほど確実に維持されるからだ／そうして高貴な人間の特色とは他人とちがうと云うことの他にはあるまい。高貴さはそのちがいの意識である」。

（4）加藤は一九九二年、鎌倉市で行われた講演において実朝がどういう時代に生きたかについて語っている。加藤によればいわゆる源平合戦以降、鎌倉と京都には源頼朝と後白河法皇に象徴されるはげしい対立があり、それは二人が世を去った後も解消されなかった。頼朝、頼家についで第三代将軍となった実朝の時代には、鎌倉も京都も強硬派と妥協派に分裂し、実朝は鎌倉のなかの親京都派であった。実朝は京都の公卿の娘を妻とし、晩年には右大臣正二位に就いた。定家を歌の師としたが、将軍が歌を詠み、その師が京都の公卿であることは歓迎されなかったであろう（「源実朝―その歌と時代」鎌倉市市長室文化振興課、一九九三）。

また『序説』上巻において加藤は京都貴族の側には文化的優越感があったにちがいない、と書く。「政治的な劣勢の事実は、平安朝文化の継承者としての自覚を強めたはずだろう。その文化の中心には、制度化された和歌があったから、鎌倉時代初期の、すなわち体制の転換期の、貴族歌人の歌に対する態度は格別の執念に化せざるをえなかった。その代表的な場合が、討幕運動をはじめるよりも早く、まず『新古今和歌集』の編纂を命じて、「和歌所」を作った（一二〇一）後鳥羽院であり、周知のように『新古今集』の編者であり、作者であって、（…）歌論の書をつくった定家である」。

（5）加藤は「ますらをぶり」について『序説』上巻において、『万葉集』の女流歌人の多さ、また女流歌人によって生みだされた傑作にふれ、次のように述べる。「すでに『万葉集』の時代からこの国の文学に女の演じてきた役割は大きかったのであり、女流作家が消えていったのは、一三世紀以来の武士支配階級の倫理、殊に儒教イデオロギーを借りて強化された男女差別観の徹底による。日本にはまず「たをやめぶり」があって、その後外国文化の影響のもとで「ますらをぶり」がつくりあげられたのである（真淵は、平安朝以来の歌の伝統のなかで暮らしていたから、平安朝宮廷社会との対照に注意を奪われて、『万葉』の「ますらをぶり」を語った。実は平安朝の「たをやめぶり」が、奈良朝ではまだそれほど徹底していなかったということにすぎない）」。

（6）『序説』下巻に加藤は真淵と宣長を次のように分析する。「宣長よりも早く一八世紀の前半に、新井白石は日本の古代史を、文献批判を通じて、客観的に叙述しようとし、賀茂真淵は、古代日本語の研究をふまえて、『万葉集』を読解しようとしていた。殊に後者の研究を『古事記』に及ぼそうという志は、学者としての宣長の方向を決定した」。

（7）晩年の加藤は、実朝が『万葉集』の本歌取りだけでなく『古今集』系統の『拾遺集』の本歌取りにも同じ態度で接していると考えていた。「『万葉集』復活の歌人だということは、子規、アララギ、斎藤茂吉が雄弁だったのでそういうことになってしまいました。だけど、実際に『金槐集』を見ると、それは半々だと思います」と述べる（前掲「源実朝―その歌と時代」）。

（8）正岡子規は一八九八年に新聞「日本」へ連載した「歌よみに与ふる書」によって、『万葉集』を『勅撰集』に替る和歌の基準として押出し、『金槐和歌集』をその後の頂点として評価した。これは「和歌の歴史の画期的な書き換え」であると『序説』下巻において加藤は指摘する。大岡信も、子規は「和歌においては貫之ならびに古今集を排して万葉集ならびに実朝以下曙覧までの万葉調歌人を推賞するという形で、いわばもう一つの伝統の存在を人々に明らかにした」と述べる。子規の登場によって実朝は再度、評価されたと言える。また、加藤が委員をつとめた最後の『校友会雑誌』第三六五号（一九三九年二月十八日）にも、子規や茂吉の影響のもとで実朝を論じる作品が掲載されている（岡本英夫「歌人としての源実朝」）。

（9）『アララギ』は正岡子規の流れをくみ、伊藤左千夫を中心とした短歌雑誌。一九一三年伊藤歿後、島木赤彦と斎藤茂吉が中心となったが、二六年に赤彦が歿して以降は、茂吉が率いた。『序説』下巻において加藤は茂吉の歌論の要点として「写生」の説をとりあげる。「実相に観入して自然・自己一元の生を写す。これが短歌上の写生である」（斎藤茂吉「短歌に於ける写生の説」一九二〇）。これに対して加藤は次のように述べる。「そこで茂吉のいう「写生」は、環境の叙述ばかりでなく、「感情の自然流露」の表現をも含んでいた。「写生」または「実相観入」の対象は、作者の外にあるばかりでなく、内にもあるはずであった。これは「写生」という言葉の極めて広い定義で、ほとんどどういう種類の歌もその範疇に含まれそうである。排除されるのは、茂吉自身によれば、作者の心の「自然流露」でなく、「その間に二次三次のからくり」を交えた技巧的な歌にすぎない。たしかに『赤光』と『あらたま』には、「感情の自然流露」が多かった。その後には次第に「感情の自然流露」ではなくて、環境の、個別的な対象の、技巧的でない叙述、せまい意味での「写生」の歌が多くなる。けだし人はその生涯に、自己の感情を二万回以上も昂揚させるわけにはゆかないだろう。『アララギ』はその周囲に多くの歌人を集め、多くの「写生」の歌を載せ、両大戦間の歌壇を風靡した。しかし同時に、その大部分の作品が、些末的な日常身辺の生活の退屈な記録にすぎなくなった」。

（10）加藤は晩年にも、実朝の死の予感を問題にする。加藤は実朝が暗殺の二年前に企てた渡宋計画を亡命と捉えていたようだ。また、暗殺当日、『吾妻鏡』によると実朝は御鬢一筋を抜いて渡し、出かけるときに歌を詠んだという。「出ていなば」に始まるこの歌は実朝の詠草かどうか定かではないが、これらも死を予感していたと感じさせる。更に加藤は『愚管抄』をひいて、実朝の暗殺が計画的に北条氏によって行われた可能性を示唆する（「源実朝―その歌と時代」）。

（11）加藤は『序説』上巻において、実朝の孤独にふれる。「実朝には貴族文化にあこがれながら、その枠を超える面があり、その理由は、おそらく鎌倉の「歌人」が、鎌倉の「将軍」と同じように、徹底して孤独であり、由比ヶ浜の波をひとりで長く見つめているときがあったからであろう」。加藤がはやくから実朝に孤独を見出したのは、おそらく加藤が戦争へ押し流される時代のなかで実朝に共感を抱いていたからだろう。「しかし彼はコンタンポランだ」というノート上部に書かれた言葉は、加藤の強い共感をあらわしている。実朝に対する共感を加藤は晩年に至るまで語った。「戦後になって、私は源実朝が暗殺されるという切迫感のなかで詠んだ『金槐和歌集』の歌について書いています。私自身の戦争中の感情と同じ切迫感をそこに見たからです。戦争中、『金槐和歌集』はよく読んでいました。知識のためというより、共感を持ちながらそこに入っていったと思います。実朝は征夷大将軍です。ですから権力と文学、権力と個人という問題がどうしても出てくる。そういう緊張関係がある。われわれは戦争中に生きていたから、権力、政府とわれわれとの間にも緊張関係があったわけで、それをそのまま実朝に投影したという面が大きい。(…)暗殺される直前の実朝と戦争中のわれわれの状況とは全く同じです」(『私にとっての二十世紀』岩波書店、二〇〇〇)。

(12) この論考の題名がマラルメから着想を得たものだと考えれば、ギリシア神話における美と愛と豊穣の女神、ヴィナスは、マラルメのミューズに対応すると言える。加藤はこのヴィナスの一節を『しらゆふ』掲載時は、ほとんどそのまま採用している。一方で『一九四六・文学的考察』に収録された「金槐集に就いて」において、ヴィナスはミューズを意味する「詩神」に変更される。

東京

私は一晩のうちに、三つの美しいものを見た。一つは築地の川端の劇場の、夕暮の河の面に落した灯、一つは寅門の交番の、つたに蔽われて窓だけあいた、その窓から、夜霧に流れだした白い光、最後の一つは、例によって女たち、劇場の廊下で、くらい銀座の裏通りで、すれちがった女たちである。——之等が東京の美だかどうだか知らない。しかし芝居を見物する目的で、一晩東京の或る所を歩いた私が、序手に東京の美を出来るだけ見出そうとして、見出したものが之等である。之等は少くとも私にとって貧しい美ではない。私は何時だってそれだけしか見出さなかったし、それだけでやって来たのだ。しかしそれにしても、客観的には何と云う貧弱さであろうか！　私の生れた時代は！　私の置かれた東京は！

昔は豊国「歌川豊国（一世）一七六九－一八二五、江戸時代後期の浮世絵師」と春水「為永春水、一七九〇－一八四三、江戸後期の人情本作者」と柳亭種彦「一七八三－一八四二、江戸時代後期の合巻作者」の江戸があった[1]。彼方にはニノン・ヴァラン「一八八六－一九六一、フランスのソプラノ歌手」とストラヴィンスキイ「一八八二－一九七一、ロシアの作曲家」とポオル・ヴァレリイとの巴里がある。——つまり女の美しかった時代、コーヒーのうまい国に生れなかった我々は不幸なのだ。美はコーヒーをのみながら美人と共に談ずべきものであろう。美学は、形而上学は、南洋で虎狩りの暇に発明されるべきすじあいのものではなかろう。

私は勿論あきらめている。しかし絶望と云うものは、ひねくっているうちに、うそになる。未だ嘗て絶望した人間が偉大であったか？　パスカルは、察するに、絶望に最もえんがなかったから、パンセは、最も絶望的なのである。彼はありとあらゆるものを信じていた。彼の神を、彼の福音を、彼の論理を、彼の文体を、つまり天と地とのすべてを信じていた。のみならず人間の絶望的弱さを。之は詭弁ではない。人間の絶望的弱さを信じることと、人間の弱さに絶望していることとは異なるのである。

　東京を我々は失うかも知れない。——と云うと大抵の人々は感慨に耽けるであろう。そして本当に東京を失ったときには、もう感慨所ではなく当惑するであろう。そしてまもなく代用品を発見するだろう。代用品を発見するにきまっているのだ。我々にとって代用品の発見出来ないものは、我々自身だけである。つまり絶望などはせいぜい飾りにすぎず、信用だけがそこでは通用するのである。それを自我と云う。自我とは信用である。

　しかし我々はあそばなければならない。我々はさようなら東京！と云う身振りを場合によってはしなければならない。しかしその身振りは、我々のあそびは、何と云う悲しい遊びであろう！　我々のあそびは多少とも悲しいのである。故郷、希望、虚栄心！　浅草に行って見給え、踊り子たちは法律が長くしたパンツをはいて、役人の云いそうな建設的言葉（！）を絶叫している。銀座に行って見給え。アメリカ映画そっくりの男女が、豆のコーヒーをのみながら、愛国公債のポスターを眺めている。そして最後に新刊書を、本屋の店頭で、手当り次第に翻して見給え。文学者は政治を、哲学者は歴史を語っている、科学振興、実は工業振興の必要に、有頂天になった科学者は、十八世紀の匂いのする古色蒼然としたオプティミスムを提げて、やにさがっている。何と云う愚かな、何と云う悲しい光景であろう！　我々は、東京の中に東京を探していた或る小説家が、墨東までおちて行ったことを知っている。(2) 又或る詩人が、東京を描くことをあきらめて、信州の山の中ばかりをうたいつづけていることを知っている。又或る芸術家が、嘗ては何等かの夢を築く舞台であり得た東京をもうあきらめて固く沈黙しはじめたのを知っている。――我々は既に東京を失っているのかも知れない。我々は我々の悲しい身振りを、別れの身振りを、もう演じだしたのである。私にはそれを旨く演じるより仕方がない。最後の問題は、各人のために、各人のなかに、残されているのである。(3)

〔ノート上部〕

Je voudrais déguster cet été fleur à fleur, comme si ce devait être pour moi le dernier.—Journal d'Andre Gide, 1930(4)

園部三郎氏の言葉

――ドビュッスィは感性的で主観的でありますが、ラヴェルは理智的で客観的で、之が彼の音楽の長所であると同時に短所にもなっております。(5)

之は一見尤もらしくて、全くノンセンスな、白痴的科白である。園部氏が主観とか客観とか云う言葉を未だ自分で考えて見たことが一度もない程ずさんな頭の持主であることは、氏の不幸かも知れぬし、幸福かもしれぬ。しかし我々の音楽批評家の馬鹿さかげんは皆多少とも之に類するのであって、その点では、氏の低能は、一般的悲劇である。

（1）加藤は一九九九年にも荷風について語った際に「街の景色は、西洋建築もどきのものが建っているかと思えば、長屋があったりして統一性がなくバラバラだ。田山花袋たちの私小説は、ゾラ流の自然主義と似ても似つかないもので、「ジャキューズ」のかけらもない。そこで、天下国家に言及するのをあきらめ、残された江戸趣味、たとえば「文化文政」の為永春水、柳亭種彦、遊里の濡れ場、三味線の爪弾き…を追って、しっぽりと情緒的なものに凝っているのが日本の文士だということになる。荷風は、江戸文化にある程度フランスの文化的洗練と見合うものをみつけたんでしょうね」と、為永春水、柳亭種彦にふれる（加藤周一、凡人会『「戦争と知識人」を読む』青木書店、一九九九）。

（2）永井荷風のこと。加藤は『序説』下巻に次のように書く。「一九三〇年代の後半から太平洋戦争にかけて、挙国一致軍国主事の時代に、荷風は人との交わりを断ち、濹東の私娼窟に遊んで、『濹東綺譚』（一九三七）を書いた。そのなかに、人情の機微は、荒廃した中産階級によりも、かえって最下底の女たちに残る、という。これはおそらく荷風の小説の頂点であり、戦時下の日本にみるべき文学作品として、（…）谷崎潤一郎の『細雪』と双璧を為すだろう」。また、荷風はこの日記の書かれた一九四一年に『為永春水』を発表した。

（3）加藤は戦争によって失われるであろうものについて、敗戦後、次のように述べた。「太平洋戦争はまだはじまっていなかった。しかし将にはじまろうとしていた。私は、私自身の生命をも含めて、私自身の意味のある一切のものが失われようとしていることを、痛切に知っていた。美しい一刷毛を見るたびに、美しい一つの和音を聞くたびに、そのような体験が最後のものであり、二度と繰返すことはできないだろうと考えないことはなかった。

いや、夕暮の街灯やその光の滲む秋の霧や何処かの街を行きすぎる時にふと嗅いだ微かなものの匂までもそれが最後の機会であるかも知れないと考える時、特殊な深い意味を帯びて心に迫ってきた」(『人生に関する五八章』「理性」市原豊太編、河出書房、一九五〇)。

(4) アンドレ・ジッドの一九三〇年五月十八日の日記から引用。「花から花へと、この夏を楽しみたい。あたかもこれが私にとっての最後の夏であるかのように」(『ジッドの日記 Ⅲ』新庄嘉章訳、小沢書店、一九九九)。

(5) 園部三郎「最近の音楽会から」の引用(『音学公論』第一巻第二号、音学評論社、一九四一)。

鷗外・ブロック・ポール・ヴァレリー

「人生の評価は千殊万別である。仏も王とすべく、魔も王とすべきである。大尽王香以、清兵衛を立つるときは、微塵数のパルヴニュウ〔成り上がり者〕は皆守銭奴となって懺悔し、おいらん王を立つるときは、貞婦烈女も賢妻良母も皆わけ知らずのおぼことなって首を俛《た》るるであろう。名僧智識の宗教家王たるべきが如く、小説家王たるべきものもあろう。碩学大儒の哲学者王たるべきが如く、批評家王たるべきものもあろう。出版業者王たるべきものもあろう。新聞経営者王たるべきものもあろう。人生の評価は千殊万別である。」と鷗外[1]はその「細木香以」伝の終りに書いている。尤もな話で、当り前なようだが、鷗外が香以や清兵衛の世界に入って、捉えて来た最大の思想は、恐らくこの実感の他にはない。簡単な例は映画にある。我々が映画を見終って、外へ出ると多少勝手がちがうものだ。何う云う風にちがうかと云うと、映画の中にはギャングと警官とアメリカの金持ちしかいなかったのに、映画館の外には、日本のプロレタリアートが五十銭玉を握って、切符売場に行列をつくっている。百万弗《ドル》の紛失問題から五十銭の入場券の問題に急転する所がちがう。勝手がちがうのは、一方の物さしが一方には全く通用しないからだ。つまり人生の評価はこの場合も千殊万別である。その千殊万別であると云う実感がどの位強いかは、所謂映画に毒された青少年に依って逆説的に裏づけられる。彼等は一方の物さしを強引に他の一方に通用させる連中である。

しかし、その反対に、物さしの千殊万別であることは、物さしの相対性に直接につながるのであって、鷗外はその相対性を明確に意識したのだ。恐らく鷗外の博識はそのために役だった。歴史は、各時代によって人生批評、芸術批評の基準が如何に異なるものであるかを、ディルタイに教えたと同じように鷗外に教えたはずである。のみならず親しくヨーロッパと東洋とを同時に眺めた彼の経験は、自ら他に託して説いた如く「西洋と東洋との二本足の学者」(2)として、国により、民族により、社会により、如何にすべての価値が異った物さしによって計られているかを、「公平に」眺めさせたにちがいない。そして彼が「細木香以」を書いた一九一〇年代は、多少とも優れた精神に物さしの相対性を意識させる時代的社会的宿命を荷っていた。同じ頃、芸術と精神との問題を歴史的視野の中で巧みに解析したフランスの若い批評家、ジャン・リシャール・ブロックは、彼の最初のエッセエ集「カルナヴァルは死せり」の序に書いた、

「カルナヴァルは死せりとは如何なる意味か？　社会が信念に対する道徳的《モラル》執着を失うとき、この信念が芸術に加える大きな力も失くなる。カトリックの信仰がなくなるとき、二十のジェネレーションの芸術家にその信仰が鼓吹したマドンナも聖者もなくなる。道徳的償いの目的で全民衆に受け入れられた肉体的苦しみが消えるとき、この苦しみの当然の結果であった祭も消える。かくして四旬祭《カレーム》は既に亡びた、謝肉祭《カルナヴァール》も又亡びるであろう。

ひとつの社会を支配する道徳的一致は消えて行くのか？　もはや人々の間には精神の共通性《コムミュノテ》はないのであるか？」と。

之は近代の時代的風景である。「プルウドンとマルクス以来、ブルジョワの支配がアナルシスム〔無

政府主義〕を導くと云う事実は、繰返すのも陳プになった」かどうかは別として、とにかくブロックの所謂「l'anarchie de la pensée」〔思考の無政府状態〕が近代の宿命であることは確実である〔原注一〕。勿論鷗外が細木香以に就いて書いていることはそんなことではない。鷗外の問題は歴史的時代的問題ではなく、如何なる時代にも共通な社会の問題である。しかしそう云う問題を敢えて鷗外にとりあげさせたものは、ブロックの国に於て登りつめ、大正の我国にも漸くその余波を及して来た所の、余りに近代的な一九一〇年代の、時代感覚でなかったと誰が云えよう?

l'anarchie de la pensée とは、人生評価の千殊万別であり、その物さし相対性である。ここに物さしの批評がはじまる。物さしは習慣から解き放たれ、裸で批評精神の前に投げ出される。――しかし習慣によって固定された各社会の物さしは、その社会に依ってかたく支持されている。それを解き放つことは容易でない。物さしの相対性の中に身を沈めるには、余程の覚悟が要るのだ。デカダンスと云うものの本当の姿はここにある。総ての批評はデカダンスの中からしか生れない。習慣が論理化すると同時に、完ペキに社会化して固定化したモラルを、論理から解き放って、直接的感覚的なものとし、社会から奪回して個人的なものとし、すべて習慣的社会的なものを一つの相対的風景に還元する。それがデカダンスの役割だ。先ずデカダンスの中にある者のみが、人生評価の既成の物さしを去って、赤裸のままに人生を直視することが出来る。そしてここにモンテーニュの意味に於けるモラリストの立場があるだろう。モラリストは人間の倫理的存在を非方法的に洞察する。鷗外の立場も又ここにあった。人生評価の千殊万別を見た鷗外は、一切の物さしのない広漠たる白紙の人生図を、多様さがそのまま多様さである他はない判断中止の深淵を覗いていたにちがいない。細木香以が生きていて、鷗外をつかまえて野暮だと云ったら、彼は冷然と答えたであろう、野暮な人間から見れば君は意味のない遊び人にすぎないだろう。しかし私にとっては、そんなことはどうでもよいのだと。

しかし多様さの中に止ることは出来ない。若し動こうとするならば、我々は我々自身の物さしを発見する他はない。物さしに対する批評の歴史は、そのまま近代の精神史に他ならぬ。鷗外は孤りこの近代精神の街頭にたった。そして「辻にたつ人は多くの師に会って、一人の主にも逢わなかった。そしてどんなに巧みに組みたてた形而上学でも、一篇の抒情詩に等しいものだと云うことを知った。(3)」のである。「人生評価の千殊万別」はここに至ってデカルトのターブル・ラーズ〔タブラ・ラサ／白紙の観念〕となる。ヴァレリーは「レオナルドとフィロゾーフ」〔「レオナルドと哲学者たち」〕の中で同じことを鮮かに指摘している。

鷗外の歴史物とは何であるか？　彼はそこに於て自らこらされ澄み切った眼と化する。フローベルが彼の小説に於てそうであったように。そしてその背後になりひびく最後の言葉は、ヴァレリーの「歴史、それは文学だ！」である。文学と云う言葉は、ヴァレリーの場合、彼のターブル・ラーズの中に浮かんでいる。デカルトはターブル・ラーズから抜け出ようとしたのであるが、ヴァレリーは中で生きようとしたのだ。〔原注2〕其処には論理がない。云いかえれば、ヴァレリーの論理は常に彼自身の虚無と取引している〔。〕彼がモラリストですらないのは、彼の周囲には、モンテーニュの周囲に嘗て生きていた人間の倫理的存在が、最早生きてはいないからだ。故に彼はコンヴァンションを自らの裡にたてる。それはデカルトのボン・サンスに似ているが、ヴァレリーにはボン・サンスがすべての人に平等ではない、そんなことはどうでもよい。要するに、彼はモンテーニュ的人間分析を行わなかった如く、デカルト的形而上学を営まない、そしてただテスト氏を仮構する。

鷗外の周囲は、ヴァレリーの周囲程不毛の状態ではなかったのであろう。尚人間の倫理的存在を過去に求めるに足りたのである。「過去の中の自然」を彼は描いた。何故なら現在を描き、且描くのみであることは出来ないからだ。「描く」と云うことが彼の歴史物に於て程純粋化され抽象化されたことはない。そこでは鷗外と云う存在が描くことの中に解消されている。生きるとはこう云うことか？ と彼は思ったであろう。彼の中の死の観念を見よ！ それはもう生と少しも異るものではない。

鷗外はデカダンであった。がデカダンであるよりはモラリストであった。しかも完全にモラリストであるためには、余りにデカダンであったのである。

〔原注1〕 現代の l'anarchie de la pensée の問題は、非常に広い広りをもっている。しかし就中、Block〔ブロック〕の側からそれが云われるように、仏蘭西に於ては、catholique〔カトリック〕の側からもそれが云われていると云うことは、甚だ興味ある現象と云わなければならない。

例えば Ramon Fernandez〔ラモン・フェルナンデス（一八九四―一九四四）『N.R.F.』誌で活躍したフランスの批評家〕は、«Messages»〔『メッセージ』〕に於て、«Carnaval» の Bloch に対えている。Fernandez は勿論 catholique ではないけれども、Newman〔ジョン＝ヘンリー・ニューマン（一八〇一―一八九〇）イギリスの神学者〕を論じて、Block の所謂 communauté〔共同体〕の現代に於る欠如を、より個人的内部的観点から、croyance〔信仰〕の欠如として指摘しているのである。

«Newman の声が、時代を隔てれば隔てる程、益々はっきりと聞え、益々 familier〔親しげ〕な言葉を以て、我々に、彼の所謂 trial of Faith, which alone overcomes the world〔試練を受けて信仰を鍛えることだ、それしか世俗の世界に打ち克つ手立てはないという意味〕を勧告しているとは、実に驚くべきことではないか?》と彼は云う。そして《我々の信念《フォア》の根を発見するまで、我々の scepticisme〔懐疑主義〕を掘り下げよう》と叫ぶ。何故なら foi〔信念〕と acte〔祈り〕だけが、現代を、その néant métaphysique〔形而上学的無価値〕から救い得ようからだ。Newman は Anti rationaliste〔反合理論者〕だが、Anti intéllectualiste〔反主知主義者〕ではない。L'évidence religieuse〔宗教的な明証〕に倚るが、l'evidence mystique〔神秘的な明証〕に倚るのではない。Newman の場合‘la fois は un mode de pensée〔ひとつの思考様式〕である。——Fernandez はこいつは l'idée infiniment féconde〔汲んでも汲みつくせえぬ肥沃な思索〕だと云う。そして、そう云うのは、彼に限らない。Maritain〔マリタン(一八八二-一九七三)フランスの哲学者〕はより戦闘的に、orthodoxie〔正統教義〕の立場から、より決定的に問題を扱うであろう。Fernandez は鋭利な bon-sens〔理性〕の見解の一例にすぎない。

二十世紀の問題は、左右の立場から、この一点、l'anarchie de la pensée の運命に集中されているように見える。少くともヨーロッパではそうである。ただ幸か不幸か我々の日本は彼等と万里の波濤をへだてている。精神の世界史はこの国の岸に微かな余波を及すにすぎない。それを認めないものが大部分である。認めるものは少ない。そのために苦しむものに至っては、果して何人が我々の周囲にあろうか? 我々は彼岸の悲劇を望見して、頗る複雑な感慨に耽らざるを得ない。

〔原注2〕 云うまでもなく、ブロックは彼自身のターブル・ラーズを問題としているものではない。(ターブル・ラーズとラナルシー・ド・ラ・パンセとはちがう。)ラナルシー〔無政府状態〕から社会は抜け出すべきであり、新しき謝肉祭は生れるべきである。新しい croyance なり foi なりは、社会的歴史的要請である。その要請は、如何なる形に於てか果されるであろう、ただそれは今日の文化人たちによってではないと彼は云うのだ。今日の文化

人とは勿論ブルジョワである。――之にまちがいはない。恐らく公理だ。問題は公理の個人的芸術的形而上学的成立の上にかかっている。

(1) 鷗外は加藤が「青春ノート」期から最晩年まで関心を持ち続けた人物であった。「加藤文庫」蔵『鷗外全集第一七巻』（鷗外全集刊行会、一九二二）の奥付のページには加藤の字で「１９３９年　於渋谷」と書かれ、また「鷗外全集索引（人名及びその作品）」と題されたＢ４サイズの紙二枚にわたる作りかけの索引や、「鷗外全集」各巻の内容のメモ書きが挟み込まれる。この『鷗外全集　第一七巻』には、「細木香以」や「鼎軒先生」などが収録される。加藤は一九九五年に「鷗外・茂吉・杢太郎」を主題としＮＨＫ「人間講座」に出演、番組テキストとして『鷗外・茂吉・杢太郎』を出版した（『自選集』第九巻所収）。また、最晩年にもこの三人を論じようとし、わずかにその前書きだけが残されている（「短いまえがき　なぜこの三人か」『自選集』第十巻）。

(2) 「西洋と東洋の二本足の学者」とは、鷗外が「鼎軒先生」において日本の近世の学者を一本足の学者と二本足の学者とに分け、新しい日本は東洋の文化と西洋の文化とが落ち合って渦を巻いてる国であるとし、「〔時代は〕東西両洋の文化を、一本ずつの足で踏まえて立っている学者を要求する。（…）日本人に取っては、漢学をすると云うことが、既に外国の古代文学を学ぶのである、西洋人が希臘羅馬の文学を学ぶと同等の難事である、その上に又西洋の学問をしなくてはならない、それも単にポリグロット〔いくつもの言語を話す〕な人には比較的容易になられよう、猶進んで西洋の文化が真に味われるようになろうと云うのは随分過大な望みである／私は鼎軒先生を、この最も得難い二本足の学者として、大いに尊敬する」と述べた。中村真一郎は、鷗外自身と二本足の学者について「当時、森鷗外は二本脚で、幸田露伴は一本脚で立っていると評されたが、これは鷗外においては西洋文学と漢文学との、ふたつの教養が、その文学を支え、露伴の場合は専ら漢文学のみが、支えているということを指摘していたので、それは、鷗外の場合は「和洋折衷」の中途半端に終らずに、西洋文学も漢学も徹底していたことを意味していたし、露伴の場合は漢学一点張りで、やはり純粋な高度に達していたことに敬意を表した評言だったのである」と記す（中村真一郎『再読　日本近代文学』集英社、一九九五）。『序説』下巻において「第四の転換期」が一九世紀であるとし、「開国」後の日本の文学者と西洋文化の関係を論じるなかで、加藤は「西洋の歴史的な挑戦を内面化し、二つの文化の対立をみずから生きることで、それを創造力に転化する」ことを指して、それは「鷗外の言葉でいえば、「二足のわらじ」（私の言葉でいえば「雑種文化」）の積極的な意味に他ならない」とする。

（3）森鷗外「妄想」からの引用。同ページ上部に「『妄想』の死、由木訳パンセ p.135」という加藤のメモ書きがある。

或る音楽会

電力節約と云う趣旨で街が暗くなった。[1]街がくらくなると、星と女とが美しくなった。星と女とが美しくなると、よろこんだのは、天文学者とクールティザーヌだけではない。総ての浪漫派がよろこんだのである。私は日比谷公園の傍らの、赤煉瓦の舗道を、公会堂の方へ急ぎながら、アカシヤの木梢を洩れる美しい星に形而上的孤独を感じ、すれちがう美しい女に、人間的陶酔を味った。のみならず、周りが暗いので、公会堂の窓ばかりは、愈々明るく、丸で歓楽と栄耀とが、そこに輝いているかのように思われた。其処をさして、公園の門を入って、広場を横切って、集って行く人々の影は、皆芸術を愛する文化の担当者、我が東京市民の当代のエリットである。「節約」とは何と云う安上りな幸福であろうか！

私はその晩、すべて集会を監督すべき警察官の、切符をもらって、その席にいた。元来その席に座るべき警察官は、一人の少女と、五十人のオーケストラとの演ずるプログラムに、社会の安寧秩序を乱す何等の不安も感ぜず、さればこそ私の如き一介の無頼の貧書生に切符を送くってくれたのであろうが、私がそこに見出した光景は、実に当代の政府の驚く可き屈辱であった。演奏台の両側には、「大政翼賛」とかその他何とか、要するに政府の以てスローガンとし、政策とし、民衆強化の大幟を以て目する額がかかっている。その額たるや実に尨大であって、到底それに気づかぬと云うことはあり得ない。所が、私の見る所では、ここに集ったすべての人間は始めからおわりまで、公然とその額を無視し去ったのである。彼らは、無関心であり、こともあろうに、「大政翼讃」の額を、即ち政府そのものを、相携えて公然と無視して顧みないのだ。無視するほど痛烈な侮辱が世の中にないことは、例えば他の男の前で、自分の妻から無視されたときのことを想出せば、それがどの位痛烈だか合点が行こう。そんな想出はないと云うか？　それならば忘れたのである。それ程君の妻君の方が君より上《ウワ》手《テ》であったにすぎぬ。如何に痛烈でも、慣れれば刺激ではなくなる。しかし日本政府がかくも公然と侮辱されたことは、慣れれば所ではない、前代未聞であろう。しかも相手は一介の少女である。少女の無心に――だかどうだかは怪しいが、少くとも無心らしく弾ずるピアノと、それに聞き惚れる聴衆である。まことに奇々怪々たる事態であって、私はおどろきもし、呆れもし、日本政府のために痛憤もした。しかも間もなく、之は到底私などの手には負えず、手に負えないからこそ奇々怪々なのだと、おそまきながら、合点した。そう合点すると、私はいさぎよくあきらめ、断乎として、一そピアノをきくことに決心した。以後私はだらしなくもピアノをききながら、すべてを忘れ去ったから、この奇怪なる政府侮辱事件は、その後、私にとって一個の悪夢の如きものとなって了った。私はピアノをきいた。そして悪夢よりは、美しい星と女とを想出していた。

R氏［ローゼンストックか］は相変わらずフチ無しの眼鏡を、鋭い鼻の上にかけ、あかい顔をして指揮棒を振っていた。亡命の音楽家！　所で彼を追った国と彼の追われて来た国とは今同盟しているのだ。それが何だ?と亡命の音楽家は叫んでいるように見える。私を追ったのは、モオツァルトの国ではない、ヒトラーの国だと。彼の言葉は、音楽だ。この位国際的な言葉があろうか? のみならず、この位、都合の悪い相手には難解な言葉があろうか? 例えば所謂「検閲」の当局は、小唄の頽廃性を辛じて解するが、ラヴェルのそれに至っては、未だ嘗て夢想したことすらもない。しかもラヴェルは巴里のインテリゲンチャに解った如く、嘗て銀座のカフェーの、女給たちにも解ったではないか! R氏は亡命の音楽家だ。詩人だったら、亡命が氏を殺したかも知れない。——私はこの考えにつきまとわれていたが、音楽がはじまると、ああそれは何と美しかったか! 願くは花の下にて春死なんと云った西行の、美しいものへの、あの悲願が、私の裡に甦えった。ひとつのアコオドがひとつの寺院を私の中に建てた。その寺院の窓からは、牧場(2)と太陽とフォーヌの踊る姿とが見えた。R氏と私と音楽と。その他に何が要ろう、その時の外に何の時があろう、私は私の心が溢ふれ、流れ出したときに、それが流れて行くままに任せていた。私は失うべきものを得た。だからもう失ってもいいのだと私は何時か考えはじめた……。

モオツァルト——お菓子のような形而上学。貴族の少年。ワトオのコンタンポラン。噴水と百合の匂いと寺院の窓ガラスに映った夕映え……

チャイコフスキイ。——橇に乗ったベートーヴェン。彼はモスコーの雪の夜を走る。吹雪。アンナ・カレーニナの恋。突然、農家の夕暮の合唱……

S夫人[3]は時々R氏の指揮棒を振り仰ぎながら弾いていた。私は開いたグランドピアノの蓋に、彼女の上半身が映るのを見ていた。蓋は黒く磨かれていた。S夫人は白い夜会服を着ていた。蓋の中の彼女の像は、嘘のように美しい。力を入れる度に、豊かに張った白い胸が、物語の中でのように波立って、頸飾の銀がきらめく。二本の腕は、バラ色に赤らんで、黒い鏡の奥に慄える。右手のレガート。メロディー。黒い鏡の中では、白鳥が羽ばたいている。美しい姿勢だ、傾くと、低いペダルの和音の中に、白鳥の運命が沈む。時が沈む。この黒い鏡の中では、色は何と深かく、運動は何と不思議な持続の上に営まれることか！　形はとどまらない、運動は流れる、絶えず新しい秩序が虚構のタブローを支配する。

　虚構は現実よりも確かなものだ。この舞踏、この音楽、この時、…私はひとつの観念に誘惑される、即ち永遠。現在とはひとつの虚構である。永遠を我々は我々の現在に招待する…

日比谷公会堂には私の青春の可なり大きな部分があった。所が私はそこでも勿論孤独だった。祭典の中での孤独と云うものは、――とにかく孤独はとりかこまれていなければならない。身知らぬ人に！　その中に私は又如何に多くles femmes que j'eusse aimées〔愛したかもしれぬ女たち〕を見出して来たことであろう！　それが孤独の青春と云うものだ。多かれ少なかれ、そいつは運命と共にある。私たちは運命と共に踊る。時代が公会堂を壊そうとも、又そこに於いてあった音楽が最後のものになろうとも、私達は私達の運命と共に踊る他はない。最後のものには哀悼の意を表しよう。過去に対してはその他の何をなし得ようか？

私は生きなければならぬ。過去にでもなく、未来にでもなく、現在に於て、死に且つ生きる他に私に何が残されていよう？

R氏は音を招く。両手で、力一っぱい、全オーケストラから、ひとつの音を呼びよせる。すると私は生きるのだ。私は想出の中からたち上る。R氏の指揮棒はフルオーケストラを解きほごす。ゆらめく弦の波の上に、木管の唄が漂う。夕暮の港。海はピンクに染まり、船の白いブリッジは、真赤な郷愁に燃えている。幼なかった日、晴れた空、しずかな港の汽笛。意識しなかった恋たちが甦える。R氏の足が台をはなれる。するとオーケストラも空中に浮び出る。R氏は空中で指揮する。踊る。音楽が空間を animer する…〔活気づける〕

K嬢(4)。彼女にピアノを教えたのは誰か？　私はそれを教えた国の言葉で問いたい、ただひとつ、——Pourquoi revenait-elle à cette terre étrangère?〔どうして彼女はこの異国の地に戻ってきたのだろう？〕

音楽はシュルス・アコオドの神秘に溢ふれている。私達にとっても、最早抒情詩はこの神秘なシュルスの周りを繞る他はなくなった。人は何度、吐息をついて、感動に酔いしれながら、モオツァルトのメロディーの最後の音を聞いたことか！　そして私たちは今如何に痛切な感傷を凡ゆるものの「最後」にそそぐことであろう！　絵が、音楽が、私たちの言葉が、又凡ての平和と生活と女たち、霧の巷の街燈さえもが、最後のものであるときに、限りなく美しくなることを、私たちはしらされた。美よ、感傷よ、青春よ、すべて之等不定にしてはかなきものの運命よ、私には希望がある、別離の唄がうたいたい。何十回何万回、いや数え切れぬ程人の口にのぼったあの言葉、さようならと云うあの美しい言葉を、美しい言葉を、私もここに繰り返えしたい。

希望は必要だ。総ての訣別の辞は愛惜であると共に決意でなければならぬ。もうその時も遠くはないのだ。

私は勿論恐れてはいない。悲しんでいるだけだ、しかし美に酔い痴れる限りは、悲しみも私にとって何ものであろう？　巷には霧が流れる。窓の灯は滲んでいる。月光よ、青い夜を横切って行く影は、忘れた物語の人物たちだ。

月光よ、ああ、私の耳に、今こそ宵の音楽は、溢ふれながら響き合う！

〔ノート上部〕

Dans le parc allemand où brument les ennuis,
L'Italienne encore est reine de la nuit.
Son haleine y fait l'air doux et spirituel
Et sa Flûte enchantée égoutte avec amour
Dans l'ombre chaude encore des adieux d'un beau jour
La fraîcheur des sorbets, des baisers et du ciel.

《 Mozart 》—Marcel Proust[5]

（1）一九三八年、電力管理法が公布され、電力を国家が管理するようになった。

（2）青春ノートⅦには牧場という言葉が散見される。同ノートには「牧場について」という和辻哲郎『風土 人間學的考察』第二章第三の抜粋と加藤による註釈からなる文章がある。また、同名の評論を『崖』一九四〇年十月号に寄稿している。

（3）井上園子か。井上は日比谷公会堂において、ローゼンストックが指揮する新響とともにモーツァルト、チャイコフスキーを演奏した（『音楽の友』一九四一年一二月号）。

（4）草間［安川］加壽子か。父が外交官だったため、一歳からフランスで暮らした。

（5）「倦怠の濃霧たちこめるドイツの庭園《にわ》でも、／イタリア女は相も変らぬ夜の女王。／その吐息《いき》は大気を甘くし、霊気にかえる、／そして、その魔法の笛は、愛情こめて乾かせる、／氷菓《ソルベ》と接吻と大空の瑞々しい滴りを、／すぎた日の別れに、今なお熱い闇なかで」（プルースト『楽しみと日々』「画家と音楽家たちの肖像――モーツァルト」窪田般彌訳、福武書店、一九八六）。

一九一四年夏[1]

《だけど兄さん》と彼はしばらくの沈黙のあとで云った、《兄さんは、これから起ることに、何の疑いもたずに、何故こうしているんだ?》

アントワーヌは、長椅子の端にかがみこんで、両手で満たしたガラスの湯呑を支え、唇をつけずに、シトロンとラム酒の軽くまじった紅茶の香りを、うまそうに、啜っていた。ジャックには、その額と気の散った無関心《ノンシャランス》の漂う視線だけしか見えなかった。(アントワーヌは、向うで待っているアンヌのことを考えていた。何しろ余りおそくならぬ裡に、彼女を電話で避けねばならない…)

ジャックは何も云わずに立上って出かけようとする所だった。

《で、これから起ることってのは、何だい?》と、アントワーヌは姿勢を変えずに呟いた。そして、多少後悔に似た気持ちで、弟の方に目を向けた。

《戦争さ。》と、ジャックは嗄れた声で言いきった。

電話が遠くの部屋で鳴った。

《そうかね?》とアントワーヌは、煙草の煙に眼をほそめながら答えた。《何時も厄介なバルカンじゃないか?》

そこへ、召使のレオンがやって来て、« On demande Monsieur au téléphone »(「お電話でございます」」と云う。アントワーヌは、"On"てのはアンヌだなと合点する。彼はそそくさと出かける。そのあとに、一寸いい文章がある。それを原文のまま書くと、

Pendant une minute, Jacques considéra d'un œil fixe la porte par laquelle son frère était sorti. Puis, brusquement, comme s'il rendait un verdict sans appel : « Entre lui et moi », déclara-t-il, « le fossé est infranchissable ! »(2)

二人の間には越えがたい溝がほられたと云うのだが、文簡にして要を得、その溝の鮮かに読者の眼に浮かぶ名文である。色事と仕事に忙しい商売繁盛の金持ちの医者と、コムミュニストで、パシフィストで、地下に潜った詩人との、兄弟の溝だ。レアリストとファンタジスト、フィリスタンとポエト、その他等々の対立であって、至極当り前だが、之は少しく大掛りである。その大掛りな所を、小説家の手かげんよろしく、巧みに案配し、綺麗に仕上げてみせられると、矢張り面白い。のみならず大戦の前夜は、幸か不幸か、actuel な舞台である。幸か不幸かで思い出したが、このあとで、兄弟が一しょに飯を食う。アントワーヌがジャックに、《お前幸福かね》と訊くと、乙なジャックの科白がある。曰く

« Oh, tu sais », murmura-t-il, « le bonheur, ça n'est pas une timbale qu'on décroche… C'est surtout une aptitude, je crois. »(3)

或る社会では、幸福を金と置き代えることが出来る。或いは地位か名誉か恋かと置き代えることが

出来る。一定不変の社会秩序が、長年月をかけて実態と条件とをすり代えるのだ。幸福は幸福の条件と化する。ペルソン〔人間〕はコンディション・ユメン〔人間の条件〕と化する。文明は自らを習慣化する。しかし又社会秩序の変換、価値のテンプク・革命的環境に於ては、或る実体に関して、人は一定の条件を発見することが出来ない。幸福の条件は幸福から分離されて意識される。条件の代りに実体が問題となる。幸福の問題は幸福の条件の問題をはなれて、それ自身の中へ、例えば心理学の領域へ移される。若しそれが可能ならば、あとは形而上学である。そのときに、幾人ものジャックは呟いた、多少皮肉に、又多少自ら恃む所あるように。幸福か？　そいつは才能だ！

★

大事件は、何時も前ぶれなしに、突然平和な、何ごとも予期していない社会を、混乱の中に投げこむ。それまでは、時は何時もながら静かに戦争の前の日も、空の美しく晴れ、子供たちのたわむれている街の上を、流れ去る。恋は囁かれ、歓楽はうたわれ、平和は教会の鐘の音にこめられているのだ。藤田嗣治氏が描いた一九四〇年春の巴里郊外、「最後の平和」。そしてマルタン・デュ・ガールがここに想出させる一九一四年春の巴里…

彼の主人公ジャックは、戦争を予期し、彼の使命に暗躍し、倏忽の間にあってなお昔の家に恋人を訪ねることを忘れない。ジャックの其処に見出すものは、昔に変らぬ家の階段、踊り場、最後の平和。

何も変っていなかった。ダニエルと話しながら、幾度か上下したあの階段…本を小脇に、キュロットを着たダニエル…マルセイユから帰ってフォンタナン夫人にはじめて会ったあの踊場…重々しい微笑の他に叱責の影さえ見せず、二人の逃亡者へ、夫人は上からかがみこんだものだった。何も変っていなかった。アパルトマンの梁さえも。その梁からは、木魂が彼の想出の奥まで響きかえって来る…

若い革命家は、彼の計画に溢ふれた未来から、過去の中へ立ちかえる。想出は人々のパンだ。多かれ少なかれ、彼等はそれをたべて生きている現代の人々…ここでは人物たちが、想出の場所を訪ねるたびにきっと呟く、

Rien n'était changé, rien...〔なにも変わっていなかった、なにも…〕

そのような所であったのだろう、戦前の巴里は。そして、生きている人々の心ばかりが変転常なく、何時もながら永遠に変化の時に洗われ、流転の悲哀と感傷とを、自ら深く秘めていたのであろう。しかし、来るべきカタストロフは、来る。大事件は、凡ゆる予測と希望と解釈とを圧倒して、来たるべきときに、来て、すべてを破壊し、我々に必然と云う殆ど扱うに術のない観念だけを残すのである。

★

ながい間の通じなかった思い、かけはなれた運命の上に営まれた各々の生活、四年間の別離のあとで、嘗て最初の出会のあった同じ国の空の下に、二人の恋人たちがめぐり合う。会話、しゅんじゅん、激情、そして抱擁と陶酔の一時…その一時が過ぎると、教会の鐘が更けた夜を告げる。女は辛じて身を起し、《十一時！》と云う。《行かないで、ジェニイ！》と男〔ジャック〕が云う。《でもママンが心配しているわ》男は引きとめない。そして、せめておくらしておくれと云う。女の《否《ノン》…》は、悲しく、優しく、しかししっかりした調子。宥しを請うように男に微笑む。長く男の見なかった微笑…。

《ママンに会う前に、独りで居たいの》男はそれもよいと考え、こんなに容易くわかれられると云うことに、我ながら驚いている。と、女は微笑むのをやめる。繊く美しい顔に、苦悩《アンゴワス》の影が浮かぶ。丸で古い苦しみ《スウフランス》の爪が、余りに新しいこの幸福の中に、傷跡をのこしてでもいるかのように。

再会の約束。女は握りしめた指を優しくほどく。別れ。すると、突然男は、考える、« La guerre … »〔戦争…〕迫って来る危険。怖れ。…世界がちがった光のもとに照らされる。しかし、男は指をならして呟く。

« Non, pas la guerre ! » murmura-t-il, en crispant les poings. « Mais la révolution ! »

Pour cet amour, qui engageait toute sa vie, il avait plus que jamais besoin d'un monde nouveau, de justice et de pureté.[4]

★

〔ノート上部〕

le procès Caillaux　Ramsy〔カイヨー訴訟　ラムシー・コレクション〕

« Mais Antoine », murmura-t-il,[5] après un instant de silence est-ce possible que vous n'ayez, ici, aucun soupçon de ce qui se prépare[6] ?

L'ÉTÉ 1914 ★★ p.82

Elle avait cessé de sourire. Sur ses traits fins se lisait même une expression d'angoisse, comme si la griffe ancienne de la souffrance restait plantée dans ce bonheur trop neuf.[7]

（1）「一九一四年夏」は加藤によるロジェ・マルタン・デュ・ガール『チボー家の人々』の抄訳から始まる。本書では加藤の抄訳を一部割愛する。物語の舞台は第一次世界大戦前夜のパリ、父の莫大な遺産をもとに開業し、研究と医者としての成功に力を注ぐ兄アントワーヌを、革命家で共産主義者の弟アントワーヌが久しぶりに訪ねる場面である。

（2）「一瞬ジャックは、じっと兄が出ていったドアのあたりをながめていた。それからとつぜん、まるで最後の断とでもいったように「彼とおれとの間には、越ゆべからざるみぞがある！」と、口に出した」（マルタン・デュ・ガール「チボー家の人々」第三巻、山内義雄訳、白水社、一九五六）。

（3）「「だって」と、ジャックはつぶやくように言った。「幸福なんて、一挙に得られるものじゃないんだから…あれはひとつの才能だと思うな」」（前掲書）。

（4）「《そうだ、戦争じゃない！》と、彼はこぶしを握りしめながらつぶやいた《革命だ！》／いま、全生涯をかけようとする恋のため、彼にとっては、いつにもまして、正義と清純の新しい世界が必要だった」（「チボー家の人々」第四巻、山内義雄訳、白水社、一九五六）。

（5）原文は、Mais Antoine, murmura Jacques, である。

（6）加藤の抄訳に対応する原文。「だけど兄さん」から始まるジャックの科白。

（7）加藤の抄訳に対応する原文。「と、女は微笑むのをやめる」から始まるジェニーの描写。

一九四一年十二月八日

Enfin la guerre.(1) enfin chez nous. Voilà déclaration de la guerre de notre gouvrenement. Qui a fait ? et Pourquoi ?

K君が朝大学の裏門を潜った所で、無造作に話しかける、《とうとうやったね》 T教授が授業のあとで、手術台に手をかけながら、《医学生の覚悟》を促す。《はじまりましたね、こう云う緊張した所で勉強するのも男子の本懐ですかな。やりましょう》と、S助教授は胃癌を論じはじめる。皆がそれを話題にする。(2) 街にはラジオの前に、人が集って、ニュースをきいている。丁度相撲の放送をきく人の群のように。しかしそれよりも落ち着いた、静かさで。

最も静かなものは空である。今日、冬の空は青く、冷く、澄んでいる。水のように静かに。ヴェルレーヌの聖なる静寂《トランキュア》を想わせる。

Le ciel est par-dessus les toits,(3)—は何と美しい言葉であろう。そしてヴァレリー(4)の海辺の空！ Toutes choses, autour de moi, étaient simples et pures : le ciel, le sable, l'eau. のみならず maisons de charité を出た僕は、西の方、工場の煙突の上に、折から暮れようとする広重の空を見た。

Ô le ciel fané, la derniére crépuscule de la décadence mourante!(5) しかし美しい空は永遠である。人間の苦悩と同じように。(6)

En maison de charité. 病人は傷の痛みを訴える。ギリシャの昔よりそうであったろう病と貧との他に、一体何を訴え得よう。

電車の中で、人は皆新聞をよんでいる。恐くは繰りかえしよんでいる。何故なら新聞にはひとつことしか書いてないから。ニュースと云うものは、如何に重大な、如何に痛切なニュースであろうと、所詮弾丸でもないし、飢えでもない。僕らの必要とする覚悟は弾丸に対するものであろう。或いは飢えに対するものであろう。そして、決して、ニュースに対するものではない。

豊増昇のベートヴェンをききに行こうと思ったが、妹が心細いと云うからやめた。[7] 警戒管制の家で、ショパンのワルツをききながら、この文を草する。何も書くことがないと云うことを書くために、文を草するのだ。弾丸や飢えは僕を変えるであろう。勇気の要るのもその時であろう。それまでは如何なるニュースも僕を変えることは決してない。僕は今も晴れた冬の空を、[8] 美しい女の足を、又すべて僕の中に想出をよびさますあの甘美な旋律を愛する。présence とは豊かなものだ。[9]

（1）「ついに戦争だ、ついに僕らの国で。日本政府の宣戦布告があった。誰がしたのだ？ なんのために？」

（2）加藤は冒頭のフランス語で一度だけ la guerre 戦争という言葉を使うが、それ以降は「開戦」とも「戦争」とも書かず、「それ」といって、直接表現することを避けている。

（3）ヴェルレーヌ『叡智』「空は屋根の向こうに」 *Sagesse* Le ciel est par-dessus le toit の一節。この詩が引用されたノートⅥ「日記――14・11・28（火）」には「空は僕等に無関心である。そして美しいと。この美しさを見つめて、僕等の祖先は人生のはかなさを悟った」と書かれる（本書一五五頁参照）。

（4）僕を取り巻くあらゆるものは、単純で澄んでいる。空、砂、水。

（5）ああ、色あせた空よ、死にゆく没落の最後の黄昏よ！

（6）加藤は開戦の日のことを、『羊の歌』において以下のように回想する。「私は周囲の世界が、にわかに、見たこともない風景に変るのを感じた。基礎医学の建物も、樹立ちも、同級生の学生服も、一年以上の間毎日見慣れてきたものであり、それはそのまま、初冬の小春日和のしずかな午前の光のなかにありながら、同時にはじめてみる風景の異様に鮮かな印象をよびさました。住み慣れた世界と私との間をつなぐ糸が、突然切れたとでもいうことであろうか」（『羊の歌』「ある晴れた日に」）。

（7）豊増昇は一九四一年一月より「ベートーヴェン　ピアノソナタ全曲連続演奏会（全七回）」を明治生命講堂において行なっており、十二月八日はその最終回だった。記録によればこの日は第三〇番ホ長調　op.109／第三一番変イ長調　op.110／第三二番ハ短調　op.111を演奏した（小澤征爾、小澤幹雄編著『ピアノの巨人――豊増昇』小澤昔ばなし研究所、二〇一五）。豊増の十二月八日の演奏会については鷲巣力の指摘が既にある。

また『羊の歌』「ある晴れた日に」では、加藤は太平洋戦争開戦の日に、新橋演舞場の文楽の引越興行を観に行ったと書いている。しかし鷲巣力の指摘によれば、「半七さん今頃は…」の科白が有名な『艶容女舞衣』「酒屋の段」は翌日の一二月九日からの公演で開戦の日は上演されていない。また古靱太夫はこの演目を一九三〇年から一九四六年の間、一度も語っていない（前掲『加藤周一はいかにして…』）。しかし加藤は、『艶容女舞衣』「酒屋の段」に触れたことがある。「柱をめぐる旅」というエッセイにおいて「金王町の家を出てから後、私は能舞台での役者の動きが、柱との関係で決ることを知った。また人形浄瑠璃の舞台で、柱をめぐっての立廻りや、「今頃は半七さん《〔ママ〕》…」の科白が柱と切り離せないことも知った」（初出『太陽』平凡社、一九八八年八月号）と書く。

時期は不明だが、加藤が『艶容女舞衣』「酒屋の段」を観劇し、その舞台が加藤になんらかの印象を与えたのかもしれない。

（8）現に目の前にあることや、目の前にいる存在。

（9）『青春ノート』において、加藤は一人称として「僕」や「私」を使っていたが、この「一九四一年十二月八日」以降、一人称は一貫して「私」であり、「僕」は使われなくなる。

UN FILM RETROUVE（1）

戦争は始まったが、予期した「空襲」はない。勿論「物資」は急に殖えもしなければ、へりもしない。戦争が始まったについて、差し当りあるのは、「灯火管制」の街と「重大なニュース」とに過ぎない。私は、微熱を体に覚えながらも、今日の午後、季節はずれの南の風に誘れた。私は晴れた空の下に出かける。微熱の頬を、微かに生ぬるい冬の南風が撫でる。ふと海の匂い、春の錯覚…Y子氏舞踏研究所〔貝谷八百子による貝谷舞踊研究所か〕から、ノクテュルヌが真ひるのなかへ洩れてくる…

私は二三年前に一度見たフィルムを、（2）場末の映画館で見た。私はそこへ行ったことがない。観客はみんな知らない階級の、知らない人たちだ。見知っているのは暗やみに輝いている、大写しのあの女だけである、彼女は « Voilà un route à la recherche de ma jeunesse »〔私の青春時代を探す旅路〕とか何とか云っている。カットすると、豪華なシャトオの内部。肘掛椅子の女。カメラは退き、回転しはじめる。柱、ピアノ、窓、湖、庭園と噴水…。湖とそれをかこむ丘は、急に野尻湖の秋をよびさます。今年の初秋、私はホテルの見晴し台にひとりだった。湖は空を映し、その深かい藍色とヴェールのように漂う白い雲とを見つめていると、ヨットの歌声が昇って来た。秋の丘は赤い屋根の家々を散りばめて、湖の向うに、風景の奥に、眠ってでもいるように、静かだった。その湖の色、その山の波、そのヨットのソプラノのトレモロ。私は独りで « jeunesse »〔青春時代〕と云う考えにふけったものだ。

その考えの甘美さがふと野尻の風景とスクリーンのコモ湖と、折り重さなって、浮かんでくる。

ヒロインは出発する。「舞踏会の手帖」を繰って、彼女がはじめての舞踏会に、《Je vous aime toute la vie! 》〔あなたを生涯愛します〕を囁いた二十年前の男たちを訪ねて、その言葉、《toute la vie》〔生涯〕を呟きながら、彼女の過去《パッセ》を跡づけて。

私は既に、才人・デュヴィヴィエが彼女の手帖に何を書きこんだかを知っている。私は再び《La Paquebot Tenacity》抒情家《リリック》と《La Bandela》[3]のレアリストとを、そして何よりも完璧なシネマシアンを見出す。

狂人の部屋の床に、棚に、テーブルに、悲劇の遺品を漁る敏捷なカメラは、「外人部隊」や「ミモザ」のフェデ〔ジャック・フェデー（一八八五－一九四八）フランスの映画監督〕を想わせる。又ナイト・クラブのヴェルレーヌ。《Dans le vieux parc solitaire et glacé, Deux formes ont tout à l'heure passé.》にはじまり、《L'espoir a fui, vaincu, vers le ciel noir.》に終わる科白の妙。[4]坊主と貴婦人対面の場の、見上げ、見下したカメラ・アングルの美しさ。ここの所で最も効果的な伴奏は、（この少年コーラス程巧みに利用された音楽は少ない）「ゴルゴタの丘」[5]でジャック・イベールと共にしたデュヴィヴィエの才能を想出せる。又アルプの雪崩や波止場の安アパートで斜めに切ったカットと素晴しい移動撮影。更に場面をrupture〔破綻〕へ導く、波止場のクレーンの、脅かすような音響、その次第に昂まる効果。そしてrupture。部屋を覗いて驚いた女の顔。その視線の先に、ミドル・ショットで、ピストルに弾をつめるブランシャール。背景にクレーンの窓。――と突然クレーンが廻転しはじめ、部屋が廻り、世界が廻り、急速に廻ると、それは絵葉書屋の店頭で、絵葉書を一廻しして、ヒロインが店の女と話をしている。卓抜なモンタージュ。（モンタージュも「巴里祭」の《J-e-a-n!》から何と遥かに進歩したことか！）
之がテクニシャンの片りんであるが、テクニシャンでないものは何ものでもないと私は考えた。そして、又私は考えた、この架空の物語の人物たちは、何とまあ過去《パッセ》を愛してばかりいるのだろうと。女が来て、「はじめての舞踏会」とか何とか云うと、坊主も町長も美容師も、ナイト・クラブのバーテンも山案内人になった詩人も、《Alors, causerons de notre passé!》〔昔の話をしよう！〕と叫びながら、忽ち想出の中へ入って行くのである。元来女の訪問そのものが恐ろしく架空だが、よく考えてみると、女の行った先きの男たちも、ずい分架空である。いや、架空に見えるのだ、神経衰弱の男女は、皆架空に見える。過去を愛すると云うことがそう云うことだ。レアリテとは人間が現実に執することであって、その執念がレアリテである。

三年前とは世界が変った。デュヴィヴィエも恐らく二度とフランスで仕事は出来ないだろう。彼の描いた人物たちの過去《パッセ》は、今やフランスの過去《パッセ》になった。プルースト的神経衰弱。病的に鋭くなった神経だけが感じられる二十世紀の感覚世界。その世界でアンテリジャンスは恐ろしく微細な貝を、精神の海底に拾ひ上げ、磨きあげ、哄賞〔ママ〕したのだ。

私は、夕暮、映画館を出る。時ならぬ涼しい夕風が、微熱を散らす。私は西の空に、紫の山々と、黄金の雲のへりとを眺め、ヴェルレーヌを呟く、

《Qu'il était bleu, le ciel, et grand, l'espoir !...》[6] 17 Decem 1941〔一九四一年十二月十七日〕

〔ノート上部〕[7]

1　狂人　ロゼー
2　バーテン　ジューヴェ
3　坊主　アリ・ボール
4　アルプ　ピエール・R・ウィルム
5　町長
6　医者　ブランシャール
7　美容師　フェルナンデル
8　ジェラール　ロベール・リアン

（1）このタイトルは、プルールト『失われた時を求めて』の終幕である第七篇「見出された時」Le Temps retrouvé にちなんでいるのであろう。「見出された映画」とでも訳すべきか。
（2）ジュリアン・デュヴィヴィエ監督『舞踏会の手帖』（一九三七年、日本公開は一九三八年）のこと。夫を亡くしたばかりの裕福な未亡人が、手帖を頼りに、かつて舞踏会で踊った相手を訪ねていく。加藤は『青春ノート』において、度々この映画にふれる。
（3）「商戦テナシチー」「ラ・バンデラ」は共にデュヴィヴィェ監督の映画。
（4）ヴェルレーヌ『艶なる讌樂《うたげ》』「感傷的な対話」の一節。「淋しい凍《こお》った廃園を／形影二つ　通って行った」「――真黒な空に希望は飛び去って、消えてしまうた」（『ヴェルレエヌ詩集』鈴木信太郎訳、岩波文庫、一九五二）。

（5）加藤はかつて『ゴルゴタの丘』の映画評を、藤澤正の筆名で『向陵時報』（一九三六年十二月号）へ寄稿した。これは確認できうる限り、加藤が初めて公にした文章である。
（6）「――碧かったねえ、空は。希望も大きかったね」（前掲『ヴェルレエヌ詩集』）
（7）『舞踏会の手帖』劇中において、主人公が訪ね歩く人々を演じた俳優と配役。

絶望的なヨーロッパの話、ヒューマニズムの運命に就いて。(1)

日本は万邦無比の国体であって、毛唐の標準で、はかることは、もとより不可能である。

ヒューマニズムがルネッサンスにはじまったと云う説は真赤な嘘だとエティエンヌ・ジルソン〔（一八八四－一九七八）フランスの哲学者。ネオトミズムを代表するひとり〕は云っている。マリタン〔ネオトミズムを代表するひとり、吉満義彦が師事〕も同じことを主張する。カトリシズムは、従来人の云うごとく、ヒューマニズムを拒否するものではなかったし、又ないと云うのだ。中世のはじめ、民族移動時代のヨーロッパに於て、ヒューマニティを擁護するために、カトリックの必要であり、封建経済の組織化の必要であったことは確からしい。しかし後年、ヒューマニズムのための封建制度が、ヒューマニズムを離れたことも確からしい。

何故ならルネッサンスに於て、ブルジョワジィーと資本主義とが、ヒューマニティーの擁護のためには必要であったからだ。しかしヒューマニティのために出発した資本主義も成熟するにつれてヒューマニズムの背景を失いはじめた。

そして今度はコンミュニズム最後の望みをプロレタリアートにかけた。プロレタリアートの権利はヒューマニティーの権利として主張されたようである。しかしことの成るに先だって、ヨーロッパは、ナショナリズム c'est-à-dire〔すなわち〕マキアヴェリスムの中に突入した。今後ヨーロッパのヒューマニズムが政治的経済的表現を直接に見出すことは困難である。そこでは、征服欲以外、征服のための社会経済の組織化以外の何ものも、政治の中には存しない。

封建主義が嘗てヒューマニティーの弾圧のためにヨーロッパに存在した如く、帝国主義が今やヒューマニティーの弾圧のためにヨーロッパを支配するであろう。ただヒューマニズムが封建主義の中にも生きつづけた如く、又組織化された国家主義の中にも生きつづけるであろうことは疑いない。

そしてその仕方は、インテリゲンチャの非政治家、即ち逃避以外にないはずである。「神の国は汝等のうちにあり」(2)と云う言葉を、彼等は厳しく内在論的に考え、ポリティックを去り、数学とメタフィジックとリリックとにおもむくであろう。そしてカトリックもヒューマニズムを拒否しない所ではなく、カトリックの中にしかヒューマニズムを見出せないようになるかも知れない。

（1）この短い論考はノートⅧ「プルーストの想出」（本書不収録）のノート上部に書きとめられたものである。
（2）『ルカによる福音書』の一節。また一八九一年から一八九三年にかけて書かれたトルストイの著作。暴力否定の思想や国家の欺瞞について書かれ、ロシアで発禁処分となる。

岩下師の言葉(1)

去年の暮から、今年の正月にかけて、私は一九一四年戦争を舞台とする或る長編小説を読みながら、頻りに現代を想い、歴史は繰りかえすの感を深かくした。(2) 一九四〇年は如何に一九一四年に似ていることか！　現代は何度絶望をしたら許されるのか！と。一九一四年以後、二十世紀は廃墟の上に、絶望と痛恨との日々を送くった。その間、必しも貧しからざる哲学と文学とは、多少とも悲歌の美しさに溢ふれていたが、我々の世紀は、未だひとつの絶望に悲歌をさえ歌いきらぬ裡に、早くも新たな絶望に襲われている。我々は最早悲歌をさえ歌い得ないかも知れない。同じ原因が同じことを結果したのだ。しかも立直るには、暇がなさ過ぎた。近代人はあらゆる末期の人々のように、近代の滅亡過程を忙然と見守る他に、術もないのかも知れない。一九四〇年は、一九一四年に似ているのではなく、両つながら、近代の滅亡過程が、むしろ中世末期に、そして更に古代文明のあの荘厳な没落の年、西紀四一〇年(3)に似ているのであろう。

昭和十年岩下師は書いた、

「歴史は屢々逆転する。今や文化民族たることを誇りとする国々が、仮令その外観に於ては幾多異るものあるにせよ、何らその本質に於て異なるなき主義主張のもとに、真に文化的なるものの破壊に邁進しつつあるのを見る。」と。(神の国、一二二頁)(4)

全くその通りである。成熟したカピタリスムのオートマティーは、嘗て又別の立場から指摘された如く、「真に文化的なるものの破壊」を、次第に大規模に、従て自分自身の必然的崩壊に至るまで、実行しようとするかのように見える。

去年満洲に病を得て、遂に逝った岩下師の遺稿集を、今年の正月灯火管制下の東京に翻した私は、此のような世界を、師が如何に考え、如何に見ていたかを知ったのである。[5] 例えば、

「規準となるべき絶対価値の認められぬ所に、価値の階梯はあり得ない。」「人間が絶対自主的存在ならば何をしても構わぬ筈である。[6] 個々の絶対自主的存在の相剋に際して弱肉強食は必然となり、その団体衝突に当っては、優勢な多数が無力な少数を圧迫するのも不可避的である。或は又民族が最高価値ならば同様に民族の要求は絶対であり、他民族のとの協調は〔ただ〕利害の一致以上に出でないであろう。」

「一切万事に通ずる規範のない所に、道徳は成立しない。個人の間に於て然り、況や国際関係をやである。ロマ書第一章の後半と現代の実相とを相照合す時に、我等はただ感慨無量である。」と。（信仰の遺産 p.273）

私はかの長編小説のことを考え、目下の地上を蔽う悲惨のことを考えた。師ならずとも、感慨無量たらざるを得ない。制度を論じるのは遂に無益であり、問題の社会的処理は結局不可能であるか？世界過程の未来を信じるのはハルトマン［（一八八二―一九五〇）ドイツの哲学者］の所謂迷の三期に過ぎないか？ そうだとすれば、我々も又岩下師と共に次の如く云わねばならぬはずである。即ち、

「現代の如き、多忙な分散的世界に於ては、内的生活の権利を確保することが、如何に必要であるか」

と。」（信仰の遺産三一五頁）(7)

時代は師と共に、我々をも、「中世紀を偉大ならしめた」「偉大なる観想者」たち、「修道院の独房から一世を風靡した」精神の王者たち、アンセルムス［（一〇三三－一一〇九）中世を代表する哲学者・神学者の一人］、ボナベンツラ［ボナヴェントゥラ（一二一七頃－一二七四）中世イタリアの神学者・スコラ哲学者］、ベルナルド［クレルヴォーのベルナルドゥス（一〇九〇頃－一一五三）フランスの神秘家・修道院改革者］、大アルベルト［アルベルトゥス・マグヌス（一二〇〇頃－一二八〇）トマス・アクィナスの師］、トマス［トマス・アクィナス（一二二五頃－一二七四）『神学大全』などを著した中世最大の哲学者・神学者］とその時代の回想へ導く［前掲書を参照］。そこでは精神が物質を支配した。例えば、水道管からではなく、泉から汲まれた水はサクラメントを含み、切符を用いずに手に入ったパンは、ひとつの象徴に他ならなかった。政治とその権威さえ、当代の思想の配下にあったのである。その時代は既に去ったが、その精神は全くほろびたわけではあるまい。少くとも、「人その魂を失わば全世界を得るとも何の益かあらん」の一句を掲げて、「この一句に対する去就こそ、人類を二大陣営に分つ」(8)と断じた岩下師の言葉の意味に於て。各々の陣営には、各々の歴史があろう。そして相互の陣営の間には、永久の戦いがあろう。岩下師ならば、「世の終りまで」である。

一九四二年一月

［ノート上部］
それ神の怒りは不義をもて真理を抑ふる人々の凡ての不虔不義に向いて天より顕る（羅馬書［ローマの信徒への手紙］一の十八）

（1）岩下壮一（一八八九‐一九四〇）はカトリック司祭。またケーベル門下の哲学者であり、日本におけるトミズムの先駆者。ハンセン病患者の救済に尽力した。著書に『信仰の遺産』などがあり、弟子に吉満義彦がいる。一高生だった加藤に岩下壮一を教えたのは核物理学者の垣花秀武（一九二〇‐二〇一七）であった。加藤は晩年、自らのカトリシスムへの接近について回想を書きのこしている。当時、友人の垣花秀武は右手にディラックの量子力学を、左手に聖トマスの神学大全を携えていた。「量子力学は私には到底歯のたたぬものであったが、理路整然たるカトリック神学の、殊に岩下壮一神父の著作の理論的魅力と倫理的な深みとを教えてくれたのが、彼である。それは私が母を通じて知っていたカトリック教会の情緒的な世界とは、全くちがう別の世界であった。駒場で垣花と岩下神父を通じて発見したカトリシスムの衝撃は、初めて『資本主義最高の段階としての帝国主義』〔レーニン『帝国主義論』〕を読んで、戦争をすれば誰がもうかるか、を知ったときの衝撃にも匹敵する」（「中村真一郎、白井健三郎、そして駒場」「自選集」第九巻）。また『羊の歌』には、大学へ進学した加藤が吉満義彦の倫理学を受講し、吉満の著作を、ついで岩下の著作を読んだという記述がある。加藤はその頃の心情について「しかしそのとき、どういう意味でも、私が信仰にちかづこうとしていたのではないと思う。おそらく、日本の歴史を研究する西洋人の学者が仏教に興味をもつように、仏文学を読みはじめていた私は、カトリシスムに知的好奇心をもったのかもしれない」と書く（『羊の歌』「仏文研究室」）。

（2）ロジェ・マルタン・デュ・ガール『チボー家の人々』のこと。「青春ノート」Ⅷ「一九一四年夏」を参照（本書二六〇ページ）。

（3）四一〇年には西ゴート王のアラリックがローマを一時占領し略奪した。

（4）『大思想文庫第六――アウグスチヌス神の国』岩下壮一訳（岩波文庫、一九三五）からの引用。

（5）岩下は一九四〇年九月に復生病院の院長を辞したのち、三ヶ月も経たないうちに急逝する。加藤周一文庫に所蔵される加藤の蔵書には、一九四一年十月発行の『信仰の遺産』（岩波書店）が含まれており、この文章に引用されたページ数と合致する。

（6）加藤の引用に欠落があるため、ここに示す。欠落部分には傍点を付した。「人間が絶対自主的存在ならば、個人的にも団体的にも欲するままに何をしても構わぬ筈である。」（岩下壮一「成義の本質」『信仰の遺産』岩波文庫、二〇一五）

（7）『信仰の遺産』「成聖（SANCTIFICATIO）の神学」からの引用。

（8）ノートの下部に（p.317）と『信仰の遺産』のページ数を示す加藤のメモ書きがある。前掲書を参照。

二月十八日の日記

シンガポール陥落の祝賀式を、「全国一斉に」やれと云うおかみの布告である[1]。大学は授業を休んだ。私は朝寝をした。

新響〔新交響楽団〕の定期演奏会の切符があるかも知れないと云うので、H君に電話をかけたが、切符は手に入らなかったと云う。しかし本郷にジイドの古本が出ていると云う。そこで出かけた。

五フランの本、四円五十銭なり。サムフォニー・パストラル〔『田園交響楽』〕とイザベル。ソヴィエット紀行がRetouche〔修復〕と併せて十円、レ・フォウ・モネユール〔『贋金つくり』〕が十円、ざっとそんなあんばい。何しろ定価の十倍位だ。別の本屋でバルザックを買う。三円。和辻哲郎著「原始基督教漫談」〔『原始基督教の文化的意義』か〕と「ヴァリエテⅣ」とを持って家を出たから、四冊の本をかかえて歩かねばならない。H君の下宿へ行く。

道中本郷通りをぞろぞろ歩く、旗行列に会う。もんぺをはいた婆さん、国防服の胸に安物のおもちゃのようなくん章をさげた中年の男たち、ひどく不景気な顔をして、疲れ果てた放浪者の群の如し。中に若い娘もあり、無理に着せられたもんぺをはいて、(だろう)、怒ったように、すまして行く。周囲のおかみさんたちの饒舌に眼もくれないで。必ずしも着飾った娘たちに劣らず、美しいが、甚だ不自然な光景だ。

この一団と私とは忽ちすれちがって了った。一団は遅かったが、私は急いでいたから。すれちがうと、道には塗にまみれた雪。家々の軒には日の丸。寒い風にはためく旗の下には、今日もパンを求めて、列につながる若干の人々。

シンガポール陥落は「今日祝うべし」と云うお達しだが、パンは食わねばなるまい。酒の配給はあったらしいが、酒をのむのはパン屋の店頭につながる女たちではない。「大和撫子」と云う言葉が私の頭を掠める。何もその言葉に責任があるのじゃない。要するに大和なでし子の妊娠、出産、育児能力が問題なのだ。民族のために、大興亜戦争のために！

私の頭は考えるのをやめる。

H君の下宿。油絵具の匂い。ダヴィンチ画集。安井曽太郎画集。ヴァレリーの「海辺の墓地」に関する若干の会話。又クロオド・ロラン〔（一六〇〇－一六八二）フランスの画家〕と印象主義の運命に就いて。

——出かけよう

——出かけよう、しかし銀座はシャン・ゼリゼーだ。東京にフォーブール・サンジェルマンのないと云うことは。

——かまわねえが、カルティエ・ラタンのないのはいけねえ。本郷？　べらぼうな、役人の卵ばかりいやあがる。

そこで結局銀座に行く。大変な人出。旗をもった人々もいる。何時も銀座にいないような人々が大勢いる。幸いなるかな、産業戦士！　銀座街頭に我々の産業戦士の健康そうな顔をながめながら、私は、彼等の運命を祝福した。朝に一城を抜き、夕に一塞を奪うのは、ただ南洋戦線の皇軍のみならんや。月給が殖えれば、我が産業戦士諸君は、ホテルに現れ、劇場に現れ、銀座街頭に現れる。青白きインテリを追って、彼等は東京を占領する。嘗て江戸子を追ったサッチョウの田舎者のように。そしてそれよりも大きな「歴史的必然性」に依って。

私の眼には世界が「公式的」に見える。或いは「自働的」に。――決定論的憂鬱！

日東コーナー・ハウスの壁画が変った。[2] 前のは覚えていないが、今度のは次のようである。

東亜共栄圏

産業戦士

嘗てY君は、之程象徴的な絵はないと云った。ここに録する所以だが、解説は要るまい。解説しなくても、解るものには解るのである。

私は銀座にあふれる産業戦士諸君の間をぬって、やっと本屋にたどりつき、ラテン語の文法書を買った。(3) 私の興味と関心とは次第に古いものへ向う。未来は頼もしき産業戦士に任して、私は心を安んじ、文化を古代史のなかに探そうとする。恐らくは空しく、しかし已むを得ず、従て又熱情を以って。

★

H君と共に帰宅し、久しぶりで一しょに食事する。餅。二人共大いに食う。傍ら下宿・学校・レストラン・家庭に於ける食べものの話をする。O氏の嘗て中央公論に書いた激しい論文を想出す。

★

又去年書いた実朝論、「嘗て一冊の金槐集の余白に」を読む［本書二二七ページ参照］。我々の時代の貧しさと実朝の時代の豊かさとに関する会話。又江戸文学のつまらなさと王朝文学の面白さとに就いて。

私は昨日読んだ猿蓑の中から一句を引く。

源氏の絵を見て

欄干に夜ちる花の立ちすかた　羽紅［『猿蓑』巻四、句番号371］

註に、源氏物語須磨の巻、源氏都を出給わんとする前にあたりてのところの引用あり。それを読む。有明の月、漸々盛り過ぎた花々、薄く霧渡る庭を眺めて、欄干による出発前の源氏。妻戸が開くと、別れを惜しみ、さし覗く中納言の君が現れる。故園の生がきに身をひそめるアリサ、それとはしらずアリサの名をよんであらわれるジェローム。(4) ジッドのリリックに甚だ似ている。似ているからいいのではない、いいものは似ているのだと私が云う。

H君を送くって出ると外はまっくらだった。灯火管制の趣旨徹底せざるがためなり。

★

夜ひとりで聖書を読む。

「ああ愛よ、もろもろの快楽《たのしみ》のうちにありて汝は如何に美わしく、如何に悦ばしきものなるかな」（雅歌六の六）

又

「エルサレムの女子らよ、我汝らに誓いて請う、愛の自ら起るときまで殊更に喚起し且つ醒すなかれ」（雅歌七の四）

又

馬太伝〔マタイ伝〕第六章二十七節以下

「我汝らに告げん、ソロモンの栄華の極みの時だにもその装いこの花の一つだに若かざりき」（馬太、六の二十九）

の有名な言葉。

幸福論のコペルニクス的転回は、このとき、既に、而してこのとき、はじめて、美しい言葉を以て果された。即ち幸福の内在論的根拠が確立された。のみならず、幸福の内在論的根拠は、同時に、その倫理的性格に通じていた。——この事実は、現在の世界的不安と苦悩との中にあって、甚だ切実であると云わざるを得ない。我々はエピキュウルの園に咲き誇る花々を望んだ。恐らく、その花を手折ることは、他に任せざるを得なかったにもせよ、我々も又その花の美を知らないわけではなかった。しかし今やエピキュウルの園に時は黄昏れ、繊細と優美と華麗とは、生れるに難く、ほろびるに容易なことを、我々はしらされた。我々は遂に幸福とは何か？と自らに問う。そして精神の国は、勇気を以て、守られねばならぬことを、秘かに感じる。「起きよ、我らゆくべし」〔馬可〔マルコ伝〕、十四の四二〕である。我々も我々の肉を売らねばならぬ。イミタツィオ〔キリストに倣う〕とはそう云う意味であろう、今日程幸福と云う言葉が峻厳な響きを発することはない。そして愛と云う言葉が今日程高貴で、今日程深かく幸福とむすびついて感じられることもない。

★

ラテン語の文法の本をよむ。

★

十二時に寝る。部屋既に寒く、寝床なお寒し。

（1）加藤は一九四八年に発表した「定家『拾遺愚草』の象徴主義」に、日本の詩人がファシズムに対する戦いを歌わなかったことに関連して「シンガポール陥落や配給のさつまいもをたたえる愚鈍な歌を、つくらせる者、つくる者、有難そうに読む者の世界を、私は、ホッテントットの風俗を眺めるように、時々眺めていたにすぎない」と綴る。

（2）「日東コーナーハウス」は日東紅茶により一九三八年、日比谷に建てられた。「青春ノート」Ⅷに挟みこまれた映画パンフレットにも宣伝が掲載される。

（3）ラテン語について、加藤は前掲「文学的自伝のための断片」にMacmillan's Shorter Latin Courseという本を丸暗記したと書く。加藤文庫に保存されたこの本の下巻の巻末にはびっしりと代名詞の格変化が書きこまれる。

（4）ジェローム、アリサはアンドレ・ジッド『狭き門』の主人公とヒロイン。

教育

西田幾多郎が小学校に入る前の娘に外国語を教えたと云う話を聞いた。娘の方で、その話を雑誌に書いたので、彼女は小学校のときに「竹取物語」等をよみ、女学校の課題は既に馬鹿々々しい程容易になっていたと云う(1)。

鷗外の日記や手紙を読んでいると、鷗外は、小年の於菟《オト》氏に「授くるに横文字を以て」し(2)、又片仮名の手紙を書くような齢の杏奴《アンヌ》氏に、仏蘭西語で、Bonjour, Anne!〔ボンジュール、アンヌ〕等とよびかけている(3)。鷗外もその子の教育には西田幾多郎と同じ方針をとっていたのだ。

オルダス・ハックスレーの小説の主人公の一人は、(ポインタ・カウント・ポインタア(4)のビドレイク夫人は、)自分の三歳の娘に「ハムレット」を読んできかせ、絵本にジョトオ〔ジョット(一二六六頃‐一三三七)十四世紀最大の画家、ルネサンス絵画の先駆者〕とルウベンス〔ルーベンス(一五七七‐一六四〇)バロック絵画における西欧最大の巨匠〕の複製を与える。九歳の娘は、「キャンディンド」〔ヴォルテール著『カンディード』(一七五九)〕からフランス語を、「ツァラツストラ」〔ニーチェ『ツァラトゥストラはかく語りき』(一八八三‐一八八五)〕からドイツ語を学び、ゴヤ〔(一七四六‐一八二八)スペインの画家、版画家。近代絵画の先駆者〕を眺め、スピノザ〔(一六三二‐一六七七)オランダの哲学者。汎神論的一元論を唱えた〕とバークレー〔バークリー(一六八五‐一七五三)アイルランドの哲学者、主観的観念論者。「存在とは知覚されること」と主張した〕とを読む。この話をよんで九歳の娘にスピノザを与えることの馬鹿らしさを論じるのは不用意である。何故ならそのためには、スピノザを九歳のときによんでみたことがなければならぬ。或いは少くとも九歳の子供にスピノザをよましてみなければならぬ。子供はわからぬと云うだろう。しかしその子供は大人になってもわからぬかも知れぬ。それならばわからぬのは子供だからとは云えない。とにかく九歳の時の記憶が、激しい知識欲ではなくて、激しい食欲だったりしたのでは問題にならぬ。――ハックスレーが自分の子供にそう云う教育をやったかどうかは知らない。がやったかも知れぬ。何れにしろ、子供を子供扱いすることの馬鹿らしさ乃至正当さに、彼は興味を持っていなかったろう。

所で以上のような教育方針は、恐らく単純な原理の上にたっている。つまり自分が子供の時にそうされていいたらよかったろうと思われるように、自分の子供にそうすると云うのだ。そして以上のような人々が、「子供のときにそうされていたらよかったろう」と思うことは、思う人の幼年の想出の中にあるはずである。所で想出と云うものは、なかなか簡単なものではないのであって、例えば鷗外の想出のすじを辿ると云う仕事は、つまり鷗外と云う精神を理解するひとつの形式であるから、鷗外の教育の成果乃至は一般に鷗外式教育の得失如何と云った問題なぞよりは遥かに複雑である。のみならず鷗外と云う精神を問題として呈出することは、鷗外式教育の一般論なぞよりは、問題が確かである。エミイルの問題はルソー(5)の中に置いた方がいい。国民学校でそのまねをしたら、国家が興隆するか衰微するかは、教育学者が臆測し、役人が独断し、全国の先生たちが実験し、全国の少年少女が利益乃至損害を受けとることによって、明かにされるか又はごまかされるであろう。勿論私の任はその何処にもないのである。

私はと云えば、私はもっと早くから横文字をあたえられ、漢文をあたえられ、且「どうにか文法の出来かっている日本語」をあたえられていたらよかったと思う。(6)小学生にとって、「竹取物語」と

「国定教科書」と何れが難しいか私は知らない。況んや小学生の私が国定教科書以外のものを学ぶに足る知力があったかどうかを知らない。しかし私の知っているものは、一方が今日も読むに堪え、一方が読むに堪えざること、しかも読むに堪えざることは、今日も小学校のときも、要するにその幼稚に堪えられぬのだと云うことだけである。

私は幼稚なものはきらいである。又私の才の乏しく、私の生涯の短かいからには、常に読むに堪えるものを読んでなお遥かに読み足らぬことを恐れる故に、それらのものを読まずに時を過ごすことがきらいである。私は、今読んでいる本をもっと早く読んでおけばよかったと何時も思う。

そして小学校・中学校を通じて、教育者が私に与えた本の中で、殆ど再読に堪えるもののないのは残念である。殊にあの英語読本、リーダーと称する愚劣低級浅薄な、恐らく世の中に存する最も白痴的な本と共に過した長い時間を想うとき、残念と云うよりは憤然、憤然と云うよりはむしろ暗然たらざるを得ない。ハムレットから英語を学ぶことが出来たらそれらの時はどんなにましであったか！

私は子供をもたぬ。私は教育方針などを論じているのではない。私にとっては、ハムレットが何の位大切なものだかと云うことを書いているに過ぎない。ハムレットを必要としない人間もいるのだから、学校でハムレットを教えることがいいか悪いか、そんなことは知りもしなければ、興味もなかろう。ただ私には、今ハムレットが必要である如く、小学生や中学生のときにもそれが必要であった。従って必要なものを与えぬ学校と教育とは無能であった。話はそれだけである。しかし可なり深刻な、情ない話だ。

必要なものを与えられないで、私はどうなったか？　それに答えることは、少年の私を説明することである。説明することを欲し、且それが可能ならば。

私は今も、嘗ての私の教育者を憎くんではいない。のみならずその配慮と愛情とに対し、或る部分では懐疑的だが、とにかく感謝している。ただ、彼等にあきらめをつけて、遂に自分自身を自分の精神の教育者にするようになった私は、彼等を尊敬していない。——恐らくそれは傲慢であろうが、この種の傲慢は必然である。或る精神の形成は、一度はじめられると、「既にある」自己に依て、「之からあろうとする」自己をつくり出す。その傾向は「既にある」自己の大きくなる程強くなり、強くなれば、「既にある」自己は益々大きくなり、かくして一定の段階に達すると、精神は自らをその形成の指導者として、明確に意識する。価値判断の場は、自らの中になくて、何処にあろう。つまりこの時から批評ははじまるのである。例えばその精神の歴史の上で、一度も激しくハムレットを必要としたことのない教育者は、私の尊敬に値しないと云ったようなものだ。（一度もと私は云う。文学者とは年中ハムレットを問題にする人間である。）

（1）西田幾多郎の長女、上田彌生による「あの頃の父」に次のような文章がある。「早教育に信念を持っているらしい父は、私など幼稚園時代にアルファベットを教えられ、小学校の四五年頃には日本外史、竹取物語、古今集などを読まされたものであった。その父の計画があたり過ぎて、私は其後女学校時代を学校の勉強は朝飯前に片づけて、国文の本ばかりあさり読み、到底東京まで遊学しなければ納らなくなった」（西田靜子・上田彌生『わが父西田幾多郎』弘文堂、一九四八）。

（2）鷗外は、たとえば、明治三十三年七月十日付の書簡において、当時十歳の長男於菟に宛て、ドイツ語文を冒頭に書き「コレガ皆ブクリ坊主〔於菟のこと〕ニワカルカワカラヌ事ガアルナラ問ヒニオコスガ好イ」と続けている（『鷗外全集　第三六巻』木下杢太郎他編、岩波書店、一九七五、書簡番号一四五）。

（3）前掲『鷗外全集　第三六巻』書簡番号一二一二。大正七年十一月十一日付、森茉莉、森杏奴、森類宛書簡（奈良市博物館蔵）に、この記述が見られる。この書簡において、当時九歳の次女、杏奴宛の文章は冒頭のBonjour以外全てカタカナである。

（4）原題は*Point Counter Point* オルダス・ハクスリー（一八九四―一九六三）の小説『恋愛対位法』のこと。小林秀雄が一九三三年発表の「手帖」に、この作品を林永定の翻訳で読んだことを書く。「以前から高名をきかされていたといい、三〇年代に当時の知識層にこの小説やハクスリーがよく読まれていたことがうかがえる。

（5）J・J・ルソー（一七一二―一七七八）による小説『エミール』（一七六二）。知育偏重の風潮に反対し、「自然」や「事物」による教育、子供の自発性の尊重と経験による教育の必要を説き、近代教育思想の礎を築いた。子供の成長段階にそれぞれ自己完結的な目標があることを認めたことは、子供を人間とはみないヨーロッパの教育観に一大転機をもたらした。しかし『エミール』は、出版されると、キリスト教に反するものとしてパリで焚書処分にされ、作者にも逮捕状が出たため、ルソーは逃亡生活を余儀なくされた（饗庭孝男他『新版　フランス文学史』白水社、一九九二）。

（6）後年の加藤の国語教育および外国語教育に関する考えは、たとえば朝日新聞二〇〇〇年二月十七日夕刊の「夕陽妄語」、「再び英語教育について」に見られる。その年の正月に当時の小渕首相の私的諮問機関が英語を第二の公用語にするべきだという意見を発表した。加藤はそれに対し「昔中江兆民は仏学塾を作ったときに漢文をすべての学生の必修課目とした。自国の文化を知らぬ人が外国の文化を解することはない。もし兆民をして今日に在らしめば、小学校から英語を始めるよりは、『論語』の素読を始めることを考えるのではなかろうか」と反論した（『夕陽妄語Ⅵ』朝日新聞社、二〇〇一）。

青春

経済学部の植民政策の試験は、丁度空襲警報の最中に行われた。サイレンが鳴っている。学生は「日本の南洋植民政策」を考えている、或いは少くとも考えようとしている。一九四二年三月中旬。前年十二月にはじまった戦争が、圧倒的勝利のうちにすすめられ、香港、マニラ、シンガポール、ラングーンが相ついでおち、今や印度か濠州の新しい勝利が、敵味方双方によって、予想されている時だ(1)。その問題の呈出者と答案作成者との心理は想像するに難くない。思想はここでもニュースのあとを追っている！　学生、大学、サイレン。この中から一体何を救い出そうと云うのか？

武田リン太郎氏〔武田麟太郎（一九〇四－一九四六）小説家〕が、僕らの青春は運動に喰われて了った、しかし諸君が諸君の青春を探しているなら、僕らの方が喰われる青春があっただけ幸福だったかも知れない、と或る若い学生の集りで述懐したそうである。しかし「喰われる青春があった」のか？　青春があって、しかるのち、それが運動に食われたと云う次第は、怪しい。恐らく論理的にその次第は逆である。何者かに喰われたとき、青春ははじめてあったのであろう。それが何物かのために使い果たされるとき、その何物かの大いさによって、我々は使い果たされたものの大いさを量る。その大いさが青春の大いさである。——と我々は仮定するのだ。この計算を可能にする仮定が、可なり普遍的なものだと云うことは、注意しておく必要がある。

芸術家であるためには、まず智者でなければならぬ。所が今日、智者であるためには、学者でなければならぬ。学者とは、新聞雑誌の代りに本をよむもの、現代の代りに過去を読むものである。智者であるためには、過去の総体を必要とするが、時代は或る時にはそれ以前の過去をその中に含有し、ある時にはそれ以前の過去を充分に含有しない。過去に対し Affinität〔類似性〕をもつ時代ともたぬ時代とがある。豊かな時代と貧しい時代とがある。現代は、時代の生産する事件と法律と芸術と風俗との中に、無意識的に生きることによって、過去の文明の総体に生々と触れ得るような、そう云う時代のタイプ——即ちデカダンスのタイプには属しない。今日、過去の文明の成果を利用しようとするものは、意識的に過去に触れなければならぬ。即ち智者であるためには、学者でなければならぬ。今日、芸術家は、嘗て或る芸術家たちがそうしていたように、無意識的に自分のものとした goût〔審美眼〕を、intelligence〔知性〕の代用とすることは出来ない。それは意識的に、設計された絶えざる努力によってしか獲得されない。

　青春は何物かに喰われることを望んでいる。それは喰われてしまったときに、はじめてあるもの、その非在によって、その現在の保証されるものである。情熱は傾けねばならぬ。そして今日は、恐らく、過去に傾けねばならぬ。云うまでもないことだが、過去はすべて、知的であり、論理的であり、理性的であると一言つけ加えよう。現に歴史哲学の偉大な発明者は、理性的なものはすべて現実的であり、現実的なものはすべて理性的であると云った〔ヘーゲル『法の哲学』〕。現実とは歴史的現実である。

　私は、銀座の裏通りで、たまたま義侠的動機からけんかを買っている、強そうな、時には若くて美しいと云ってもよいような青年を見ると、彼が江戸時代に生れていたら助六〔歌舞伎狂言の主人公〕になり得たかも知れないと云う途方もない空想に誘われる。助六は腕力と美貌と義侠心と――最後のものははじめの二つに較べると遥かに複雑なものだが――この三つ以外に何ものももってはいなかった。そしてその位の人物なら銀座の裏通りにもいないわけではあるまい。然るに助六の繊細で、ありとあらゆるエティケットに通じ、エティケットによって総ての感情を云いようもなく微妙に感じ、且表現しその義侠心すら殆ど美的感動を人に強いる程《ティ》の駈引の妙によって、鮮かに発揮され、或いはひっこめられるに反し、銀座裏の青年の最も上等の部類でも、繊細と云うよりは粗野で、エティケットに通ずると云うよりは素朴な激情に捉えられ、義侠心に至っては、元来それが生れたままの、無器用な虚栄心をさらけだしているのは、一体如何なる理由であろうか？　私の考える所では、その理由は簡単である。それは銀座の女給がその名声の絶頂に於ても、尚艶麗遥かに揚巻［助六と恋仲の遊女］の老衰時に及ばぬ（だろう）理由の如く、簡単である。即ち助六と揚巻は江戸をもっていたのだ。

今日、腕力は英米両国との戦場に於て用うべきである。美貌は子供を沢山生みそうな妻をめとるのに用いたらよかろう。義侠心に至っては、犬のけんかの助太刀にでもするか、――何れ、私には、縁もゆかりもない。蕩児とは既にこっけいな時代の迷芽に過ぎぬ。

今や私の興味はカザノヴァよりもデカルトにある。あの群集を魚の如く感じ、戦場にあっても幾何学に耽ったと云うデカルト。意識的であり、又抽象的、自律的であって、それ自身だけで完結したひとつの小宇宙…ここから多くの道がひらける。私は、ただ、嘗ていくつかの精神の中に展開された世界の、驚くべき広さに就いて考えているのだ。

（1）一九四一年十二月八日、日本海軍が真珠湾を攻撃するとともに、日本陸軍はマレー半島に奇襲上陸し、一九四二年二月までに香港、マニラ、シンガポールを占領した。シンガポールでは日本軍の占領直後から在住中国人に対する虐殺事件が起こり、マレー半島各地でも同様の虐殺があった。

春

毎日、私は本郷の大学へ通っていた。大抵朝の十時か、午後一時に、その日の教室なり病院なりへ着くように出かけ、午後四時に大学の門を出る。行くときには、目的があるから、成るべく早く行こうと云うことと、それでも一時間はかかるのであるから、その一時間に成るべく多く本の頁を読もうと云うことしか考えない。大部分の時間はその本の思想を追うことに集中される[1]。所が帰りには目的がない。家へ帰るのが目的だが、その目的は変えることが出来る。本屋に寄るとか、コーヒーを一ぱい飲むとか、友達の家を訪ねるとか、——家へ帰ると云うことをきめる前に、一応、他のやり方を考えるのだ。本郷通りへ出て、そんなことを考え、家へ帰るときめても、未だ、バスにしようか、歩こうかと考える。そしてこのような目的と手段との任意さは人の気持ちを外へ向けるものである。まっすぐな本郷通りの上の、細長い空を仰ぎ、今日はよい天気だと思ったり、並木とその蔭を往来する人々の顔とを眺め、時には季節を感じたりする。例えば、風がぬくみ、空がかすみ、若い娘たちの素足が傾きかけた陽ざしに光っているのを見ると、私は外套のポケットの中で、軽く汗ばんだ手の指をのばしながら、ああ春だなと思う。

午後四時には、お茶の水から新宿へ急行電車がある。私は代々木へ行かねばならぬし、急行は代々木にとまらぬから、私は各駅毎に停まる普通の車に乗るのだが、この方は何時も空いている。腰かけて、本を読むことが出来る。しかし帰りを急がず、之から同じ本をゆっくりと読む時間を家にもっているると思うと、私は必ずしも開いた本に没頭しない。電車が四谷見附をすぎ、外濠のふちを走る時には、よく窓の外の風景をながめる。その風景に、今日、私は春を感じた。何時のまにか緑になった土手の草、淀んでいる濠の水とボートを漕ぐ人々、又濠の向うに、霞んだ青い空を画している樹々と家並み。——それらのものの上に、傾きかけた陽ざし、赤味を帯びて柔い、あの夕陽に移りゆく前の太陽が、なでるように、光を送っている。開いた窓から吹き込む風に、ひるがえる袂、その袂のへりにも、光が滲みている。たって、こちらを背にして、ドアによりかかって、外を見ている女の着物は安物だし、こちらを向いた時の女の顔は頗る動物的な印象だったが、あの陽差しは、その後姿を、何と美しく粧っていることか! 印象派の画家たちはよく春を描いた。彼等は、霞んだ空気の中で、春の太陽が、本来は美しくないものを、実に美しく粧うことを、教えたのだ。古典派が、彼等の美を、従って又彼等の画題を、宮殿や公爵夫人や神々にしか見出し得なかったときに、印象派は、農夫やブルジョワや公園の森に、豊富な美と画題とを発見した。それらのものは、何処にでもあり、発見には専売特許がない。我々の芸術家たちは先ず自分の周囲を見つめることからはじめるようになった。セザンヌの林ご、プルーストのマドレーヌ、そしてラヴェルの単調なシムバルのリズム…それらのものを、我々の世紀は、多分に、あの春の画家たち、太陽の美しさに敏感だったあの印象派の先駆者たちに負っているのである。

代々木から渋谷に至る間は、みじかい。そして人は、みじかい時間は使いようがないと思う傾向がある。その考えはまちがいであり、その傾向は怠惰にすぎぬ。私は、朝大学へ行くときは、その傾向に従わず、帰りには従うことが多い。従うときには、本を読まずに、同乗の人物たちの顔を見る。興味の持てる人物に出会えば、その人物を観察するのだ。その観察の中では、如何に烈しい軽蔑も、皮肉も、讃美も、嫌悪も自由である。例えば或る男をごう問にかけ、その性根をはかせることも出来るし、めくりたければ女のスカートもめくれるのである。若し興味の持てる人物に出会わなければ、窓の外を見る。その窓外の風景は、美しくもないし、豊かでもないし、奇抜でもないが、私には個人的な想出の結びついている所が多い。そうでない所でも、少くとも十年位前からの、その風景の変遷を、私は可なり詳しく知っているのだ。

　例えば代々木の練兵場[2]は、私が子供の頃には、緑の雑草に蔽われ、春になると、土筆を摘むことが出来た。私たちは土筆を摘んだり、草の上に寝たり、ただ何となく駈出してみたり、駈兵の調練を漫然と眺めていたりした。弁当を持って行って、それを木の蔭で食べたこともある。大抵は家族づれで、他にもそんな家族があった。（私たちはそれをピクニックと呼んでいたが、その外来語は今は使れなくなった。）所が一九三〇年頃、それより少し後になって、私が中学校に入る頃になると、野球が流行した。野球はその前にも、その後にも盛んだったし、又盛んなのであろうがその頃は、例えば中学生にして六大学リーグ戦に熱中しないものはなく、女学生にして少女歌劇に熱中しないものは一人もないと云った風であった。で、スパイクをはいた無数の学生、店員、役人等々が、休日毎に練兵場に侵入し、忽ち芝生のみならず雑草までじゅうりんして了った。ピクニック所ではない。坐る所がないばかりか、赤土をむき出した練兵場は、少しの風にも砂塵をあげ、第一スパイクをはいた野球の狂人共が、あの広大な面積を蔽いつくして、通りぬけることさえ困難な程になった。しかし事情は再転し、今度は、支那事変と共に、陸軍省が一般人民の立ち入りを禁止した。勿論私は、生れた時から今日に至るまで、一般人民以外の何ものでもなかったから、練兵場に入ることはなくなったわけである。ただ春になって、電車の窓から、そろそろ昔の草の再び生えかかった代々木練兵場を見ると、嘗て緑であって、一度禿げ、再び緑になりかかっているその風景の変遷に、十年間の練兵場の機能が、十年間の東京の社会を忠実に反映していることを、感じる。そして或る時代的感慨と共に、十年前のピクニックの想出を新にするのである。

付記。

私は十年前の「ピクニック」と「六大学リーグ戦」と「少女歌劇」とに触れた。序手に「文化住宅」に一言触れておこう。この言葉も既にほろびかけているが、東京郊外には、可なりその昔「文化住宅」とよばれた安ぶしんが見当る。その典型的なものは、赤い瓦屋根で、白ペンキ、間数は十以内、たたみの部屋に「西洋間」と云うのが一つか二つあって、材料はアメリカ松である。垣根も門も低くて、小さな庭と、庭に面したえん側が見える。庭にはコスモス、えん側には植木鉢。勤人の夫婦が中にいて、若ければ、しかるべくいちゃつくか、けんかするか、相当に年とっていて、私立大学生の子供でもあれば、マンドリンが聞え〔る〕か。こう云う「文化住宅」の住人を、又「小市民」と云う。この言葉も既に古いが、所謂「蒲田映画」[3]は之等の光景を最もよく描いた。一見に如かず、若しそれが可能ならば、例えば小津安二郎[4]つくる所の「隣りの八重ちゃん」を見ると、委細をつくしているのだが、活動と云うものは、それを上映して採算がとれなくなれば、会社が死蔵するものであって、

「隣りの八重ちゃん」が何時まで興行の採算がとれるか、甚だ覚つかない。忙中閑を盗んで、一時代の「小市民」たちのために、備忘の文をつづる所以である。

（1）戦中の読書や内心の自由について、加藤は後年以下のように語った。「戦中は抵抗のしようがないわけです。完全に内面化して個人の精神の自由だけであって、行動の自由は全くない。読書にしても、ソッと隠れて読んでいるのに近い。しかし、その意味を話すことはできない。それを表現することもできない。完全に精神の内面的な自由だけ、考える自由、感じる自由だけを秘しているということになっていた」（加藤周一『私にとっての20世紀』）。

（2）代々木の練兵場は、敗戦後ワシントンハイツとなり、今日は代々木公園となった。

（3）蒲田映画とは、一般に「蒲田調」と呼ばれた小市民映画を指す。一九二〇年に設立された松竹蒲田撮影所においてこのような作品が多く撮られた。一九三六年に撮影所は大船に移転、市民映画は大船に引き継がれた。

（4）『隣の八重ちゃん』（一九三四年公開）の監督は小津ではなく、島津保次郎である。島津は「蒲田調」を牽引した。『隣の八重ちゃん』は「青春ノート」Ⅵ「日記——14・12・22（金）」（本書一六四ページ）にも記述がある。

断片

ニーチェはジャーナリストであった。ジャーナリストとは当代を相手どる批評家である。しかし彼の相手どった当代は、中世とルネッサンスとのすべての遺産の累積であった。それを相手どることは、最高の知性のはたらきに属し、それと戦うことは最も高貴な熱情に発する。彼の場合、ジャーナリストであることは、哲学者であり、芸術家であることであった。我々の場合は、正にその反対である。カントに浴びせる皮肉を、蒙昧の政治屋に浴びせるわけには行かない。

★

悲劇とは運命である。――芸術に就いてではなく、私は人生に就いてそう云うのだ。

★

運命の網の目の中に、我々は脱れがたく捉えられている。しかし…と我々は云う。のみならず我々は常にそう云って来たし、又将来もそう云うであろう。この永遠のしかしの中に、全世界が閉じこめられているように思われる。しかし意志は…、しかし自由は…、しかし永遠は…

★

総ての観念は空しいと云う、しかし観念の空しいのは人生が空しいからである。我々は観念によって生きているのだ。

我々にとって、過去と未来とは、所詮、観念である。我々は行動するときに、過去の観念を失う。そして、凡ゆる予見が信じられないとき、我々は未来の観念を失う。

★

未来がひとつの信じられぬ観念としか、我々の眼に映じなくなったとき、我々は必ず過去に向う。それも又ひとつの観念にしかすぎないことを知らないかのように。そしてそれを知ったとき、我々の不安は絶頂に達する。

★

幸か不幸か、私は人生に就いて考えることが多くなった。芸術に就いて考えるよりも。——不幸は、恐らく、人生は考えるものではなく、生きるものだと云う所にあろう。幸は、勿論、芸術も又考えるよりは創るものだと云う所にあろう。

★

小説と云う形式が発明されてから、せいぜい二世紀しか経たないのに、小説は世界を席巻した。第一の理由は、Gutenberg〔グーテンベルク〕の機械の進歩或いは資本主義の成功である。第二の理由は、小説と云う形式が芸術の形式ではないように見えることだ。つまり、そこにひとつの人生を見ると云う人々の錯覚である。

★

古典語のほろびない理由はひとつしかない。即ちそれは難解だからだ。難解なものがなくなったら、一体我々はどうなるか？　tennis が鬼ごっこよりも面白いのは、tennis が鬼ごっこよりも困難な技術を必要とするからに他ならない。

★

人を慰めると云うことは、人に錯覚をあたえようとすることだ。慰められる方では、大抵それを察する。では錯覚に相手を誘うことをやめたらばどうか？　恐らく、それをやめて、しかも人を慰めるには、相手を教育するより他に道はないであろう。

★

人生は戦いだとよく云う。だから勝たねばならぬと云うのだろうが、勝ったってどうにもなるまい。ただ敗けるよりはましなだけだ。第一他にすることもないのが、戦いの理由なのだ。

★(1)

デカルトは戦陣で幾何学を考えたと云う。この話は、勿論デカルトの精神の自由さを語り、たとえ戦陣の中にでも、自由な時間のあり得ることを語っている。しかし、同時に、その短かい自由な時間を利用できる程デカルトの戦陣の静かだったことも語っている。若し行軍と戦闘がデカルトの肉体を疲弊させる程激しかったならば、彼と雖も、短かい自由な時間を幾何学よりは、睡眠に用いたであろう。或いは放心して無為に過さざるを得なかったかも知れない。私は、ある余儀なくされた労働の中で、歩きながら、羅典語の文法を暗誦しようとしたが、駄目だった。肉体の疲労は精神を縛った。その束縛された一日は、全く無駄に過され、私にただ激しい反感しかのこさなかった。

★

彼は君子蘭を愛していた。そのように、又君子と云う言葉を愛していた。彼にとって、君子はどこか正直な小学生に似ていた。又どこか、実直な従弟に、又伝説的な東洋の隠子たちに似ていた。――彼は君子になろうとしていたのではない。彼の中の幾分の君子を愛していたのだ。

しかし医者だった彼は、近代の実証主義者だった。父だった彼は、頑固な家族主義者だった。のみならず臣民だった彼は、天皇を崇拝することにかけても、人後におちるものではなかった！

我が封建ブルジョワジーは、如何に多くこのような人物を生んだことであろう！　土地所有者は、まことに安んじて、君子と天皇と家族とを愛することが出来たはずだ。

彼は成功したか？――勿論彼の君子は、地位と金とを得るのに、適合した性格ではなかった。医学もそれにちかい。もとより家族は、彼よりも一層近代の個人主義者である他はなかった。彼は明かに成功しなかった。(2)

しかし成功とは何か？　地位か、金か、学問か？　それとも若干の家族をして自らの奴レイと化することか？　とにかく彼は死なねばならぬ。すると「一握りの砂がその上にかけられて」、すべてが終わって了うであろう。

（1）ここに「古典文学研究書目抄」が書かれていたが割愛する。

（2）加藤の父、信一か。この人物像は『羊の歌』の父の人物像に重なる。

ルネ・ラルウが仏蘭西心理小説の系譜

一九二五年六月、René Lalou〔ルネ・ラルー〕は、仏蘭西心理小説の伝統を論じ、その冒頭に曰く、« le genre du roman d'analyse psychologique est une des gloires de la littérature française. »〔精神分析小説というジャンルはフランス文学の栄光のひとつである〕と。今日、未だ仏蘭西が、この世紀の光栄のただ中にあった一九二五年は、既に遠い過去の如く思われる。その後十五年の間に、仏蘭西の運命は一変した。しかしDescartes〔デカルト〕よりProust〔プルースト〕に至る「仏蘭西文学の光栄」は、未だに東海辺境の一書生をして、感嘆し、讃仰し、その前に跪拝せしめるに足りる。彼はその十五年の間に、小児から青年になった。のみならず彼の祖国も又或る急激な変化を遂げた。ただ彼の異とするのは、十五年前の仏蘭西文人のcontemporain〔同時代人〕の感じである。——と云うよりは、むしろ彼が、彼のcontemporainを求めて、何時も、此処に至らざるを得ない、不可解な宿命である。

此の十五年間を、他日後世は、我等が今Romaの没落を見る如く眺めるかも知れない。古代文明没落の、運命の車の音は、今や、奇怪なる宿命の犠牲者たちの耳に、れきちく〔ママ〕と側を行く如く聞えている。Decartes の名は Lucretius［ルクレティウス（前九四頃–前五五頃）ローマの哲学詩人］の如く、Proust の名は、最後の羅馬人Apuleius［アプレイウス（一二三頃–？）北アフリカ生まれのローマの著述家］の如く、時代のAugustinus［アウグスティヌス（三五四–四三〇）西方教会最大の教父］の耳朶を打つであろう。果して誰が彼であるか？

Crise〔危機〕と Untergang〔没落〕とが、説かれ、宣言され、絶望されて既に久しい欧羅波に於て、Lalou も又欧羅波の光栄の一つを決算しようとしたのでもあろうか？　東海辺境の一書生にとっては、黄吻〔ママ〕もとより、加うべき何ものもない。想うに《ほろびしものは美しきかな》(1) の一句を以て、哀悼の意を遥かに捧げる他はないのである。

〔ページ上部〕

De Descartes à Proust l'idée de l'homme dans le roman psychologique français〔デカルトからプルーストまで　フランス心理小説における人間の概念〕

« DÉFENCE DE L'HOMME »〔人間の擁護〕(Intelligence et Sensualité)〔知性と官能〕chez Simon Kra (2)

(1) 若山牧水に「かたはらに／秋ぐさの花／かたるらく／ほろびしものは／なつかしきかな」という歌がある。

(2) « DÉFENCE DE L'HOMME » とは一九二六年、chez Simon Kra から出版されたルネ・ラルーの著書名。

解説

出発点としての『青春ノート』

鷲巣　力

「読むこと」から「書くこと」へ

加藤周一（一九一九－二〇〇八）の人生のほとんどは、「読む」ことと「書く」ことに費やされた。書物を読むことは幼いころに始まる。両親が心配したのは、「あまり本を読まぬだろうということではなく、読みすぎるということだけであった」（『羊の歌』「病身」）。小学生のときに好んで読み、のちのちまで記憶に残った書き手は、原田三夫《はらだみつお》と兼常清佐《かねつねきよすけ》である。

原田三夫（一八九〇－一九七七）は大正から昭和にかけての科学評論家である。『科学画報』（一九二三年創刊）や『子供の科学』（一九二四年創刊。今日も刊行されつづけている）の創刊にかかわり、『子供の聞きたがる話』（全一〇巻、誠文堂）など、啓蒙的な著作を多く著わした。筆は「森羅万象」に及び、人気の高い評論家でもあった。子どもの頃に『子供の科学』を愛読し、加藤は「世界を解釈することの喜び」（傍点引用者）を知った。

兼常清佐（一八八五－一九五七）は音楽学者である。日本の古典音楽、西洋音楽を学び、音響学を専門とした。菊池寛編集、芥川龍之介協力による『小学生全集』（全八八巻、興文社）の一巻を兼常が書き、それを小学生時代の加藤が読んだ。兼常の文章は子どもだからといって手加減しなかった。「誰にもわかりきった真実というものはないという立場にたって、みずから信じるところを訴えようとする文章であった」（同上書「病身」）と述べ、「兼常清佐の文章のなかに、文学を発見していた」（同上）。

中学生になると、父親の書斎に置かれていた『万葉集』を手にして、いくつかの短歌を覚えた。そして『万葉集』に「意味から切り離された言葉を見たし、言葉の、意味とは別の性質や、その性質が示唆する可能性を意識した」（同上書「反抗の兆」）。要するに、詩歌が生みだす言葉の響きというものを意識したのである。さらに芥川龍之介を愛読し、なかでも『侏儒の言葉』に魅かれた。芥川の文章から、「新聞や中学校や世間の全体がほどこしていた解釈とは、全く反対の解釈をほどこすことができるという可能性」（同上、傍点引用者）に驚嘆した。言葉を操ることによって、論理をつくりだす魅力を発見したに違いない。

誰にとっても「読む」ことから「書く」ことが始まる。原田三夫、兼常清佐、『万葉集』、そして芥川龍之介を「読む」ことが、加藤にとって「書く」ための準備作業となった。

校内紙誌、同人誌への寄稿

いつから「書く」ことを始めたか、また何から「書く」ことを始めたかについて、加藤は何も書きのこしていない。加藤が通った東京府立第一中学校には生徒が寄稿する『学友会雑誌』があったが、この雑誌への寄稿は確認できない。「空白五年」（『羊の歌』）と呼ぶ中学校時代には、おそらく何も寄稿したり公表したりしなかったのではなかろうか。二〇一九年三月現在、確認できる最初の公表著作は、第一高等学校の寄宿寮新聞『向陵時報』一九三六年一二月一六日号に掲載された「映画評『ゴルゴダの丘』」（単行本未収録。拙著『加藤周一を読む』岩波書店、二〇一一、に全文を紹介）である。一七歳、第一高等学校一年生のときだった。この文章を皮切りに加藤は『向陵時報』や『校友会雑誌』に次々と寄稿するようになる。

第一高等学校在学中の『向陵時報』への寄稿は一八回に及ぶ。一九三七年には四回だけだが、一九三八年になるとほぼ毎月のように加藤の作品が掲載された。その大半は映画評・演劇評であり、小説（二回）と詩歌（二回）も書いた。その大半が藤澤正あるいは藤沢正、その一部が春藤喬という筆名で書かれた。大学卒業後にも二度寄稿するが、そのときの編集委員に寄稿を依頼されたのだろう。

同じく『校友会雑誌』には三回寄稿し、発表作品はすべて小説である。すなわち、「正月」（一九三八年二月）、「従兄弟たち」（同年六月）、「秋の人々」（同年一一月）である。一九三八年度には『校友会雑誌』の編集委員を務め、「編輯後記」も書いた。

第一高等学校を卒業すると、加藤の発表の場は、学内紙誌から同人誌へと転ずる。一九三九年四月から一九四〇年三月までは浪人生活を送っていたが、それにもかかわらず同人誌活動に携わった。小島信夫、矢内原伊作、宇佐美英治らが主宰した『崖』、鈴木亨、小山弘一郎、村次郎、伊東静雄らが主宰した『山の樹』、堀辰雄、三好達治、丸山薫が主宰した『四季』（第二次）、そして昭和一五年医学部学生が主宰した『しらゆふ』（漢字表記すれば「白木綿」）が発表の場となった。

しかし、福永武彦、中村真一郎、加藤周一らが一九四二年秋に始めた「マチネ・ポエティク」運動は、当時の用紙統制の影響だろうが同人誌をもてなかったので、もっぱら詩歌を中心とする朗読の会として行なわれた。「マチネ・ポエティク」運動のなかで、彼らが詠んだ詩歌が刊行されるのは、戦後になってからである（『マチネ・ポエティク詩集』真善美社、一九四八）。

『崖』（一九三九年六月創刊）には五回寄稿したが、加藤自身が「色々の形式を試みた」というように、小説があり、詩歌があり、評論がある。『山の樹』（一九三九年三月創刊）には、カロッサ「古い泉」とリルケ「風景について」の翻訳を載せる。『四季』には一回しか寄稿しなかったが（「物象詩集に就いて」一九四二年）、『しらゆふ』（一九四〇年創刊）には三回寄稿している。

これらが第一高等学校、東京帝国大学在学中に公表した、と二〇一九年三月現在で確認される作品のすべてである。これらの作品は、そのごく一部が「著作集」（平凡社）や「自選集」（岩波書店）に収められるまで、加藤の自著に収められたことはない。いわば加藤の「修業時代」の作品である。誰でもそうだろうが「修業時代」の作品には、のちの作品を髣髴とさせるものがある。加藤の作品には、小説あり、詩歌あり、戯曲あり、文芸批評あり、社会評論がある。その関心領域は後年の活動と同じようにすこぶる広い。「修業時代」を証するもうひとつの資料があり、それが作品の執筆と並行して採られていた「ノート」である。

八冊の『青春ノート』概観

文を著わすには、草稿を書き、メモ書きを記し、参考資料を抜き書きするといった準備作業が必要である。加藤は一九三七年（一八歳と推定できる）から「ノート」を採りはじめた。そして一九四二年五月（二二歳）まで「ノート」を採りつづけた。それが加藤の歿後に発見された八冊の「ノート」である。「ノートⅠ」から「ノートⅧ」まで番号が振られ、原稿枚数は四〇〇字換算で二〇〇〇枚に達するだろう。八冊の「ノート」を総称して『青春ノート』と名づけたのは加藤ではなく、元立命館大学図書館次長の武山精志氏である。「ノートⅧ」に続く「ノート」は見つかっていない。その頃は学業や空襲による罹災者の治療で多忙を極め「ノート」を採る余裕がなかったか、あるいは採ったものの失われたかのいずれかだろう。

本書はこの『青春ノート』八冊の抄録であるが（およそ三分の一）、修業時代の加藤に関するいくつかの要点を読みとることができる。

『青春ノート』を採りはじめた一九三七年は盧溝橋事件をきっかけにして日中戦争が始まった年である。そして『青春ノート』が終わる一九四二年五月は、太平洋戦争の転機となるミッドウェー海戦の直前である。すなわち、『青春ノート』は、日中戦争から太平洋戦争初期にかけて採られつづけた。それぞれの「ノート」が書かれた時期は表紙などに記されてもいるが、以下のとおりである。

「ノートⅠ」は（一九三七年－一九三八年二月）〔算用数字で表記される。判読が困難で、あるいは一九三八年三月か〕。表紙に書かれた「高等漢文」と「最悪な草稿集」という標題を消してある。もともとは「高等漢文」のノートとする予定だったと思われ、「ノートⅠ」の標題として「最悪な草稿集」と付けたが、これを消した理由は分からない。

「ノートⅡ」は、（一九三八年三月〔あるいは四月〕－一九三□）とあり、表紙に記された「雨月物語」という標題が消され、代わりに「余り気の利かない覚書」という標題が付けられた。書きはじめは一九三八年三月もしくは四月であるが、終わりは一九三八年八月か九月と推定する。

「ノートⅢ」は、表紙に時期は記されないが、インデックス頁に「一九三八年九月－一九三九年一月」とある。「ノートⅢ」以降、標題は付けられなくなる。

「ノートⅣ」には書かれた時期の表示はないが、書かれた文から推定するに「一九三九年一月－一九三九年五月」だろう。「ノートⅠ」から「ノートⅣ」まではほぼ第一高等学校時代（一九三七－一九三九）のノートである。高等学校時代のノートは、創作・詩歌が中心であり、そこに日本の何人かの文学者論（石川達三、志賀直哉、火野葦平、小林秀雄、芥川龍之介）が加わる。細かく見ると「ノートⅠ」と「ノートⅡ」は小説の草稿と詩歌の草稿が多く、「ノートⅢ」になると小説の草稿の比率が減り、反対に随筆、評論が増えはじめる。この傾向は「ノートⅧ」まで拡大しつつ続いていく。

「ノートⅤ」は、「一九三九年五月－一九三九年九月」と書かれる。「ノートⅥ」は、書きはじめの時期は「一九三九年一〇月」と記されるが、終わりの時期については示されない。おそらく「一九四〇年三月まで」と推定される。「ノートⅤ」と「ノートⅥ」は浪人時代（一九三九－一九四〇）に採られた。この時期は過渡期であり、海外の文学へと眼が拡がりはじめる。「ノートⅤ」に「藤沢正自選詩集」を編んだのは、詩作についてひと区切りの意識があったからに違いない。だからといって、それ以降に詩歌を詠むことを止めたわけではなく、「ノートⅧ」まで詩歌は綴られる。

「ノートⅦ」には「一九四〇年五月－一九四一年五月」と記され、「ノートⅧ」には「一九四一年五月－一九四二年四月」と書かれる。東京帝国大学医学部時代（一九四〇－一九四二）に採られたノートである。この時期になると、書かれる内容はフランス文学の比重が大きくなる。その背景には東京帝国大学文学部の仏文研究室に出入りしたという事実があるだろう。

このように第一高等学校時代、浪人時代、東京帝国大学医学部時代と足かけ六年にわたって、『青春ノート』は採りつづけられた。加藤の一八歳から二二歳までであり、抄録であろうとも八冊の『青春ノート』を年代順に読めば、おのずと加藤の成長や変化を辿ることができる。

「ノート」の採られ方

ノートはＢ６判もしくはＢ６判変型、各冊ともにおよそ八〇頁。第一高等学校の名の入ったノート（Ⅰ、Ⅱ）、英国製市販ノート（Ⅲ）、東横百貨店製ノート（Ⅴ、Ⅶ、Ⅷ）、その他の市販ノート（Ⅳ、Ⅵ）と、使用するノートへのこだわりはなかったのだろう。

最初の見返しから最後の見返しまで、ほぼびっしりと書きこまれ、ノート上部にある余白にも書きこみが見られる。各ノートには「目次」が付された。この「目次」といい「ノートV」に挟みこまれた「藤沢正自選詩集」といい、若い加藤には、本をつくりたいという強い願望があったように思われる。ノート上段に余白がある場合には、そこに「註」を書き込んでいるのも、「本」を意識していたのかもしれない。

詩に満ちた青春時代

少年時代から青年時代にかけては、加藤の生活は詩に満ちていた。加藤が何回も綴っていることだが、小学校時代に父信一の書斎で『万葉集』の註釈書を見つけ、それを披いた。加藤が古典文学への関心を呼びさます契機だったのだろう。父信一だけではなく、母織子もまた詩に親しんでいた。

私の伯父は若いときに新詩社の同人と交っていた。父は『万葉集』に凝っていた。私は『乱れ髪』と『竹之里歌』と『万葉集』とを同時によみはじめ、まず『乱れ髪』に感心し、最後に『万葉集』に感心した。その間に母が牧水を教えた。私は牧水にも夢中になった。その頃私のよんでいた小説は、菊池寛の新聞連載小説だけであったから、私は日本文学を抒情詩からはじめたということになるだろう（「日本の抒情詩」『図書』一九五七年四月号、「著作集15」所収）

母織子が加藤に教えたのは若山牧水だけではなかった。島崎藤村も土井晩翠も、そしてジョン・キーツも母織子に教えられ、織子が読んだ書物を介して知った（『羊の歌』「反抗の兆」）。「日本文学を抒情詩からはじめた」というが、両親がともに詩歌に親しむ習慣をもっていたことが与っている。ところが、父信一は加藤が文学に凝りはじめたことを快く思わなかった。それに対して、母織子が加藤をかばったのは、織子のアイデンティティが詩歌にあったことも影響したに違いない。

『青春ノート』の「ノートI」から「ノートVIII」まで、みずからの詩作か、あるいは詩人論がすべての巻に載っている。取り上げられる詩人は、立原道造、堀辰雄、中原中也などの抒情詩人たちである。「ノートV」に挟み込みの形で八頁にわたる「藤沢正自選詩集」(本書九〇頁)と名づけた冊子が挟み込まれる。この自選詩集には、それまでに書きためられた詩作から一八点を選び、収めた。そして標題脇に「他人が相手にするもんかい」という註を付した。

この自選詩集を読むと、「孤独」「さみしさ」「秋」「雨」といった語彙が多いことに気づかされる。早くも少数派としての自分を自覚していたためだろうか。

ところが「ノートVI」以降は詩作が少なくなる。それは「藤沢正自選詩集」を編集したことで一段落の意識があったのか、あるいは詩作の才について何らかの疑問があり、詩作から少し遠のいたのかもしれない。そして「ノートVI」には「AUTOBIOGRAPHIE」(自伝)という詩が詠まれる。

小学一年で恋を知った。
小学六年で自意識を知った。
中学五年で自意識の下らなさと芸術の高貴を知った。
高等学校の三年で己が芸術の才至らざるを知った。
楽しみも苦しみも自らそれらのなかにあるはずだが、
さて之から何処へ行こうかと思っている。(後略、本書一三四頁)

「芸術の才至らざるを知った」けれども、加藤は詩作を捨てたわけではなかった。「マチネ・ホエティク」運動を始めたのは、先に述べたように、一九四二年の秋である。太平洋戦争後期から敗戦直後にかけて、加藤はみずから詩歌を詠み、定家『拾遺愚草』、西行『山家集』、実朝『金槐集』、そして『建礼門院右京大夫集』を読んで過ごした。加藤が好んで読んだ詩人たちは、いずれも時代から疎外され、孤独に生きた人たちである。おそらく加藤にとって、詩歌集を読み、詩歌を詠むことが、戦時下の孤独の時代を生きるための拠り所であり、かつ抵抗の意思表示であったに違いない。

「ノートⅧ」には「嘗て金槐集の余白に」（本書二二七頁）と題した草稿が記される。『金槐集』については『しらゆふ』にも寄稿しているが「ノートⅧ」に書かれた文は、その草稿であろう。『金槐集』については、敗戦直後に書いた「金槐集に就いて」もあり、それは『1946 文学的考察』に収められる。その三つの金槐集論を読み比べれば、実朝における無能な政治家と天才的な詩人に関する列挙的な理解から統一的な理解へという深化が見られ、論旨は明快になる。後年のことになるが、同一人物のなかに複数存在するいくつかの特徴を統一的に理解する方法は、加藤の方法として確立する。そして、後白河法皇も一休宗純も新井白石も、この方法に基づいて論じられる。

詩を詠むとき

のちのちのことになるが、詩を詠むことについて加藤は次のように述べた。

本心に何らかの表現を与えたいという念願は、私の場合には、常に必ずしも強くない。しかし、それが強いときには、詩を思う。現に私は詩句を案じて無為の時を過すことがある。それは世界を理解するためには役立たない（世界を理解するために必要な言葉は、詩の言葉ではなくて、科学の言葉である）。しかし自分自身とつき合うためには、役立つのである（「私の立場さしあたり」「著作集15」、平凡社、一九七九）。

あるいは

私は生涯に強い感動を伴ういくつかの経験をした。そしてその経験を、架空の話に託して語ろうとしたことがある（「「著作集13」あとがき」平凡社、一九七九）。

「強い感動を伴う経験」とはどんな経験か。その最たるものは、戦《いくさ》であり、愛である。加藤が詩歌や小説を著わすときは、戦のさなかか、愛のさなかにあるときである（拙著『「加藤周一」という生き方』第2章「相聞の詩歌を詠むとき」参照。筑摩書房、二〇一二）。

加藤が詩歌を詠むのは四つの時期に限られる。第一は戦前から戦中にかけて、つまり『青春ノート』の時期である。『青春ノート』には多くの詩が綴られる。この時期の代表的な詩は三篇の「妹に」である。第二は中西綾子と結婚した直後の一九四七年から一九四八年にかけてのことである。新たな詩を詠み、未発表の詩を発表した。第三は一九五〇年代前半のフランス留学中である。のちに加藤と結婚することとなるヒルダ・シュタインメッツとの出会いがあり、ヒルダとの恋を詠った多くの詩をノートに書きつけた。それらの詩は「詩作ノート」として加藤周一文庫デジタルアーカイブに公開された。第四は一九七〇年代初め、矢島翠と出会った頃のことである。加藤が詠んだ詩歌から選んでまとめたのが『薔薇譜』（湯川書房、一九七六）である。いうまでもなく「薔薇」は愛の象徴であり、「譜」は一定の順序に従って記されたものという意味である。『薔薇譜』には、愛の詩歌が年代順に編まれる。

とはいえ加藤の詠んだ詩歌が優れているとは必ずしもいえない。しかし、大江健三郎氏は加藤の文章を「正確に美しく書いた」（「加藤周一著作集内容見本」平凡社、一九七八）と表現し、木下順二は「科学的な文体であると同時に文学的でもありうる」（「加藤周一著作集第15巻月報」平凡社、一九七九）と定義する。思うに、詩的で正確な加藤の文章は、詩歌を読み、詩歌を詠んだことによって生み出されたのである。

小説に対する意欲

『万葉集』をはじめ『乱れ髪』や『竹之里歌』などを読み、若山牧水、島崎藤村、土井晩翠などを知った頃に「私のよんでいた小説は、菊池寛の新聞連載小説だけであった」（前掲「日本の抒情詩」）というから、これを信ずれば小説に対する関心は詩歌に対する関心よりも遅れていたといえるだろう。

それでも「ノートⅠ」から「ノートⅢ」には、小説の草稿や作家論や作品論がかなりの割合を占める。「ノートⅠ」に綴られた小説草稿は「〔寒い風景〕」（未完、本書一〇頁）、「小酒宴」（『向陵時報』一九三八年一月一七日号掲載）、「喫茶店小説作家の手記」（未完、未発表）、「正月」（『校友会雑誌』一九三八年二月、第一稿、第二稿）、「二十年　或る女の半生」（未発表）、「熱川にて」（『向陵時報』一九三八年五月三〇日号掲載）、それに五点の小説構想が書かれる。

「ノートⅡ」には、いちおう書きあげたものとして「分譲地」（本書二七頁）、「〔無題〕」、「半生」、「梅雨時」、「十円札」があるが、いずれも未発表であると思われる。加えて、小説構想および断片が六点書かれる。

「ノートⅢ」には、「秋の歌」、「四十雀」、「雪解けの頃」が書かれ、構想および断片が四点ある。「秋の歌」は『校友会雑誌』（三六四号、一九三九年一一月）に発表した「秋の人々」の草稿である。

「ノートⅣ」には「出征する人々」と構想が一点あるだけである。

「ノートⅤ」には「或るストーリー」が二稿書かれるのみであり、「ノートⅥ」から「ノートⅧ」にかけては、完成された作品はおろか、断片や構想さえなくなる。

書かれた小説の大半は、加藤の身辺に起こった事実に基づいて綴られる。ある小説は祖父の増田熊六がモデルであり、ある小説は従兄の藤山楢一（のちに外交官。詳しくは拙著『加藤周一はいかにして「加藤周一」となったか』岩波書店、二〇一八、参照）や増田良道（のちに東北大学教授、同上）がモデルであり、ある小説は父方の親類がモデルであり、その後の加藤のほとんどの小説にも共通する。このように身辺に起こったことを題材にして小説を創作する方法は、その後の加藤のほとんどの小説にも共通する。その萌芽は早くも『青春ノート』に発見できる。その後に、なぜ小説が少なくなるのか。おそらく小説を創作することよりも、評論文を書くことに強く意欲を刺戟されたのだろう。あるいは自分が創る小説が、自分が好きではなかった自然主義文学的作品になることに「芸術の才至らざる」ことを感じたのだろうか。

関心を抱いた言葉を操る名手たち

『青春ノート』にもっとも多く記された日本の文学者は芥川龍之介であり、その回数は二〇回に及ぶ。その大半がアフォリズムに関連する記述であり、芥川のアフォリズムに惹きつけられていたことがよく伝わる。そして小林秀雄（八回、ノートに記される回数、以下同じ）、立原道造（八回）、堀辰雄（六回）である。芥川から触発されたことは加藤自ら語るが、小林秀雄から受けた影響について自ら述べることはない。しかし、言葉の巧みな操り方について、若い加藤が小林秀雄に関心を抱いていたことが伝わってくる。

立原と堀辰雄にも関心を寄せた。ふたりとも信州追分で知りあった詩人であったということもあろう。しかしそれだけではなく、立原の清らかな人格を敬愛し、堀の戦争と距離を置いた姿勢に共感を覚えていたのだろう。

いってみれば、若かりし加藤は、アフォリズムを使った評論と抒情詩に関心があったことがよく分かる。アフォリズムと抒情詩に共通するのは、巧みな言葉の操り方である。

小説家では火野葦平（五回）、志賀直哉（五回）、森鷗外（五回）が並ぶ。火野、志賀が多いのは当時の人気作家だったこともあるだろうが、それだけではない。火野に対する関心は戦争をどのように描くかに関心があったことを示し、志賀に対する関心は人間の心理をどのように表わすかに関心があったことを物語る。

映画・演劇評から社会時評へ

加藤が最初に公表した作品は映画評であったことはすでに触れた。第一高等学校時代には、映画評（四点）と演劇評（七点）が多い。小学校時代あるいは中学校時代には祖父に映画に連れていかれたこともあって、第一高等学校時代には映画演劇研究会に所属し、「封切られる映画のほとんどすべてを見ていた」（実妹本村久子氏談）。

加藤の映画評はカメラワークを問題にしていて、映像批評足り得ている。今日の映画評論でさえ大半はストーリー批評にすぎないことを考えれば、加藤の映画評は早くから優れていたと私は思う。その一端は『青春ノート』からもうかがい知ることができる。

劇場通いを始めるのは第一高等学校時代からである。『羊の歌』には、よく通ったのは築地小劇場、よく見たのは歌舞伎だと書かれる。築地小劇場公演についてはノートに記され、『向陵時報』に寄稿しているが、歌舞伎についてはノートも採られていないし、寄稿した文もない。能と狂言は一九四三年以降に親しんだと思われるからノートに記されないのは当然であるが、太平洋戦争開戦の日に古靭太夫が語った文楽を見たと綴った(『羊の歌』「ある晴れた日に」)。ところが、文楽や古靭太夫について、八冊のノートの、どこにも、何も、記されていない。

関心を寄せたフランス文学者たち

文学部に進学したかったが、その思いを断念せざるを得なかった(前掲『加藤周一はいかにして「加藤周一」となったか』参照)。しかし、文学に対する関心、とりわけフランス文学に対する関心を失ったわけではなかった。医学部に学ぶかたわら仏文研究室に出入りして、渡辺一夫、鈴木信太郎、中島健蔵といったフランス文学研究者に教えを受けた。一方、『N・R・F』や『ユーロップ』といったフランスからくる雑誌にも目を通していた。

加藤のフランス文学への関心はどのように育まれたのか。加藤自身も語るように、それは芥川龍之介を読むことによってもたらされ、片山敏彦に導かれてフランス文学の大海に漕ぎ出したのである。中学生のときから芥川を愛読したが、芥川がアナトール・フランスやポール・クローデルについて語るのを読み、フランス文学の世界に眼を開かされた。高等学校では片山敏彦に学んだことが大きい。

片山はドイツ・フランス文学者で、ロマン・ロランやライナー・マリア・リルケの研究者である。一九二九年から三一年にかけてヨーロッパに留学し、ロランをはじめ、マルセル・マルティネ、シャルル・ヴィルドラック、ジョルジュ・デュアメル、シュテファン・ツヴァイク、アルベルト・シュヴァイツァーなどフランスやドイツの文学者と交わる。また、ノヴァーリス、ジェラール・ドゥ・ネルヴァル、オルダス・ハクスリ、ラビンドラナート・タゴール、スワミ・ヴィヴェカーナンダなどを敬愛した。片山が「星たち」といって敬愛したこれらの人たちについて、加藤は片山に導かれ、「星たち」の世界から学ぶことになる。

この頃に加藤が関心を寄せたフランスの文学者はどんな人たちだったか。デジタルアーカイブ化された『青春ノート』のキーワード検索機能で調べると、加藤が言及するフランスの文学者は数十人に上る。なかでも頻繁に触れるのは、ヴァレリー（三一回）、ボードレール（二一回）、ジッド（一六回）、スタンダール（一二回）、マラルメ（一一回）、プルースト（一一回）、ヴェルレーヌ（一一回）、ランボー（六回）である。フランス人ではないが、フランスで活躍したライナー・マリア・リルケ（一三回）にも繰りかえし触れている。しかし、『青春ノート』には、まだサルトルや抵抗の詩人たちのことは記されない。抵抗の詩人たちを知ったのは戦後になってからのことである。

詩人たち、ことに象徴派詩人に連なる人が目立つが、この頃の加藤は象徴詩に関心があったのだろう、フランスの象徴詩人だけではなく、日本の象徴詩人ともいうべき藤原定家にも強い関心を抱いていた。

こういう詩人たちに関心を抱き、著書を読み、ノートを採っていたのは、浪人時代から大学時代にかけてのことである。日高六郎が回想しているが、夏休みに信濃追分に行くと、村人から「朝から晩までフランス語の本ばかり読んでいる人がいる」と教えられた（拙著『加藤周一を読む』（岩波書店、二〇一一）参照）。その人こそ加藤周一であった。

フランスから送られてきた雑誌に眼を通し、フランス文学を読み、ノートを採って蓄積していたからこそ、戦後になるといち早く「ジャン・リシャール・ブロック」（『文学時標』一九四六年三月一五日号）、「仏蘭西の左翼作家」（『大学新聞』一九四六年四月一一日号）、「仏蘭西には何が起つたか」（『ふらんす』（一九四六年五月）、「ジャン・ゲノに就いて」（『近代文学』一九四六年九月、一巻五号）、「ヒューマニズムと社会主義」（『黄蜂』一九四六年一〇月、一巻三号）、「ロマン・ロランの肖像」（『女性改造』一九四六年一一月、一巻五号）、「我々も亦、我々のマンドリンを持つてゐる」（『世代』一九四六年一二月、一巻六号、ジャン・リシャール・ブロックを題材にする）を執筆し、『現代フランス文学論Ⅰ』（銀杏書房、一九四八）、『現代詩人論』（弘文堂、一九五一、フランス詩人論である）、『現代フランス文学論』（河出書房、一九五一）を矢継ぎ早に刊行できたのだろう。

生涯にわたる社会的発言

加藤の後年の執筆活動のひとつの分野は、社会的政治的発言にある。加藤が公にしたもっとも早い社会的発言は、一九三九年二月一日に『向陵時報』に掲載された「戦争と文学とに関する断想」（『自選集1』岩波書店、二〇〇八）である。敗戦後は「天皇制を論ず」を『大学新聞』一九四六年三月二一日号に掲載されたことによって論壇に注目され、以降、絶筆となった「さかさじいさん」（「夕陽妄語」『朝日新聞』二〇〇八年七月二六日号、『自選集10』岩波書店、二〇一〇）まで、一貫して社会的発言を続けた。

社会的発言に関する「ノート」における記述は「ノートⅡ」に始まる。「インテリ」（本書三三頁）と題した文は、加藤が傾倒した芥川龍之介の『侏儒の言葉』のアフォリズムを範とする文であるが、以下のように綴られる。

この国の言論が今日程「インテリ」を尊重したことはない。何故なら今日程「インテリ」の攻撃されたことはないからである。

（中略）

「インテリ」は評判に反して戦場では勇敢だそうである。しかし「インテリ」が嘗て評判に反しなかったためしはない。何故ならインテリジェンスとは評判に反すること正にそのことだからである。

「インテリ」を主題とするが、加藤は、生涯にわたって「知識人の思想と行動」を問題とした。早くも高校生で「知識人と社会」「知識人と戦争」といった問題を意識していたことが窺える。とりわけ「戦争と知識人」の問題は、戦時中から戦後まで、繰りかえし論ずることになる。

「ノートⅢ」には「戦争と文学とに関する断片」が書かれ、「ノートⅣ」には「戦争と文学に就いて」（本書六四頁）と「続・戦争と文学に就いて」（本書六六頁）が記される。この三つが「ノート」に採られたのは一九三九年一月と推定される。これらをもとにして著わされたのが「戦争と文学とに関する断想」（『向陵時報』一九三九年二月一日、『自選集1』所収）であり、第一高等学校を卒業する直前に発表された。さらに「ノートⅤ」には一九三九年九月一四日という日付をもつ「戦争に関する断想」（本書一二四頁）が記された。

この主題は加藤のなかで戦後まで引きつがれ、加藤の代表作のひとつである「戦争と知識人」（『近代日本思想史講座4』筑摩書房、一九五九。『自選集2』岩波書店、二〇〇九）として結実する。その出発点となるのは『青春ノート』の三つの草稿である。

加藤の「戦争と文学」に関する論は、戦争が文学、あるいは文学者を殺していくといった体のものではない。

今日程この国の広いインテリ大衆が、モラリッシュな感動と事実を知らうと云ふことに烈しい欲求を見せたことはないのである。

事実を知らうと云ふ欲求は生活を考へることの土台である。戦争は烈しく国民の生活をきたへようとしてゐるが、その時に国民の事実を知らう（と）する欲求は国民の生活に対する真剣な積極性を意味するものでなくて何であるか。しかも日本のインテリゲンチャは近来やうやく個人主義を身につけきつてゐる。そして個人主義が生活に対して積極性をもつとき、モラリッシュな感動が、一番切実なものとなる。以上二つの欲求が戦争をきたへつつある日本のインテリゲンチャを支配するのは少しも偶然ではない。（前掲「戦争と文学とに関する断想」）

人間のモラリッシュな感覚を一方の柱に据え、戦争という事実を徹底的に見つめるというもう一方の柱を据えることによって、文学者＝インテリゲンチャが自らを鍛えていくという論を展開する。このような戦争に対する文学、あるいは文学者の在り方を基本とすれば、加藤が『青春ノート』のなかで、レマルク『西部戦線異状なし』や火野葦平『麦と兵隊』『土と兵隊』について、感想を記すのも当然のことである（本書六八頁、六六－六八頁）。

戦争という事実を徹底的に見つめるという態度は、戦後の加藤が保ちつづけた姿勢である。たとえば、一九六〇年代から七〇年代にかけてのヴェトナム戦争のときにも、また一九六八年の「プラハの春とプラハ侵攻」のときにも、加藤は「事実を知ろうとして」徹底的に情報収集を試みる。その証拠は加藤が遺したおびただしい当該二件に関する資料（加藤周一文庫所蔵）からも見ることができる。これらの資料を使って、いくつかのヴェトナム戦争論やプラハ侵攻を論じた「言葉と戦車」(『世界』一九六八年一一月号)を著わすのである。

音楽への開眼

『羊の歌』によれば、加藤の祖父はイタリアに留学した経験があり、かの地でオペラを楽しんだ。帰国後も、オペラのアリアを口ずさみ、そのレコードを聴いていた。そういう家庭環境に育った加藤ではあるが、西洋音楽に対する音楽的関心が早くから芽生えていたわけではなかった。最初に耳にした音楽は父の尺八であり、母の大正琴であった。加藤が歌ったのは「酒は涙か溜息か」であり「船頭小唄」であった。文学的関心や社会的関心は加藤自らが切り開いたといえるが、西洋音楽に対する関心は友人によって導かれた。

『羊の歌』に「ゴリラ」というあだなの友人のことが記される。「ゴリラ」(本名は藤田惇二)とは東京府立第一中学校の一年のときに知り合い、第一高等学校でも付き合いがあったが、「ゴリラ」は音楽が好きで、加藤も「ゴリラ」と一緒に名曲喫茶で西洋音楽を聴いた。その頃のことであろうが「私は音楽がわからないが音楽が好きである」(本書二五頁)と「ノートⅡ」に綴っている。親しくなった庭球部の友人は、「音楽を好み、提琴を弾いて、学生の管弦楽団に加わっていた」(『羊の歌』「駒場」)。こういう友人によって西洋音楽に近づき、音楽会に足を運ぶようになる。そして「日比谷公会堂には私の青春の可なり大きな部分があった」(ノートⅧ)と記すまでになる。加藤が聴いたのは、ローゼンストックが振る新交響楽団(NHK交響楽団の前身)であり、レオニード・クロイツァーであり、豊増昇であり、草間加寿子であり、井上園子である。要するにピアノ曲を好み、ショパンやベートーヴェンを愛した。

『青春ノート』デジタルアーカイブを検索すると、音楽に関わる記述が二一回あることが分かる。セザール・フランクに関する感想を述べ、リヒャルト・ヴァーグナーにまで及ぶ（ノートⅥ）。そしてアンドレ・シュアレスのクロード・ドビュッシー論を自ら部分訳する（ノートⅦ）。セザール・フランクについては『羊の歌』にも言及があり、森有正とレコードを聴いた話が記されているが、それはもう少しあとのことである。

「ノートⅧ」にモーツァルトに触れて「お菓子のような形而上学。貴族の少年。ワトオのコンタンポラン。噴水と百合の匂いと寺院の窓ガラスに映った夕映え…」という。「寺院の窓ガラスに映った夕映え」はともかくとして、それ以外のモーツァルト評は、モーツァルトを愛する者は納得しないだろう。『青春ノート』における加藤の音楽に関する記述には、音楽に感動している様子が十分にうかがえない。音楽を語っていても、すぐに異なる話題に移り、深く掘り下げられないままに終わる。読む者にすれば、はぐらかされた感じを否めないだろう。この時代の加藤は、音楽に関してまだ発展途上にあったことを物語っているのだろうか。

太平洋戦争開戦の日の日記

『青春ノート』には、小説、詩歌、評論、日記が順不同で綴られる。普通、日記は独立して書かれることが多いだろうが、この頃の加藤は「日記」を独立させていない。「日記」を記すことにそれほどの執着がなかったからだろうか。

加藤が『青春ノート』に綴った日記は、日数からいえば六年のうちの三六日ほどのことだから、多いとはいえない。そのなかでももっとも加藤らしい記述が見えるのは、やはり「一九四一年十二月八日」の日記だろう（本書二六六頁）。

太平洋戦争の日の始まった日の日記については、『青春ノート』における記述と『羊の歌』における記述とのあいだに食い違いがある。そのことをどのように理解すべきかについては、すでに『『加藤周一』という生き方』（筑摩書房、二〇一二）や『加藤周一はいかにして「加藤周一」となったか』（岩波書店、二〇一八）に述べたので、ここでは繰り返さない。

この日の日記では、もうひとつ注意すべきことがある。それは「美」について語っていることである。この日の日記は、一二月八日の朝、大学に着いたときに友人からアメリカとの戦争が始まったことを告げられる場景から書き始める。そして教室でT教授やS助教授の言動に触れる。

人びとの胸のうちには、アメリカとの戦争が始まったことに対するさまざまな想いが波立っていることを想像しながら、加藤は「最も静かなものは空である」と書きつける。そしてヴェルレーヌの〈Le ciel est par-dessus les toits〉という言葉を想いだし、「なんと美しい言葉であろう」と記す。さらには「ヴァレリーの海辺の空」を連想し「折から暮れようとする広重の空」を見たのである。そして「美しい空は永遠である。人間の苦悩と同じように」と綴るのであった。

次には電車内における人びとの複雑な心境が交錯している表情を述べ、「如何に痛切なニュースであろうと、所詮弾丸でもないし、飢えでもない。僕らの必要とする覚悟は弾丸に対するものであろう。或いは飢えに対するものであろう」と、これから襲ってくるかもしれない厳しい試練を予想する。

「弾丸や飢えは僕を変えるであろう。勇気の要るのもその時であろう」と恐れつつ、暗澹たる思いを「何も書くことがないと云うことを書くために、文を草する」と表した。そして「僕は今も晴れた冬の空を、美しい女の足を、又すべて僕の中に想出をよびさますあの甘美な旋律を愛する。présence とは豊かなものだ」と結ぶのである。

美しい青空、美しい言葉、美しい夕空、美しい女の脚、そして甘美な旋律……アメリカとの開戦という現実に、加藤が対峙する拠り所は、こうした「美しいもの」であったことをこの日記は語る。

「美」に対する感性

その後も加藤はみずからの基本的立場を説明し、その要点のひとつとして「美」をあげた。加藤にとって「美」は重要ものであり、加藤にとって「美しい」ものを、繰りかえし語り、繰りかえし述べる。「葉の落ちた桜の枝が暮れ残る空に拡げる細かい網の目」を美しいと感じたのは小学生のときのことである（『羊の歌』「優等生」）。夕陽の美しさについても繰りかえし語った。夕陽のみならず、青空の美しさ、白い雲の美しさも加藤を捉えて放さなかった。

巡洋艦を見学し、水兵たちが「お世辞をいわず、必要最小限度以外には口をひらかず、しかし敏捷で、正確で、能率的で、艦長の客に対しては申し分なくゆきとどいていた。そこでは人間の組織が機械のように動き、ほとんど美的な感動をあたえ」（同上書「美竹町の家」）られたのは、中学生のときのことである。早くも秩序の美に対する感覚が養われていた。

高等学校時代には「吉満義彦著作集を読み、その次に岩下壮一著作集を読み、カトリック神学に関心をもつようになった。（中略）その理路整然とした合理主義的体系は、それ自身ほとんど美しかったばかりではなく、一七世紀の合理主義の由来を説明してあまりあるように思われた」（同上書「仏文研究室」）のだった（ただし加藤の高校時代に「吉満義彦著作集」や「岩下壮一著作集」は刊行されていない）。

高等学校時代にもっていた合理主義的な体系に対する美意識の延長線上に、スポレートの教会、シトー派の僧院、ポール・ロワイヤル論理学、新井白石の論理、分析哲学、「群論と記号論理学の交るところ、思考の形式のあの整然たる秩序」などに、崇高な「美」を感じる意識が育っていったのである。

しかし、加藤は「美」を秩序にだけ見ていたのではない。小さなものにも「美」を感じ、それを限りなく愛した。「激情と陶酔のなかにあらわれる女の顔のいうべからざる甘美さ」を愛で、ヴェトナム反戦運動のさなかに、ひとりの若い女性が街頭行動で相対したひとりの兵士に差しだした、一本《ひともと》の小さな花を限りなく美しいと感じるのである。

その花は、サン・テックス Saint-Ex の星の王子が愛した小さな薔薇である。また聖書にソロモンの栄華の極みにも比敵したという野の百合である。

一方には史上空前の武力があり、他方には無力な一人の女があった。一方にはアメリカ帝国の組織と合理的な計算があり、他方には無名の個人とその感情の自発性があった。権力対市民。自動小銃対小さな花。一方が他方を踏みにじるほど容易なことはない。

しかし人は小さな花を愛することはできるが、帝国を愛することはできない。花を踏みにじる権力は、愛することの可能性そのものを破壊するのである。そうして維持された富と力、法と秩序は、個人に何をもたらすだろうか。いくらかの物質的快楽と多くの虚栄、いくらかの権力欲の満足と多くの不安、感情的不安定と感覚的刺戟の不断の追求と決してみたされない心のなかの空洞にすぎないだろう。いかなる知的操作も、合理的計算も、一度失われた愛する能力を、恢復することはできない。

（「小さな花」『ミセス』文化出版局、一九七九年一〇月号。「自選集6」二四四－二四五頁）

青年期から晩年にいたるまで、小さなものを愛する能力を失うまいとして、加藤は生きつづけた。だからこそ、生涯変わることなく死刑や戦争に反対しつづけることができたのである。

早熟にして晩成の人

八冊の『青春ノート』を通読すると、よくぞここまで書きつづけたものだと感心する。先に述べたように「ノートV」と「ノートVI」は浪人時代に綴られた。浪人生活を送れば、普通ならば受験に必要ないことには時間を割かないだろう。しかし、加藤は違った。医学部を受験する準備を進めながら文学や芸術に対する関心を絶やさなかった。というよりも、絶やすことが出来なかった。その執念深さはまがうかたなく加藤がもつ一面である。

加藤がノートを採る習慣は十代に始まり、晩年にいたるまで続く。加藤が採ったノートの頁数は一万頁をゆうに超える。ノートを採りつづけただけではなく、原稿をおそらく数万枚書き、かなりの量の手紙を認めた。見知らぬ読者からの手紙にさえ返事を書くこともあった。甥の本村雄一郎氏がいうように「机に向かっている姿しか見たことがない」のも、たしかにそうであったろう。机に向かうのは「書く」ためだけでなく「読む」ためでもあったはずである。それを可能にしたのは好奇心の発露というだけではなく、意思のなせる業でもあったろう。世界を何としても理解したい、理解したことを何としても人に伝えたいという、強い意思と情熱によって自らを律したに違いない。その意味で加藤は「努力の人」だった。

『青春ノート』を「ノートI」から順に「ノートVIII」までを読みつづけると、誰しもが気づくだろうが、長足の進歩を遂げていることが分かる。それは、綴る文字の巧拙にも、文章表現の豊かさにも、知識の広がりにも、思量の深さにも表れている。高等学校時代の「ノートI」から「ノートIV」までと、浪人時代の「ノートⅤ」と「ノートⅥ」と、大学時代の「ノートⅦ」と「ノートⅧ」では、趣がかなり異なる。「ノートⅣ」までは、その後の加藤を髣髴とさせ「早熟」だと思わせるものもなくはないが、その数は、率直にいって多くない。それが着実にゆっくりと増えていく。そして綴る字体さえも変わってくる。そして「ノートⅧ」では、多くの日本人が感じなかった問題や考えなかった問題にも及ぶようになる。

だからといって、加藤が「ノートⅧ」で完成したわけではない。その後も努力は続き、ゆっくりと自らを成長させる。私見では加藤が自らを完成させるのは、『三題噺』（筑摩書房、一九六五）を刊行した頃だと考える。すでに四〇代半ばに達していた。その齢のときには芥川龍之介も太宰治も生きてはいなかった。加藤はまた「晩成」でもある。長い時間をかけ、ゆっくりとゆっくりと、しかし堅実に自らを育てた人なのである。その一端はこの『青春ノート』からも十分にうかがうことができる。

あとがき

加藤周一が遺した厖大な「手稿ノート」は、現在、「加藤周一文庫」の一部として立命館大学図書館に収められ、加藤周一文庫では、所蔵する資料の可能な限りの公開を原則とする。しかし、手稿ノートの性格上、ノートの現物を公開することはできない。そこで、立命館大学図書館では、手稿ノートの一部をデジタルアーカイブ化し、これを公開する作業を進めている。本書の基になった『青春ノート』は、一九三七年から一九四二年にかけて綴られた八冊のノートである。その全容はすでにデジタルアーカイブ化され公開されており、ネット上で閲覧することができる。

にもかかわらず、『青春ノート』の抄録として本書を刊行する理由は、デジタルアーカイブ化されたノートを閲覧することは、かなりの体力や視力を必要とするからである。印刷された書籍のほうが読みやすいと考える読者もいるに違いないと考えたことによる。

また、ノートの隅々まで閲覧したい読者にとってはデジタルアーカイブにアクセスするのがもっともよいが、必ずしもそういう読者ばかりではないに違いない。そのような事情を鑑みて、ノートの取捨選択を図り一冊の書籍に編んだのが本書である。

編集作業の任に当たったのは、立命館大学加藤周一現代思想研究センター研究員の半田侑子と、同研究センター長の鷲巣力と、人文書院の本書担当編集者の井上裕美である。編集作業を進めるために四つの原則を設けた。ひとつは加藤が青春時代をどのように生きたか、すなわち、加藤が何を考え、何に悩み、何を楽しみにしたかがよく表わされたものを収録作品として選ぶ。ひとつは加藤が生きた時代とその時代を生きた人びとがよく記された作品を選ぶ。もうひとつは書かれた内容の種類にかかわらず、ノートと同様に年代順に配列する。そして八十年も前にかかれた叙述であることを慮って、今日の読者のために必要に応じて校註を施すことであった。校註作業は半田が当たった。その校註は詳細にわたり、知見豊かな読者には煩わしいかもしれないが、若い読者の読解に資するためであることを御諒解いただきたい。

「青春ノート」とは加藤の命名ではないが、文字通り加藤の青春時代に綴られたノートという意味である。青春、人生の「春」にたとえられ、明るく希望に満ちた日々の謂いである。しかし、加藤の青春時代は戦争の時代と重なる。骨の髄までいくさが嫌いだった加藤の青春は、希望というよりも、むしろ絶望を感じながら、明日をも知れぬ日々を生きていた。『青春ノート』はそういう苦しい日々を生きたひとりの青年の魂の記録である。

青春の「青」は未熟も意味する。加藤の思考や筆力は最初から完成されていたわけではない。本書にも未熟な叙述は少なからず見られる。にもかかわらずそういう作品も収めたのは、そこから加藤の成長の軌跡が窺えると考えたからである。

このような判断に到ったことに対して、加藤は苦笑するかもしれない。もう四〇年以上も前「加藤周一著作集」を編んでいたときのことである。青春時代に書いた「戦争と文学とに関する断想」（『向陵時報』一九三九年二月一日、著作集第8巻所収）を著作集に収録することを私は提案したが、加藤は躊躇《ためら》った。未熟な文章だというのがその理由である。そのことを想いおこせば、本書を刊行することにも強い躊躇いを感じたかもしれない、と私は思わないわけではない。

しかし、本書は加藤を「神話化」するために刊行するのではない。未熟も稚拙も含めて読者に伝えることによって、加藤が時代といかに向き合い、自分自身をどのように鍛えたかを知ってほしい。加藤のありのままの姿から、私たちが考えること、学ぶことは多い。とりわけ加藤の青春時代と似た時代になりつつある今日を生きる人びとにとって、それらは示唆に富むに違いないと考えるからに他ならない。

一冊の書物が世に出て行くには、数多くの人の尽力に支えられる。ひとりひとりの名前を挙げることはしないが、立命館大学の加藤周一現代思想研究センターの研究員ならびに職員、図書館職員に多大なる御支援をいただいた。そして編集の労をとられた人文書院の井上裕美氏、装丁を手がけた上野かおる氏、校閲の上倉庸敬氏には、本書を読みこんでいただき、それぞれの作業に当たっていただいた。編集という作業は多くの人との共同作業なのである。名目上、半田侑子と鷲巣力の共編となってはいるものの、それは代表として挙がるに過ぎない。しかし、代表であるがゆえに、本書の編集上の責任はもとより半田と鷲巣が負うことはいうまでもない。

本書が、読者諸賢に、とりわけ若い読者に迎えられ、今日を、そして明日を生きるための糧となることを願っている。

二〇一九年三月一〇日　東京大空襲記念日に

鷲巣　力

「青春ノート」関連年譜

	加藤周一関連事項	社会の主な動き
1937年 (昭和12年) 18歳	この頃、矢内原忠雄の講義に出席。 二月、確認しうる最初の発表作「映画評「ゴルゴダの丘」」(『向陵時報』、一八日号、藤澤正) 青春ノートⅠ	六月、第一次近衛文麿内閣発足 七月、盧溝橋事件、日中戦争始まる 十一月、日独伊防共協定成立 十二月、南京陥落
1938年 (昭和13年) 19歳	第一高等学校『校友会雑誌』の編集委員、文芸部委員を務める 一月、確認しうる最初の小説「小酒宴」(『向陵時報』一七日号、藤澤正、ノートⅠ) 二月、「正月」(『校友会雑誌』三六二号、藤澤正、ノートⅠ) 四月、青春ノートⅡ 五月、「熱川にて」(『向陵時報』三〇日号、藤澤正、ノートⅠ) 六月、「従兄弟たち」を『校友会雑誌』三六三号に藤澤正の筆名で発表 九月、青春ノートⅢ 十月、「映画『冬の宿』について」を『向陵時報』(一八日)に藤澤正の筆名で発表(ノートⅢに草稿) 十一月、「秋の人々」を『校友会雑誌』三六四号に藤澤正の筆名で発表(ノートⅢに草稿)/「小品二つ(アドバルーン/童謡を唱った青年)」を『向陵時報』(十一日)に藤澤正の筆名で発表(ノートⅢに草稿)	三月、独、オーストリア併合 四月、国家総動員法公布 十月、広東、武漢三鎮陥落
1939年 (昭和14年) 20歳	一月、青春ノートⅣ 二月、「戦争と文学に関する断想」を『向陵時報』(一日)に藤澤正の筆名で発表(ノートⅢ、Ⅳに草稿)、同紙に「都会の雪」を春藤喬の筆名で発表(ノートⅣに草稿)/「鴉」「机上」を『向陵時報』(二三日)に春藤喬の筆名で発表(ノートⅣに草稿) 三月、第一高等学校理科乙類卒業、一年間の浪人生活を送る 六月、矢内原伊作、小島信夫らと同人誌『崖』創刊、「春日抄」を同誌に発表/青春ノートⅤ 十月、「窓」を『崖』に発表(ノートⅤに草稿)/青春ノートⅥ	一月、平沼騏一郎内閣発足 八月、独ソ不可侵条約締結/阿部信行内閣発足 九月、独軍がポーランドへ侵入、第二次世界大戦始まる

1940年 （昭和15年） 21歳	二月、翻訳「R・M・リルケ「風景に就いて」」を『山の樹』二（二）に発表（ノートⅥに草稿） 四月、東京帝国大学医学部入学 五月、青春ノートⅦ 十月、「倦怠に就いて」を『しらゆふ』創刊号に発表（ノートⅦに草稿）／「牧場に就いて」を『崖』に発表（ノートⅦに草稿） この年湿性肋膜炎を患い、一時生死の境をさまよう／大学では文学部の講義も受講、渡辺一夫の薫陶を受ける／福永武彦、森有正、三宅徳嘉などとの交友を深める	一月、米内光政内閣発足 三月、汪兆銘による南京「国民政府」成立 六月、伊、英仏に宣戦布告／独軍パリ入城 七月、第二次近衛内閣発足 八月、政党政治に終止符、民政党解散 九月、日独伊三国同盟成立 十月、大政翼賛会発会
1941年 （昭和16年） 22歳	五月、青春ノートⅧ 十一月〜十二月頃、「嘗て一冊の「金槐集」餘白に」を『しらゆふ』二号に発表	三月、治安維持法改定 六月、独ソ戦始まる 七月、第三次近衛内閣発足 十月、第三次近衛内閣総辞職／東条英機内閣発足 十二月、日本軍による真珠湾攻撃、マレー半島上陸、太平洋戦争始まる／独伊、対米宣戦
1942年 （昭和17年） 23歳	四月、青春ノートⅧ終 秋、中村真一郎、福永武彦、窪田啓作らと文学集団「マチネ・ポエティク」を結成	一月、マニラ占領 二月、シンガポール占領 四月、米空軍による日本本土初空襲（東京、名古屋、神戸） 六月、ミッドウエー海戦敗北

「青春ノート」が書かれた時期の加藤の略年譜、および主要な出来事を取り上げた。年譜作成にあたって鷲巣力「加藤周一略年譜」（『加藤周一はいかにして「加藤周一」となったか――『羊の歌』を読みなおす』に収録）、矢野昌邦編纂「著作目録」（『自選集』十巻に収録）を参考にした。加藤の発表作品の表記は（ ）中に掲載誌、発表時の筆名、草稿の書かれたノートの順に統一した。

ノートの全容（本書に収録されたものはゴシック体で示す、（　）はその分類あるいはジャンルを示す）

I

〔無題〕（断想）／〔無題〕（一覧表）／叔父さん（小説構想）／スジガキ〝不戦選手〟（小説構想）／喫茶店小説（小説構想）／〔無題〕（メモ書き）／〔無題〕（メモ書き）／〔無題〕（小説）／**〔無題〕（小説）**／小酒宴（小説）／喫茶店小説作家の手記（小説）／正月（小説）／正月（小説）／〔無題〕（小説構想）／〔無題〕（随想）／感傷詩篇　或は五つの幻想、或はＫ嬢に捧げるうた。（詩）／女（詩）／タバコ（詩）／孤独（詩）／二十年　或る女の半生（小説）／或る晴れた日に（詩）／さびしさ（詩）／椿の花に（詩）／表現（詩）／又（詩）／湯の町（詩）／**石川達三「生きている兵隊」覚書（評論）**／熱川にて（小説）／三浦先生　45才（小説構想）／〔無題〕（小説）／〔走り書き〕（メモ書き）

II

〔無題〕（メモ書き）／雑誌新聞小説その他　１９３８年（一覧表）／覚書と雑文　暗夜行路後篇（評論）／〝にんじん〟と〝泣き虫小僧〟と（評論）／〝牧場物語〟と〝冬の宿〟　二つのシナリオに関して（評論）／**私の見た惇二君（随想）**／〔無題〕（メモ書き）／Index（目次）／〔破棄された頁〕／酒場で（詩）／現象学派の美学（メモ書き）／INDEX（目次）／**分譲地（小説）**／不戦選手（小説構想）／〔無題〕（小説）／半生（小説）／梅雨時（小説）／手（詩）／金魚（詩）／窓（詩）／酒場で（詩）／ノートA（小説・断片）／ノートB（小説・断片）／十円札（小説）／ノオトC　或るシナリオに関するノオト（戯曲・断片）／ノートD（小説・断片）／裸（断想）／銀座（断想）／**インテリ（断想）**／船橋氏（小説）／〔無題〕（随想）／**追分にて　或る日（随想）**／**軽井沢にて（随想）**／床屋で（小説・断片）／〔無題〕（小説構想）／〔無題〕（書簡下書き）／〔無題〕（メモ書き）／〔破棄された頁〕

Ⅲ

〔無題〕（メモ書き）／〔無題〕（目次）／1938年9月-1939年1月（表題）／秋の日本映画に関するノート（評論）／1938年9月16日の日記（日記）／Fragmente（断想）／小説〝プラトニック・ラヴ〟のデザイン（小説構想）／秋の歌（小説）／新協〝Dead End〟覚書（評論）／アドバルーン（随想）／編輯後記その他。（編集後記）／童謡を唱った青年（随想）／伊藤整「冬夜」より　朝（詩）／伊藤整調の詩　高貴な恋の物語（詩）／〔無題〕（小説・断片）／〝Love is best for literature〟（評論）／〔無題〕（小説・断片）／〝冬の宿〟批評の草稿（評論）／祈り（随想）／相沢君の小説〝女二人〟について（評論）／〔無題〕（随想）／田中昌也君の小説〝憂愁〟について（評論）／**旅の日記（日記）**／四十雀（小説）／**故郷と伝統と（評論）**／向陵時報第百十二号の創作に就いて（評論）／時報112号の論説欄の編輯後記（評論）／**断片（随想）**／**〝似ている！〟（随想）**／小説〝ま、ごと〟のすじがき（小説構想）／色（随想）／雪解けの頃（小説）／〝ドルジェル伯の舞踏会〟覚書（書評）／断片（断想）／断片（断想）／或る晩に（断想）／〔無題〕（スケッチ）／横浜断片（断想）／**マルキシズム（評論）**／〔無題〕（評論）／火野葦平論の草稿（評論）／〝愉しき放浪児〟（評論）／〝水妖記〟（評論）／**化粧する自由主義者（評論）**／戦争と文学とに関する断片（評論）／Imitation（断想）／〔無題〕（メモ書き）／秋（翻訳）／〔無題〕（メモ書き）

Ⅳ

〔無題〕（メモ書き）／〔無題〕（目次）／**戦争と文学に就いて（評論）**／双葉山の敗戦（評論）／**続・戦争と文学に就いて（評論）**／失郷のうた（詩）／詩　a poem　僕の退却　或いは　誰だか知らないお嬢さんに（詩）／雪の頌歌（詩）／une nocturne 詩　都会の雪（詩）／文学とモラル（評論）／**フェミニスト（評論）**／四行詩集　冬　ひと時（晩秋）　夢　想い出　忘我の日（詩）／校友会雑誌365号編輯後記草稿　レーデンバッハァ〝ショパンの作品〟の飜訳に就いて（評論）／〔無題〕（表）／てっぽう（詩）／千穂子さんへ（詩）／続・〝ショパン〟の作品に就いて（評論）／映画〝望郷〟に就いて（評論）／詩　鴉　机上　手紙（詩）／〔続　映画〝望郷〟に就いて〕（評論）／〝キュリー夫人伝〟読後（評論）／**危険思想（断想）**／〝た

んか〟（断想）／抒情精神（評論）／追加覚書（評論）／小林秀雄（評論）／小説〝未成年〟に就いて／感傷詩篇　春雨に
相聞。□（詩）／抒情詩の運命（評論）／国家と文化（下田講師の問題に対する草稿）（評論）／人形つくり　人形つかい（詩）
／映画〝素晴しき休日〟に就いて（評論）／散文詩　旅情（詩）／〝アルフレッド・ドゥ・ミュッセ小説集〟（評論）／批評に
就いて（評論）／この部屋は海に近かい（断想）／頭の中を馬車がとおる。（断想）／〔破棄された頁〕／足音（随想）／自意
識に就いて（評論）／〔無題〕（小説構想）／煙草に就いて（批評）／春日抄　庭に（詩）／芥川龍之介（評論）／〝神聖家族〟
を見て（評論）／或る女（随想）／出征する人々（小説）／AN ELEGY　亡友Fの一周忌に（詩）／五月の断想（断想）
／日比谷公演で（随想）／感傷に就いて（随想）／ノートⅢへ書き入れらるべき　オフェリア　ハムレット（詩）／〔無題〕
（メモ書き）

V

（藤澤正自選詩集　一九三八）／〔無題〕（同）（目次）／タバコ（同）（詩）／孤独（同）（詩）／さびしさ（同）（詩）／手（同）（詩）
／詩人T氏に（同）（詩）／むかしのねむり（同）（詩）／高貴な恋の物語（同）（詩）／プラトニック・ラヴ（同）（詩）／山の
年齢（同）（詩）／千曲川（同）（詩）／白樺（同）（詩）／秋雨（同）（詩）／秋のうた二つ（同）（詩）／朝の喫茶店で（同）（詩）
／街のうた（同）（詩）／大島よ（同）（詩）／小舟・海（同）（詩）／芸術論（同）（詩）／星（詩）／或る日（詩）／カーネーショ
ンに（詩）／オフェリヤ（詩）／ハムレット（詩）／〔無題〕（詩）／音楽会のまえ　音楽会のあと（断想）／〔無題〕（断片）（詩）
／〔無題〕（目次）／〝ユリイカ〟に就いて（評論）／Inspiration（断想）／断片（評論）／人々（評論）／〔無題〕（メモ）／〔無
題〕（文献リスト）／TRAIN POUR TRAIN（評論）／自我に就いて（評論）／音楽の主題によるEtudes（随想）（詩）／赤
堤附近（随想）（音楽）／港のうた（詩）／人生は一行のボードレールにも若かない（評論）／O氏に関するノート（随想
／初夏帰郷賦（詩）／草の雨（詩）／箴言集（断想）／人物記（評論）／風土記断章（断想）／ハンス・カロッサ訳詩集Ⅰ
（原文と訳詩）／山日記（評論）／同　神に感するノート。（評論）／同　浅間山とのDIALOGE（詩）／同（随想）／同（随

想）／同（断想）／同（詩）／同（随想）／同（随想）／満洲の友人Hに与える手紙（書簡草稿）／或るストーリー（小説）／いわし雲に就いて（随想）／或るストーリー（小説）／good-bye（詩）／NONSENSE（詩）／秋の風景詩（詩）／〔無題〕（詩）／音楽に就いて（評論）／冥想録（随想）／会話（断想）／或る夕暮の風景に（詩）／断想（断想）／美学（詩）／l'art poétique（詩）／戦争に関する断想（評論）／その後に来るもの（評論）／PARLER EN VILLE VOISINE DE K.（詩）／Le それを（詩）／SOUVENIR D'UN JOUR D'ENFANCE 序（詩）／SOUVENIR D'UN JOUR D'ENFANCE つまらないことで（詩）／SOUVENIR D'UN JOUR D'ENFANCE 何もないと云うこと（詩）／雨に寄す（詩）／少女の庭（詩）／中原中也論（評論）／ソネット・メランコリヤ 窓（詩）／アフォリズム（評論）／秋十月（詩）／日曜日（詩）／健康行進曲（詩）／詩論（断想）／満月に捧げる歌（詩）／〔無題〕（スケッチ）／〔無題〕（詩）／〔無題〕（文献リスト）

Ⅵ

Histoire litteraire（表）／AUTOBIOGRAPHIE（詩）／若さということに就いて。若さの自覚。（原稿）／〔無題〕（断片）／〔無題〕（断片）／〔無題〕（略年譜）／〔無題〕（目次）／〔無題〕（抜書き）／覚書（評論）／〝ブルグ劇場〟（評論）／ナルシスの手帖（随想・日記）／二葉亭四迷（評論）／様々なる言葉（評論）／青山脳病院（随想）／ショパンに就いて――序（評論）／〝土と兵隊〟（評論）／日記――14・11・21（火）（日記）／日記――14・11・24（金）（日記）／日記――14・11・28（火）（日記）／日記――14・12・1（金）（日記）／日記――14・12・5（火）（日記）／日記――14・12・18（月）（日記）／日記――14・12・22（金）（日記）／風景に就いて（リルケ）（翻訳）／嘗て一冊のボードレールの余白に誌した…ステファン・マラルメ（翻訳）／Fancy とImagination とに就いて Coleridge: Biographia Literaria（抄訳）／海に就いて（評論）／音楽と芳香とに就いて（評論）／小林秀雄論序（評論）／三澤正英の像（評論）／私が生物学教室で学んだことは…（評論）／立春（随想）／自画像（評論）／醒めると云うこと（随想）／立原道造論序（評論）／立原道造論覚書（評論）／Ricard Wagner（評論）／〔無題〕（リスト）／Frédéric François Chopin（評論）／〔無題〕（リスト）／秋風に（詩）／à memoire des jours André

Gide à Le voyage d'Urien L'invitation au Voyage（詩）／Realism along Marxism Romanticism（人名リスト）／〔無題〕（リスト）

Ⅶ

〔無題〕（目次）／〔無題〕（フランスにおける革命と共和制略年表）／Anthologie d'Automne（秋の詩アンソロジーの構想）／**音楽会の断想（評論）**／立原道造論序（続）（評論）／アンドレ・シュアレス「ドビュッシイ」（1922年巴里）（翻訳・抄訳・音楽）／**覚書Ⅰ（評論）**／**覚書Ⅱ（評論）**／**覚書Ⅲ　友人Sにあたえる手紙　手紙に関する註（評論）**／覚書Ⅳ（評論）／覚書Ⅴ（抜粋）／覚書Ⅵ「マルセル・プルーストの余白に」（詩）／讃美歌に就いて（評論）／風物誌（断想）／倦怠について（評論）／牧場に就いて（抜粋）／音楽的註解（評論・抄訳）／牧場に関する一挿話（随想）／牧歌論（評論）／音楽をめぐる夢想（Ⅰ評論・Ⅱ随想）／**純粋の一句を続りて（評論）**／**ジョルオジュ・ガボリイの詩集「女たちだけのための詩」から。（抄訳）**／「アルマンス・一八七二年に於ける巴里のあるサロン風景」の構造（評論）／逝く年に（詩）／風物誌（随想）／フランシス・ジャム「桜草の喪」一八九八－一九〇〇（訳詩）／或る映画を見物したあとの感想（評論）／美しくなるかも知れない風景或いは思想の断想（断想）（小説構想）／ヘルマン・バールの言葉（抄訳）／JOURNAL de M SCATHEAU（読書日記）／〔無題〕（年表）

Ⅷ

『日比谷映画劇場ニュース』（パンフレット）／〔無題〕（リスト・年表）／〔無題〕（目次）／**一九四一年（評論）**／**「学生と時局」と云う目下流行の問題に関連して（評論）**／**FRAGMENTS　生存競争（評論）**／FRAGMENTS　虹（Le Temps Retrouvé）（随想）／**FRAGMENTS　嘗て金槐集の余白に（評論）**／FRAGMENTS　光栄　グロワール（随想）／**FRAGMENTS　東京（随想）**／**鷗外・ブロック・ポール・ヴァレリー（評論）**／会話に就いて（評論）

／或る音楽会（評論）／一九一四年夏（抄訳）／一九四一年十二月八日（日記）／UN FIRM RETROUVÉ（評論）／プルーストの想出　MARCEL PROUST, "LES PLAISIRS ET LES JOURS"（評論）／絶望的なヨーロッパの話、ヒューマニズムの運命に就いて。（評論）／岩下師の言葉（評論）／プルーストの海（評論）／二月十八日の日記（日記・スケッチ）／フェルナンデスのプルースト論（抄訳）／或る音楽会のINTERVAL（断想）／教育（評論）／青春（評論）／春（随想）／断片（断想）／古典文学研究書目抄（参考文献）／〔無題〕（断想・抄訳）／ルネ・ラルウが仏蘭西心理小説の系譜（評論・年表）／季節外的風景（メモ）／BIBLIOGRAPHIE DE PAUL VALÉRY（ヴァレリー著作年表）／〔無題〕（年号）／〔無題〕（著者名と書名リスト）／ルネッサンス、宗教改革、及びスコラ的カトリック的中世哲学（著者名と書名リスト）／〔無題〕（人名リスト）

著　者
加藤周一（かとう・しゅういち）
1919年東京生まれ。東京帝国大学医学部卒業。評論家、作家。2008年12月5日歿。

編　者
鷲巣力（わしず・つとむ）
1944年東京都生まれ。東京大学法学部卒業後、平凡社入社。「加藤周一著作集」や「林達夫著作集」などの書籍編集、『太陽』編集長を経て、取締役となる。平凡社を退社し、フリージャーナリストとなる。東京大学、明治学院大学、立教大学、跡見学園女子大学で非常勤講師。かわさき市民アカデミー運営委員兼講師。現在、立命館大学招聘研究教員、加藤周一現代思想研究センター長、文学部非常勤講師。ジャーナリズム論、戦後思想史。著書に『自動販売機の文化史』（集英社新書）、『公共空間としてのコンビニ』（朝日新聞出版）、『加藤周一を読む』（岩波書店）、『「加藤周一」という生き方』（筑摩選書）、『加藤周一はいかにして「加藤周一」となったか——『羊の歌』を読みなおす』（岩波書店）など。

半田侑子（はんだ・ゆうこ）
1982年大阪府生まれ。慶應義塾大学文学部フランス文学専攻卒業、一橋大学大学院言語社会研究科修士課程修了。2015年より「立命館大学図書館／加藤周一デジタルアーカイブ」を担当する。現在、立命館大学衣笠総合研究機構「加藤周一現代思想研究センター」研究員。

加藤周一　青春ノート　1937-1942

二〇一九年五月二〇日　初版第一刷印刷
二〇一九年五月三〇日　初版第一刷発行

著者　加藤周一
編者　鷲巣力・半田侑子
発行者　渡辺博史
発行所　人文書院
〒六一二-八四四七
京都市伏見区竹田西内畑町九
電話〇七五・六〇三・一三四四
振替〇一〇〇〇-八-一一〇三
装幀　上野かおる
印刷所　モリモト印刷株式会社

落丁・乱丁本は小社送料負担にてお取り替えいたします

ISBN978-4-409-04111-6 C1010

好評既刊書

J－P・サルトル 著
加藤周一／白井健三郎／海老坂武 訳

文学とは何か

3200円

書くとはどういうことか。何故書くか。誰のために書くか。これはサルトルが執拗に問いつづけた根本テーマである。その文学的立場を明証する一大文学論。シチュアシオン・シリーズを解体し、テーマ性に沿って再編集し単行本化。海老坂武解説。

J－P・サルトル 著
鈴木道彦 訳

嘔吐　新訳

1900円

港町ブーヴィルをさまよう孤独な青年ロカンタンを突然襲う吐き気の意味とは？サルトル研究第一人者による味わい深い名訳と手に取りやすい軽装版。存在の真実を探る冒険譚！

クロード・ランズマン 著
中原毅志 訳・高橋武智 解説

パタゴニアの野兎
ランズマン回想録（上・下）

各3200円

映画『ショアー』の監督にして、サルトルやボーヴォワールと共に生きた、闘う知識人ランズマンによる波乱にとんだ人生を赤裸々に語る自伝。時代を代表する人物との人間模様が色濃く描かれた本書は20世紀の歴史そのものである。

表示価格（税抜）は2019年5月現在